1010101
0101010
1101100
1010100
0010111
0110101
1010100

1010101
0101010
1101100
1010100
0010111
0110101
1010100

유령함대

⑪

유령함대

II

미중전쟁
가상 시나리오

피터 W.싱어 · 오거스트 콜 지음
원은주 옮김

살림

이 책은 현실의 트렌드와 테크놀로지를 바탕으로 쓴 것이나,

미래 예측서가 아닌 소설임을 미리 밝혀둔다.

목차

3부

전쟁은 적을 기만하는 데서 시작된다.

–손자병법

#줌월트호,
레일건 포탑

200년 전에 이런 바람이 불었다면 배의 항해가 순조로워졌을 거라고, 마이크는 생각했다. 하지만 줌월트에게 있어 25노트의 바람은 그저 에어컨 바람을 쐬는 수준이었다. 이 배가 싫은 또 다른 이유였다.

마이크는 다시 한 번 버넬리스를 흘끗 쳐다보았다. 버넬리스는 자꾸 떨어지는 배선 뭉치를 다시 한 번 점검하러 좁은 레일건 포탑 안으로 들어가고 있었다. 버넬리스는 지난 한 시간 동안 한 마디도 하지 않았다. 위쪽 어딘가에서는 국방부장관 클레이번이 승무원들과 다정한 악수를 나누며, 깔끔한 위스키 한 잔을 마신 것처럼 편안하고 자신감 있는 어투로 말을 건네고 있을 것이다.

잔뜩 긴장한 어깨 때문에 버넬리스는 어디 부딪칠 것을 각오하고 있는 사람 같아 보였다.

마이크는 고개를 절레절레 저으며 조심스레 포탑으로 향했다. 그가 아무 말 없이 포탑 해치를 열자 소금기 가득한 공기가 작은 공간에 가득 찼다. 그 냄새를 맡자 그가 몇 번 가보지 않은 상상 속의 먼 곳이 떠올랐다. 여자와 바다 냄새였다. 그것도 잠시뿐, 뜨거운 플라스틱의 시큼한 냄새가 밀려왔다.

"3분밖에 없어요, 리 박사. 이제 그만해요."

#샌프란시스코 이베이 파크,
줌월트호 지휘 센터

노아 때부터 배의 지휘본부는 함교였지만, 줌월트급 전함의 상당 부분이 그렇듯 해군 설계자들은 새롭고, 다르고, 커다란 것을 만들기로 했다. 이 배의 지휘 센터는 2층 높이며 1층에는 컴퓨터 워크스테이션이 네 줄로 늘어서 있고, 2층에는 장교들이 내려다볼 수 있는 발코니가 있는데 이것이 배의 내부 함교 같은 역할을 한다. 벽에는 거대한 액정 스크린이 설치되어 있어 배의 위치와 시스템의 상태를 보여준다. 현재 그

스크린에서는 자이언츠의 경기 3이닝을 방송하는 중이었다. 국방부장관 클레이번이 이 스크린을 주시했다. 투수의 모자에 달린 캠이 포수의 페이스 플레이트 너머 가늘게 뜬 눈에 초점을 맞추더니, 공을 던져 1루를 견제하고 이닝을 끝냈다.

"좋아요, 시작합시다." 그녀가 말했다.

행정부로 불려오기 전에 항공우주산업계의 임원이었던 국방부장관은 늘 오른손에 시가 하나를 들고 있었다. 시가는 그녀만의 유머로, 이 정상의 자리에까지 올라오며 물리친 수많은 남자보다 자신이 더 남자답다는 걸 보여주는 상징이었다. 시먼스는 그 시가가 그의 전임 함장이 실내에서 피우던 E 시가가 아니라 진짜 시가란 사실을 알아챘다. 머리 중장은 방안에 뭉게뭉게 차오르는 보라색 연기에도 당황하지 않는 것 같았지만, 시먼스가 지휘하는 줌월트 안에서 누가 담배를 피운 것은 처음 있는 일이었다. 시가를 어디다 끌 생각인지 감이 잡히지 않았다. 배 위에 재떨이라곤 없는데.

이번 테스트는 줌월트가 얼마나 빨리 피크 부하(최대 전력 수요량-옮긴이)에 도달하고 얼마나 오랫동안 그 상태를 유지할 수 있는지를 알아보기 위한 것이었다. 개조 중에는 위원회가 전압이 급증하는 사실을 알아채고 이 배의 새로운 성능을 알게 될까봐, 많은 전력을 오랫동안 사용할 수가 없었다.

시먼스가 코르테즈에게 고개를 끄덕이자, 코르테즈가 전력을 배의 시스템에서 해안과 연결한 케이블로 전환하라고 큰 소리로 지시를 내렸다.

"시먼스 함장." 국방부장관 클레이번이 말했다. "콘리 대통령께서 상황실에서 지켜보고 계십니다. 물론 함장 때문만은 아니에요. 엄청난 내셔널 팬이시니까. 한 달 전에 내셔널 팀의 T. D. 싱 선수를 백악관에 초대하기도 했죠." 클레이번의 군사 보좌관 중 한 명이자 두껍고 검은 비즈 안경 너머로 시먼스를 노려보았던 육군 소령이 빈 커피 잔을 들고 클레이번 옆에 나타났다. 클레이번은 2.5센티미터쯤 되는 재를 그 컵에 떨궜다.

"고맙습니다, 클레이번 장관님. 오늘 밤은 저희가 운이 좋네요. 일을 하며 경기를 볼 수 있다니요." 시먼스는 이렇게 말하며 넋기 사이로 미소를 지어 보였다.

"그런 거죠, 함장. 이거 받아요." 클레이번은 그에게 샌프란시스코 자이언츠 팀의 선수들이 사인한 티셔츠 하나를 건넸다. 그리고 보좌관에게 눈길을 보내며 펜을 가져오라고 손짓했다. 보좌관은 즉시 펜을 대령하고, 클레이번이 티셔츠를 다시 받아들어 그 위에 사인을 해 시먼스에게 돌려주는 걸 곁에서 도왔다.

"건강하게 돌아와 입으세요." 클레이번이 말했다.

시먼스는 얼떨떨한 미소를 지으며 고맙다고 인사를 한 후, 클레이번이 돌아서자 그 티셔츠를 코르테즈에게 건네고 배의 전력 생산 상태를 보여주는 스크린을 지켜보았다. 갑판 위에는 승무원들이 만의 바닷물 속을 통과해 공원 근처 부두로 연결해놓은 케이블 옆을 지키고 서 있었다.

"전력 용량이 99퍼센트입니다." 코르테즈가 말했다. "아테나가 작동 중이고, 계속해도 문제없답니다." 오디세우스 소프트웨어가 실패한 후, 과거의 아테나 관리 시스템을 계속 쓰기로 결정을 내렸다. 보안상의 이유로 다른 배와 네트워크 연결을 할 수는 없지만, 적어도 작동은 되었다.

"전력 전환 실시." 시먼스가 지시를 내렸다.

함교의 불빛들이 깜빡거리자, 머리 중장이 눈살을 찌푸렸다. 1마이크로초가 지나자, 육지에 있는 경기장의 빛들이 깜빡거리다 다시 정상으로 돌아갔고, 이제 배의 시스템은 배에 필요한 전력량뿐만 아니라 주변 이웃의 전력량까지 공급했다. 줌월트의 승무원들은 공원에서 울리는 환호성 소리를 들었다. 물론 그 환호성은 그들에게 보내는 게 아니었다. 4만 4,000명의 사람들은 내셔널 팀의 홈런을 막은 선수에게 환호를 보내는 중이었다. 그래도 승무원들은 그 환호성이 자신을 위한 것처럼 느껴졌다.

함교 안에는 긴장된 침묵이 내려앉았다. 클레이번은 내내 경기만 바라보았다. 이제 자이언츠가 타석에 섰고 5 대 3으로 앞서나가는 상황에 점수를 추가할 준비를 하고 있었다. 시먼스와 장교들은 하갑판의 스크린에 뜬 배의 시스템 상황을 살펴보았다. 소프트웨어에 발생한 사소한 결함이나 심해진 열 축적을 해소할 방법을 찾으러 정신없이 움직이는 승무원은 단 한 명도 눈에 보이지 않았지만, 그들의 고된 노력은 모니터 위의 빨간색, 파란색, 녹색으로 드러났다. 줌월트는 경기장에도 전력을 공급했지만, 거기에는 대가가 따랐다. 자함 방어 체계가 꺼졌다 켜지길 반복했고 보조 시스템은 무너졌으며, 아테나가 제 기능을 못하기 시작했다.

코르테즈가 시먼스를 바라보며 자신의 귀를 두드렸다.

마이크의 목소리가 헤드셋 안에서 울려 퍼졌다.

"함장님, 앞으로 1분밖에 버틸 수 없습니다." 마이크가 말했다. "배터리에 열관리 문제가 발생했습니다. 냉각팬이 전속력으로 가동되고 있지만, 점점 더 달아오르고 있습니다."

"리 박사에게 무슨 방법이 없답니까? 소프트웨어를 변경한다거나?" 시먼스가 물었다.

"아직까진 없습니다." 마이크가 대답했다.

“제가 직접 얘기해보죠.”

“기계 하나랑 씨름 중이라, 지금 불러오긴 힘듭니다.”

“대기하세요.”

시먼스는 검지로 입 근처에 있는 마이크를 가린 다음 상황실 전체에 알렸다.

“잘했다, 모두들. 아직까지 대통령의 경기를 망친 사람은 아무도 없다. 아직 한 게임이 더 남았다. 머리 중장과 나는 사전에 상의를 마쳤고, 이제 커브볼을 던질 차례다.” 이런 테스트를 할 기회는 다시는 없을 것이기 때문에, 배의 한계를 파악하는 것이 중요했다.

“부함장, 아테나를 오프라인 해.” 시먼스가 말했다. “그런 다음 전력 출력을 110퍼센트로 끌어올려.”

마이크가 고함을 지르기 시작하자 시먼스는 무전을 꺼버렸다. 욕설이 섞인 항의가 귀에서 사라졌다.

희미하게 플라스틱 타는 냄새가 방 안으로 스며들며, 클레이번 장관의 향긋한 시가 냄새와 뒤섞였다.

“냉각팬을 최대로.” 코르테즈가 말했다.

아버지의 목소리가 다시 시먼스의 귀에 울려 퍼졌다. 시먼스는 본능적으로 눈살을 찌푸렸다. 너무나도 익숙한 감정이 되살아났다.

"함장님, 이대로는 안 돼. 제어실 안의 주위 온도가 115도야. 상자 두 개는 녹아버렸어. 그 위에서 햄버거도 구울 판이야. 여기 리 박사 말이……" 마이크가 말했다.

"알았습니다, 중사님. 팀을 꾸려 처리하세요." 시먼스는 국방부장관 앞이라 애써 차분하게 대응했다.

"시킬 사람이 있었으면 진즉에 시켰지. 이 빌어먹을 배에 승무원이 몇이나 된다고 이래?"

"알았습니다, 중사님. 계속 진행하세요." 시먼스는 다시 한 번 관중을 의식하며 대꾸했다.

시먼스는 모니터 위에 스쳐 지나가는 경기 장면을 바라보았다. 경기장의 불빛이 1초 동안 나갔다 다시 들어왔다.

"리 박사를 바꾸세요." 시먼스가 지시했다. "당장."

"함장님?" 버넬리스가 대답했다. 달려온 것처럼 숨소리가 거칠었다. "당장 전력 생산량을 줄여야 해요. 테스트 임계값 이상 올라가서는 안 돼요. 그랬다가는 이 배가 불타고 말 거예요."

경기장의 불빛이 다시 깜빡거렸다.

"리 박사, 딱 한 번만 말하겠습니다." 시먼스의 목소리가 점점 높아지며 약간의 분노를 드러냈다. "장비는 아무래도 상관없습니다. 줌월트는 목적이 아니라 수단입니다. 이제, 나한테 결과를 보여주든가, 아니면 내 배에서 내리세요!"

시먼스는 머리 중장을 바라봤다. 중장의 얼굴은 가면을 쓴 것처럼 무표정했다. 그 앞에서 실수를 한 것인지 아닌지, 확신이 서지 않았다.

클레이번 장관은 시먼스에게 감동한 표정이었다. 하지만 그것도 잠시뿐이었다. 보좌관이 클레이번에게 휴대전화를 건네며 "콘리 대통령입니다" 하고 속삭였다.

#노스캐롤라이나주,
모요크

"평범한 매입 건은 아니죠?"

에릭 캐번디시 경은 몸에 꼭 맞는 새 바지 위에 하얗고 헐렁한 셔츠 차림이었다. 그는 캐딜락 캐스케이드 SUV의 창밖으로 제멋대로 뻗어 있는 캠프를 바라보았다. 자동차가 달리면서, 멀리서 터진 폭발의 진동이 자동차의 매끈한 알루미늄 바디를 통해 느껴졌다.

"글쎄요. 이곳에 평범한 건 전혀 없죠." 알리 헤르난데즈가 대꾸했다. 그는 해군 특수전개발단, 즉 네이비실 6팀에서 주임 원사로 퇴직했다. "오랫동안 그랬습니다."

캐번디시의 개인 경호 팀장인 헤르난데즈는 툭 하면 던지는 질문에 대답해야 했다. 캐번디시 경은 다른 사람들과 다른 눈으로 세상을 바라보았고, 덕분에 그토록 많은 돈을 벌었다. 하지만 그의 호기심은 도가 지나쳤다. 캐번디시 경과 하루를 보낸다는 것은 헤르난데즈가 특수부대에서 30년을 지내는 동안 받은 것보다 더 많은 질문을 받게 된다는 뜻이었다. 어떨 때는 아기를 데리고 여행을 하는 것 같았다.

"왜 사람들은 아직도 저걸 블랙워터라고 부를까요?" 캐번디시가 다시 질문을 시작했다.

캐번디시는 수퍼모델 한 군단이든, 사병 한 군단이든, 원하는 건 다 살 수 있는 아기였다.

"이 지역을 둘러싼 강이 흙탕물이라, 이 지역에 처음 세운 기업 이름을 그렇게 지었죠. 그래서 시간이 흐르고 모든 게 변했는데도, 지역 주민들은 아직도 그렇게 부르는 겁니다. 하지만 제 생각은 이렇습니다. 아무리 변호사들한테 돈을 주고 새 이름을 지어도 블랙워터란 콜 사인 같은 거죠. 좋은 콜 사인은 오래 가는 법이고요."

"나도 콜 사인이 있어야겠네요." 캐번디시가 말했다. "당신 건 뭡니까?"

"제 거요? 브릭입니다."

"거기에도 사연이 있을 것 같으니 나중에 물어봐야겠네요. 하지만 먼저, 중요한 것에 집중하죠. 내 콜 사인은 뭐가 좋을까요? 내가 직접 고를 순 없을 것 같은데요."

"맞습니다. 제가 생각을 좀 해보죠. 중요한 거니까요."

"아주 좋아요. 이 거래에 관한 실사 보고서를 읽었는데, 읽어 봤습니까?"

"네. 그 시설의 소유주가 여덟 명이더군요. 사장님은 아홉 번째가 될 테고요."

"변호사가 참 많겠네요."

"그렇습니다."

"우리 새 이름은 어떻게 생각해요?"

시속 65킬로미터로 달리던 SUV가 과속 방지턱을 넘으며 차가 덜컹했다.

"익스퀴짓 엔터테인먼트?" 헤르난데즈가 말했다.

"사람들한테는 그걸 비즈 스튜디오로 바꿀 계획이라고 했어요. 비밀로 하려고요. 그런데 이름을 블랙워터로 다시 지으면 어떨까요? 그게 좋은 이름일까요?"

자동차는 3층짜리 아파트 건물 옆을 지나갔다. 검은 옷을 입은 남자 여섯이 지붕이 없고 창들이 까맣게 난 아파트 벽면을 타고 내려오고 있었다.

"어떤 뜻으로 물으시는 겁니까?" 헤르난데즈가 물었다. "여기서는 익숙한 이름이죠. 그 이름을 질색하는 사람도 많긴 하지만, 전 괜찮습니다."

"좋아요. 계속 비밀에 붙여야 해요. 블랙워터 엔터테인먼트는 어떻습니까?"

헤르난데즈가 웃음을 터트렸고, 비행장에 들어서자마자 자동차 액셀을 밟았다. 전기 SUV가 조용하게 시속 130으로 속력을 높였다.

"완벽하게 조용하고, 놀라울 정도로 빠르군." 캐번디시는 눈을 감고 생각에 잠겼다. "우주 같아."

헤르난데즈가 자동차 브레이크를 세게 밟은 다음 비행기 격납고 안으로 방향을 틀었다. 뒤로 문이 닫혔다. 안은 새카만 어둠이었다. 격납고 모서리에서 은은하게 빛나는 파란 불빛이 전부였다.

"도착했습니다, 사장님." 헤르난데즈가 말했다.

둘은 자동차에서 내렸고, 캐번디시가 공중에 대고 명령했다. "불!" 누군가 명령에 따를 거라 확신하는 듯 자신감이 넘치는 명령이었다. 이내 수천 개의 불빛이 둘에게 쏟아졌다. 캐번디시의 얼굴에 짓궂은 미소가 떠올랐고, 헤르난데즈는 눈을 찌푸리며 멍하니 쳐다보았다.

"자, 어떻게 생각해요?" 캐번디시가 물었다. 헤르난데즈는 그 질문에 대답할 엄두조차 내지 못했다.

#메어섬 해군 조선소,
줌월트호.

늙어도 너무 늙었다. 마이크는 그 사실을 이제 절실히 깨달았다.

가슴이 뻐근했다. 지난 며칠 동안 거슬렸지만, 목소리를 높여 지시를 내리다보면 통증이 가시기에 계속 일에만 몰두했다. 하지만 오늘 아침에 눈을 떴을 때는 침대에 몸이 묶인 것 같은 기분이었다. 입 밖으로 말할 일은 절대 없겠지만, 이렇게 피곤한 적은 난생처음이었다. 기력이 쇠한 노구에 다른 사람들의 목숨이 달려 있는데 체력과 정신이 따라주지 않을 때 느끼는 피로, 군대나 다른 전문 직종 종사자들만이 아는 깊은 피로가 겹친 탓이었다. 아무리 많은 각성제나 커피로도 해결되지 않는 종류의 피곤함이었다.

마이크는 비틀거리며 걷다가 함교 입구 근처에서 몸을 바로 세웠다.

"중사님, 괜찮으세요?" 부함장인 호레이쇼 코르테즈였다.

"안색이 안 좋으신데요. 어젯밤에 젊은 친구들 데리고 술집이라도 다니신 겁니까? 옛날엔 어땠는지 가르쳐주신 거예요?"

"그랬으면 좋겠군. 그 친구들은 우릴 따라오려면 까마득히 멀었지."

코르테즈는 마이크의 농담에 속지 않았다. 늙은 중사의 빨갛게 충혈된 눈에서 피로를 읽고, 재빨리 인사를 한 뒤 함교로 돌아갔다.

마이크는 레일건 탄창 근처의 배 아래쪽에 눈을 붙일 만한 아늑한 장소가 있다는 사실을 알고 있었다. 승무원들이 서늘하고 컴컴한 곳에서 기력을 회복할 낮잠을 자는 것은 해군의 전통이었지만, 그 승무원에게 어딘가 문제가 있다는 경고일 수도 있다. 마이크는 시원한 격벽에 등을 대고 누우면서 자신은 둘 중 어느 쪽일지, 더 버틸 수 있을지 생각해보았다. 그러니 잠이 들었다.

그를 깨운 것은 냄새였다.

신선한 비누와 제비꽃 냄새.

리 박사다.

마이크가 눈을 뜨니 리 박사가 맞은편 격벽에 앉아 있었다. 둘의 다리가 교차되어 있었다. 리 박사의 발은 그의 것과 비교하면 너무나도 작았다. 맙소사, 누가 보기라도 하면, 마이크는 생각했다. 잠에서 깨면 이 배가 공격을 당해서이지, 설마 옆에 누운 리 박사를 보게 될 거라고는 예상하지 못했다. 어떻게 자신을 찾아낸 건지 알 수가 없었다.

리 박사가 몸을 뒤척이며 고양이처럼 등을 휘더니 일어나 앉았다. 그러고는 마이크의 생각을 읽기라도 한 듯 말했다.

"드디어 시간이 나서 샤워를 했는데, 중사님이 이리로 내려오는 게 보이더라고요." 리 박사는 미소를 지었다. "그리고 생각했죠. '중사님은 일을 제대로 하지. 승무원에게 하듯 장비를 잘 보살피고.' 그래서 노인네를 따라가기로 결심했어요."

"누구더러 노인네라는 겁니까? 나만큼 피곤해 보이네요, 리 박사님."

"정확히 보셨네요. 기운이 하나도 없어요." 리 박사는 눈을 문질렀다. "그리고 박사님이 아니라 버넬리스예요. 같이 자는 사이라면 이름을 불러야죠."

줌월트가 사냥하는 개처럼 웅크렸다가 고개를 살짝 들어 올렸다. 다시 엔진 재가동 훈련을 하는 모양이었다.

"저기, 어젯밤 함장이 한 말은 내 대신 사과할게요. 함장은 이 배를 너무 잘 아니까."

"괜찮아요." 버넬리스가 대꾸했다. "함장님 말이 맞고, 그 분에겐 그럴 권한이 있죠. 다들 얘기하잖아요. 함장의 특권이라고."

"아니요, 함장에게 다른 사람에게 화풀이를 할 권한은 없습니다. 나도 그걸 깨닫는 데 오랜 시간이 걸려서 함장에게 가르쳐주지 못했죠."

마이크는 버넬리스의 눈길을 피하며 격벽을 바라보았다.

"저는 불이 나면 어떻게 해야 할지 배운 적이 없어요." 버넬리스는 일부러 마이크가 불편해하지 않을 만한 이야기를 꺼냈다.

"응급 훈련 말입니까? 하나도 기억이 안 납니까?"

"이 배의 운명이 제 소방 능력에 달린 거라면, 우린 다 끝난 거예요."

마이크는 버넬리스가 일어나 앉아 있지만, 여전히 다리는 그의 다리와 한데 얽혀 있다는 사실을 깨달았다.

"가르쳐줄게요. 이 노인네만 따라와요."

버넬리스가 다시 미소를 지었다.

"그럼 다시 일하러 가봅시다. 줌월트는 곧 출항할 겁니다. 오스트레일리아로 향할 가능성이 높아요."

"왜 그렇게 생각하세요?"

"브룩스라고 멍청한 모호크 머리를 한 녀석이 있는데, 그 녀석 말이 아테나의 소프트웨어를 일부 변경했대요. 무기 탑재도 다 끝났고요."

"오스트레일리아로 가면 위험한가요?" 버넬리스가 물었다.

"해군입니다. 뭐는 안 위험하겠어요? 하지만 오스트레일리아로 간다는 건 우리가 증강 병력을 호위할 거라는 의미죠. 위험한 곳에 가는 것보다는 우호적인 지역에 갈 때가 총에 맞을 가능성이 더 적어요. 하지만 그것도 100퍼센트 장담할 순 없습니다."

줌월트가 다시 흔들렸고 마이크는 일어나 앉았다. 그런 다음 손을 뻗어 버넬리스가 일어서도록 부축했다. 버넬리스가 잡은 마이크의 손은 거칠었다.

"걱정 말아요. 당신 곁에는 내가 있을 테니까." 마이크가 말했다.

#메어섬 해군 조선소,
줌월트호

"상황 보고하라!" 제이미 시먼스 함장이 인터폰에 대고 말했다. "지금 위쪽은 어떤 상황인가?"

시스템이 다운되어 지직거리는 소리마저 나지 않았다. 시먼스는 개인 선실에서 해치 너머의 컴컴한 어둠 속을 내다보았다. 아무것도 보이지 않았다. 경적 소리도, 고함 소리도 들리지 않았다.

칠흑처럼 어두운데다, 유일한 빛이라고는 복도 바닥을 따라난 노란 반사 테이프뿐이었다. 시먼스는 머리를 흔들어 잠을 떨치며, 함교 쪽을 향해 복도를 걸어가기 시작했다. 잘 아는 길이었다.

일순간 날카로운 주먹이 이마로 날아왔고, 시먼스는 고통에 욕설을 내뱉었다. 몸을 숙였지만 이미 때는 늦었다. 한쪽 무릎을 꿇고 앉아 통증이 지나가길 기다렸다. 다시 일어나려 격벽 쪽으로 손을 뻗었는데 뭔가 따뜻한 것이 만져졌다. 부드러웠다. 머리카락이었다.

"거기 누구지?" 시먼스가 물었다.

"일병 오스터 카우치……입니다." 소심한 목소리에 시먼스는 머리가 다시 지끈거렸다. 분노로 얼굴이 달아오르고 배 속이 부글부글 끓었다.

"나는 시먼스 함장이다. 여기서 뭘 하는 거지?" 시먼스는 애써 분노를 가라앉히며 물었다.

"선수 쪽에서 오는 길에 뭐가 펑 하고 터지는 소리가 나더니 불이 나갔습니다. 그래서 기다렸는데 다시 들어오지 않았습니다."

"자넨 자리로 돌아가, 카우치 일병. 일어나!"

"어두워서 보이지가 않습니다, 함장님."

"기어서라도 가. 난 함교로 가는 중이고, 또다시 여기 있다가 발각되면 이보다 훨씬 끔찍한 곳으로 보내주지."

"바로 가겠습니다, 함장님."

시먼스가 함교에 거의 다 도착했을 때 줌월트가 흔들리더니 불이 다시 들어왔다.

"코르테즈! 이게 무슨 일이지?" 시먼스가 물었다.

"전력 서지가 발생했습니다. 레일건 때문인데 배 전체의 전원이 나간 이유를 알아보는 중입니다."

"전부? 아테나까지?"

"예, 전부 다 나갔습니다. 하지만 불은 나지 않았고, 리 박사님이 지금 아래서 작업 중입니다. 괜찮을 겁니다."

"부함장, 자네가 함교에 있을 때 이 배는 자네 거야." 카우치 일병으로 인한 분노가 아직 풀리지 않아, 코르테즈에게까지 퉁명스럽게 내뱉었다. "그렇게 행동해. 이 상황은 전혀 괜찮지가 않아. 저기 나가서 이런 전력 서지가 발생하면 어떻게 될지 아나?" 시먼스는 서쪽 바다를 가리켰다. "알아? 우린 위원회의 타깃이 되는 거야. 총장님과 국방부장관님이 승선했을 때는 테스트의 마지막 부분에서 실패하더니, 이제는 벌어먹을 포 하나 작동하는 데 목숨까지 걸어야 하는 건가? 도대체 이 배는 어떻게 생겨먹은 거야? 자네가 책임져, 코르테즈. 리 박사를 데려와서 고쳐놔!"

함장이 몸을 홱 돌렸을 때, 그의 아버지가 함교로 들어서고 있었다. 늙은 중사의 얼굴에는 그가 너무나도 잘 아는 표정, 실망스러운 표정이 떠올라 있었다. 시먼스는 알은체도 하지 않고 아버지 곁을 스쳐 지나갔다.

"난 내 선실에 있을 거야." 시먼스는 이렇게 말하고 가려다 멈춰 섰다. "됐어, 내가 내려가서 직접 리 박사와 얘기할 테니까. 코르테즈, 자네가 함교를 맡아."

사다리를 성큼성큼 내려가는데 뒤에서 따라오는 발자국 소리가 들렸다.

"함장님, 같이 가시죠." 마이크였다.

시먼스는 계속 걸어가며, 새로 설치한 장비와 전선에 이미 아픈 머리를 또 부딪치지 않도록 조심했다. 피가 나는 것 같아 부딪친 이마에 손가락 두 개를 갖다 댔다. 역시나였다. 함교에서 몰골이 말이 아니었겠다 싶었다.

"잠깐 얘기 좀 할까, 함장님."

"걸으면서 하시죠."

"좀 쉬어. 아무도 이런 말 못할 테니 내가 대신하는 거야."

"어떻게 쉴 수가 있어요? 이렇게 항구에 머물고 있는 동안 기강이 해이해지고 있다구요. 이런 상태로 어떻게 바다에 나갑니까?"

"그래도 쉴 수가 있어야지. 그럴 필요가 없다고 생각하더라도, 이 일을 하려면 쉬어야 해."

"이 일이요?" 시먼스가 걸음을 우뚝 멈추고 아버지 가까이에 섰다. "아버지는 이 일을 이해하지 못해요. 나는 함장이고 이건 내 배입니다. 아버지는 이해 못해요."

"이해 못한다고?" 마이크의 얼굴이 벌겋게 달아오르더니 이마에 핏줄이 툭툭 불거졌다. "이해 못한다고?"

"네, 나는 함장입니다." 시먼스는 더 이상 아버지의 분노가 두렵지 않았다. "난 책임을 져야 해요."

마이크는 상대가 함장이든 뭐든 당장 거대한 주먹으로 한 방 날려버릴 듯한 사나운 표정으로 몸을 앞으로 숙였다.

"집어치워, 제이미. 내 앞에서는 헛짓거리 해도 상관없지만, 다시는 승무원들 앞에서 헛짓거리 하지 마라."

마이크는 뒤돌아서서 성큼성큼 걸어갔고, 화난 발자국 소리는 복도의 미끄럼 방지 고무판이 흡수했다.

#캘리포니아주, 팔로 알토,
노틸러스 레스토랑

대니얼 어보이는 그저 넋 놓고 쳐다볼 수밖에 없었다. 전쟁 전에 이곳은 투자자들, 그러니까 순자산이 너무 엄청난 나머지 돈을 세는 것도 그만둔 사람들의 단골집이었다. 오늘 밤 이곳을 찾은 그는 새로운 의미로 감탄했다. 이곳이 여러 가지 면에서 옳지 않게 느껴진 것이다.

오토바이만큼 긴 참치가 천정에 매달린 수족관을 유유히 헤엄쳐 다녔다. 대니얼이 쓴 안경에는 몇 명의 손님이 참치에 입찰을 했는지가 떴다. 일곱 명이었다. 대니얼은 여덟 번째 입찰자가 되어 경매를 끝내기로 결심했다. 다른 입찰자들은 대니얼이 자산을 과시하는 거라 해석하겠지만, 사실은 전쟁 중에도 이런 방식을 고수하는 데 대한 짜증 때문이었다.

대니얼이 눈길을 내렸을 때 그녀가 와 있었다.

"네가 저녁 식사를 하자고 했을 때, 이런 곳을 선택할 줄은 몰랐어."

"난 신선한 생선이 좋아." 코리 실킨스가 순진한 척 대꾸했다. "적어도 여기엔 썩은 게 없잖아."

어보이는 맞은편에 앉은 여자를 바라보았다. 여자는 항상 미소를 지었지만 비꼬는 미소였다. 스탠퍼드에 다니던 시절,

둘은 1학년 때 같은 기숙사 건물에 살았다. 여자의 빈정거리는 말투에 익숙해지기까지 시간이 좀 걸리긴 했지만, 그의 뒷배경을 알고 나면 떠받들다시피 하는 다른 학생들과는 다르다는 사실이 마음에 들었다. 코리는 그를 다른 모두와 같이 취급했다. 타깃으로.

코리가 대니얼의 상냥한 성격이 진실된 거란 사실을 깨닫고, 또 대니얼은 코리의 톡 쏘는 성질이 장난스러운 본성 때문이라는 사실을 깨닫고 둘은 친구 비슷한 사이가 되었다. 코리는 곧 멀쑥하지만 자신감 넘치는 어보이보다 더 크고 더 나은 타깃들을 발견했다. 코드를 쓰는 것 외에 코리가 캠퍼스에서 가장 좋아하는 일은 나쁜 녀석에게 장난을 치는 것이었다. 교직원이든 학생이든 가리지 않았다. 코리는 입회식 때 발생한 데이트 강간 사건을 덮으려고 한 비밀 클럽 회원들의 이름을 폭로했고, 전 미국 대통령의 이메일 계정을 이용해 늙은 학장과 세 달 동안 온라인으로 대화를 하기도 했다.

물론 코리는 철이 들어 남들처럼 돈에 팔렸다. 어보이의 중개로 소프트웨어 암호화 회사를 매각한 것이다. 어보이가 이제 무얼 할 거냐고 묻자, 코리는 세상에서 가장 훌륭한 레드와인을 찾으러 떠날 거라고 대답했다. 그때는 농담인 줄 알았는데, 코리는 작년 내내 온라인 팔로워들에게 실시간으로 그 과정을 중계했다. 전쟁 직전 아르헨티나 말벡에서 찍은 영상 이후로 업데이트를 중단했다.

"그래서 뭘 가지고 온 거야?" 어보이가 물었다.

"네가 워싱턴에 갔다는 얘기 들었어. 워싱턴에서 널 징집했을지도 모른다고 생각해서, 널 구해주러 돌아왔지."

"그쪽에선 나한테 아무것도 원하지 않더라고. 솔직히 말해 진짜 상처 받았어."

"멍청이들…… 나도 미국을 떠나라는 은밀한 제안을 몇 번 받았지. 핀란드, 브라질, 아르헨티나. 프랑스가 좋은데, 거기 블랙리스트에 올라 있을 거야."

어보이 역시 친구들 몇몇에게 같은 이야기를 들었다. 사업의 관점에서 보면 이해가 갔다. 미국의 부자는 현재 부실 자산이었다. 지적 능력과 은행 자산을 갖춘 전문가를 저렴하게 살 기회였다.

"그럴 생각이 있어?" 어보이가 물었다.

"아니, 난 떠돌이 술꾼으로 사는 게 더 좋아."

"그게 최선이지. 너야말로 국보니까. 좋아. 본론은 뭐야, 코리? 왜 날 이곳으로 부른 거야?"

웨이터가 아무 말 없이 와인을 내려놓았다. 비즈 안경에 이미 '파이어스톤 프티트 시라'라고 라벨이 떴기에 굳이 말할 필요가 없었다. 코리는 와인 잔을 들어 긴 손가락 사이에 끼웠는데, 그 손가락에는 12개의 얇은 무광 플라티늄 다이아몬드 반지가 끼워져 있었다. 그 반지들은 머리 위 수족관의 파란 빛과 앞의 레드와인을 반사하며 반짝거렸다.

"대니얼, 내가 왜 와인을 좋아하는지 알아? 맛 때문이 아니야. 역사 때문이지. 그리고 와인을 정의하는 건 포도의 품종이나 테루아가 아니야. 와인 그 자체의 역사지. 와인은 평등을 나타내는 최초의 음료였어. 고대 그리스인들은 와인을 방 한가운데 놓인 그릇에 붓고, 손님들은 그 주변에 모였대. 같은 그릇에 담긴 와인을 같이 마시며 이야기를 나눈 거야. 철학, 인권, 민주주의를. 어쩌면 스포츠 이야기도 했을지 모르지. 소크라테스부터 가장 어린 제자까지 모두가 그 대화에 참가할 수 있었어."

코리는 혼자 웃었다. "물론 전부 남자였어. 그러다 로마가 그리스를 정복하면서 그 전통을 부쉈고, 와인은 특권층만이 누리는 것이 되어 나 같은 나쁜 인간들이 완벽한 와인을 찾아 전 세계를 헤매고 있는 거야."

어보이는 코리를 바라보며 와인을 한 모금 마셨다. 코리가 중요한 이야기를 하려는 게 분명했다.

코리는 잔을 빙빙 돌렸다. "인터넷이 그토록 위대한 건 모두를 평등하게 만든다는 점 때문이지. 모두가 모이고 참여할 수 있어. 인터넷 역시 나쁜 인간들의 손에 망가질 위험에 처했어."

"그래서?"

코리는 와인 잔을 내려다보았다가, 어보이를 똑바로 쳐다보았다. "네가 무슨 일을 하는지 알아."

어보이는 그물로 물고기를 모는 다이버들을 흘끗 올려다보며 물었다. "내가 무슨 일을 하는데?"

"대니얼, 넌 거짓말 잘 못하잖아. 그러니 빙빙 돌리지 말자. 너와 네 친구들이 1번 격납고에서 무얼 하는지 알고, 네 도서관에 물이 들어와 일이 잘 풀리지 않는다는 사실도 알아."

어보이는 손으로 콧등을 잡았다. 당황스러웠다. 코리가 안다면, 또 누가 아는 것일까? 코리한테 함께하자고 제안하지 않았다고 화가 나서 문제를 일으키려는 것일까?

"가자." 어보이가 속삭였다.

어보이와 실킨스는 식당 밖으로 걸어 나왔고, 실킨스는 자리에서 일어나면서 아이탭 팔찌로 계산을 했다. 둘은 오토바이 앞에 섰다.

"좋아, 코리. 원하는 게 뭐야? 그리고 왜 이곳으로 부른 건지 아직도 이해가 안 돼."

"시각적으로 과거를 환기할 게 필요했어. 이런 레스토랑? 특정 부류의 사람들, 네가 어울리던 사람들을 위한 식당이야. 이 식당에 다니는 사람들 중에 화난 사람은 아무도 없지. 샌프란시스코까지 얼마나 멀더라? 샌프란시스코는 다시 해군의 마을로 거듭나고 있어. 추하고 녹슨 회색 배들이 샌프란시스코 만에 죽 정박해 있고, 선원들은 술에 취해 싸움을 벌이고 있어. 악의가 있어서가 아니라 바다에 나가지 못하는 분노나 새로운 증오를 해소하려는 거야. 그런데 이곳은 평소와 똑같이 돌아가고 있어. 신선한 생선은 어디서 먹을 수 있지? 아니면 내가 좋아하는 피자는?"

실킨스는 어보이의 노란 전기 BMW C1에 올라탔다. 묻지도 않고 아는 건 여전했다.

"1번 격납고에 뛰어난 사람들을 모아놓았지만, 그 사람들은 만들 줄만 알아. 부수는 법을 아는 사람도 필요해. 나 같은 나쁜 인간들이 필요하다고…… 가자, 내가 보여줄게."

어보이는 C1의 실킨스 뒷자리에 불편하게 몸을 구겨 넣었고, 둘은 팔로 알토 시내를 지나 조용히 달렸다.

영업시간이 끝난 후 노천카페로 사용되는 레스토랑과 가게의 불빛들이 도로로 쏟아졌다. 어보이가 보기에는 선생이 터진 후 모두가 바깥에서 더 많은 시간을 보내려 하는 것 같았다. 덕분에 팔로 알토는 마치 마을 주민 전체가 스탠포드 졸업생이며 이번 주가 졸업식인 것처럼, 예전 그 어느 때보다도 더 활기가 넘쳤다.

얼마 지나지 않아 둘은 두꺼운 카펫이 깔린 실킨스의 집 거실에 앉았다. 실킨스가 가상 세계에 접속했다. 대니얼은 실킨스가 무광 검은색 바이저가 달린 밝은 분홍색 헬멧을 쓰는 것을 지켜보았다. 그 모습이 스케이트보더와 전투기 조종사를 합쳐놓은 것 같았다.

실킨스는 대니얼을 3D 세계에 초대하지 않으려 했다. "네가 감당하기도 힘들 테고, 반경 1.5킬로미터 이내에 외부자가 나타나면 다 흩어져버려. 그래서 계속할 수 있는 거야." 실킨스는 이렇게 말했다. 어보이는 실킨스가 벽난로 위 스크린 속을 유영하는 모습을 지켜보았다.

실킨스의 아바타는 살바도르 달리가 디자인한 것처럼 희한하게 생긴 노랗고 파란 물고기 캐릭터였다. 그 물고기가 바르셀로나의 람블라스 거리와 비슷하게 생긴 길을 헤엄쳐 갔다. 물고기는 아바타들 사이를 쏜살같이 또는 유유히 지나갔는데, 헬로키티부터 누드 수퍼모델 몸에 로봇 머리가 달린 아바타까지 화려하고 기이한 것들 투성이였다. 마침내 꼬리 쪽에 물거품을 매단 물고기가 모자 가게의 열린 문 앞에서 멈췄다. 그 물거품은 그녀의 신분을 인증하는 암호 키가 분명했다. 실킨스가 버튼을 눌러 바이저를 열고 대니얼을 바라보았다. 온라인 세계에서 현실 세계로 뛰어든 것이다.

"이건 분명히 말할게. 애국심 때문이 아니야." 실킨스가 말했다. "우리의 이유는 네 이유와 달라. 그건 알고 있겠지? 우리에게 중요한 건 네트워크 그 자체야. 애국심이니, 아이들을 사지로 몰아넣니 어쩌니, 엄마와 애플파이니 하는 그런 거짓말들은 안 믿어. 우린 시스템이 떠드는 헛소리는 믿지 않아. 하지만 이번에는 우리의 이해관계가 일치해. 우린 널 돕고 싶어."

"'우리'라니 무슨 뜻이야?" 어보이가 물었다.

"알 필요 없어. 내 친구들은 익명으로 남길 원하니까."

#메어섬 해군 조선소, 줌월트호

마이크는 노구를 이끌고 최대한 빨리 전함의 비좁은 복도를 걸었다. 고함 소리가 점점 커지면서, 마이크의 걸음걸이도 덩달아 빨라졌다. 금속에 금속이 부딪치는 소리에 마이크는 거의 뛰다시피 했다.

"저 여자도 한패야." 파커 병장이 말했다. "저길 봐."

마이크는 1초도 되지 않아 상황을 파악했다. 파커. 렌치. 버넬리스.

마이크는 왼손에 몸무게를 다 실어 파커의 복부를 쳤다. 뒤이어 오른손으로 심장 바로 위를 치자 파커가 격벽에 부딪쳤다. 아주 오래전 차고에서 제이미를 가르칠 때 그랬던 것처럼.

버넬리스는 갑판 위에 등을 대고 뻗어 있었다. 마이크가 버넬리스에게 손을 뻗는 순간, 버넬리스가 그의 뒤쪽을 보며 비명을 질렀다.

마이크는 아슬아슬하게 몸을 숙였고, 휘두른 렌치가 그의 어깨를 스쳐 지나갔다. 마이크는 파커보다는 자신에게 더 화가 났다. 마지막으로 싸움을 한지 20년도 더 넘었지만, 그럼에도 잊을 수 없는 것들이 있다. 해군에 입대했을 때 어느 상사가 해줬던 말처럼, 술집 싸움에서 명심해야 할 두 가지 규칙이 있다. 나중에 때리고, 먼저 떠나라. 다만 상대편이 완전히 싸움을 포기했다는 점을 100퍼센트 확신할 때만.

파커의 공격을 피하느라 좁은 복도에서 균형을 잃은 마이크는, 몸을 더 숙여 백스윙을 피했다. 그런 다음 돌아서서 오른쪽으로 덤비는 듯하다가, 가까이 다가가 왼손으로 짧은 어퍼컷을 날렸다. 주먹이 파커의 9번과 10번 갈비뼈를 치는 순간 손가락 관절에 금이 가는 게 느껴졌다. 제이미에게 이 움직임을 가르칠 때는, 싸움이 복싱에서 난투극으로 바뀔 때만 사용하라고 일러두었다. 리버 펀치(간장을 치는 펀치-옮긴이)는 상대에게 큰 충격을 주어 숨을 헐떡이게 하거나 때로는 의식도 잃게 만들 수 있다. 또한 견딜 수 없는 고통을 안겨준다.

파커가 다급하게 숨을 헐떡이자 마이크는 힘이 솟았다. 다시 한 번 가까이 다가가 파커를 쳤다. 그리고 다시 한 번 더. 방 안에 울려 퍼지는 쿵, 쿵 소리는 듣지 못했다. 아드레날린 때문에 귀가 윙윙 울렸기 때문이다. 하지만 파커의 살에서 진동하는 주먹의 힘은 느낄 수 있었다.

마이크는 숨을 고르고, 파커가 쓰러지는 순간 한 번 더 주먹을 꽂았다. 고통이 너무 심해 아무것도 들리지 않을 걸 알면서도, 마이크는 파커에게 외쳤다. "이 겁쟁이 녀석아! 기분이 어떠냐?" 이것은 모여든 다른 승무원들에게 보여주기 위한 쇼였다. 이제 승무원들은 마이크에 대한 경탄과 두려움에 뒤로 물러났다.

마이크는 주먹질을 멈췄다. 파커는 버넬리스와 마찬가지로 이 배에 필요한 장비다. 파커는 이 배의 일부고, 마이크는 그를 보살필 책임이 있다. 마이크의 주먹은 파커의 얼굴을 단 한 번도 치지 않았다. 함장 앞에 차렷 자세로 서 있으면, 파커가 아버지뻘 되는 노인에게 흠씬 두들겨 맞았다는 사실을 아무도 모를 정도였다.

마이크는 우글우글 모여 있는 선원들을 바라보았다.

"또 파커와 같은 생각을 하는 사람이 누가 있나? 샌프란시스코에 사는 중국인 전부를 잡아 가두고 싶나? 지난 세계대전 때처럼 엔젤섬에 가둬버릴까?" 마이크가 고함을 쳤다.

파커가 일어서려 애썼다. 손과 무릎으로 바닥을 딛고 쌕쌕 숨을 몰아쉬었다.

"리 박사는 우리 편이야." 마이크가 말했다. "우리가 승리한다면 그건 리 박사 덕분이야. 우리가 죽는다면 너희 같은 개자식들 탓이고."

마이크는 손을 뻗어 파커를 일으켰다. 파커는 차마 눈을 마주치지 못하고 고개를 숙였다.

"날 봐. 그리고 너희 모두 마찬가지야. 내 말이 마음에 들지 않니? 그렇다면 5분 줄 테니 내 배에서 내려. 내 배에 남아서 이런 일이 또 발생하면, 오늘처럼 간단하게 넘어가지 않을 거야. 확실히 보게 될 거다. 내 말이 100퍼센트 사실인지 아닌지. 해산해!"

파커는 나머지 승무원들과 함께 비틀거리며 걸어갔다.

"버넬리스, 괜찮아요?" 마이크가 물으며 그녀를 부축해 일으켰다.

"한시가 아까운 판에 귀중한 시간을 낭비했잖아요." 버넬리스는 화난 눈으로 마이크를 쏘아보았다. 자신이 길 잃은 어린 여자아이라도 되는 듯 구해준 마이크에게 화가 났고, 그토록 쉽게 상처를 받은 자신에게 화가 났다.

"배가 괜찮냐는 게 아니라, 당신이 괜찮냐고 묻는 겁니다."

버넬리스는 아무 대꾸하지 않고 마이크에게 기댔다. 마이크는 어떻게 해야 할지 몰라 가만히 서 있었다. 버넬리스의 몸이 떨리기 시작했고, 마이크는 문신을 한 팔로 그녀를 감싸 안았다. 가슴에 파묻힌 버넬리스의 얼굴이 보이지 않아, 그는 자신의 왼손을 내려다보았다. 약지가 부러진 게 확실했다. 그래도 기분이 좋았다.

#노스캐롤라이나주,
모요크

"제발 유리창 두드리지 마십시오, 사장님." 헤르난데즈가 말했다. "그 소리 들으면 동물들이 미칩니다."

캐번디시는 둥근 창에 얼굴을 댔다. U자 형태로 연결된 선적 컨테이너는 물이 새지 않게 만든 다음 물을 가득 채워 넣었다. 각 컨테이너는 커다란 아파트, 혹은 캐번디시의 런던 사우스 켄싱턴에 위치한 저택 같은 아파트의 침실 하나만 한 크기였다.

"아무것도 안 보이는데요. 혹시 그 사람들이 저 안에 있는 거 맞아요?" 캐번디시가 플렉시글라스 창을 다시 두드리며 물었다.

"네, 사장님. 저들이 준 비즈 안경을 써 보시죠?"

캐번디시가 목에 걸려 있던 특별 제작한 무광 검정색 비즈 안경을 썼다. 손가락으로 안경 측면의 곰발바닥 문양 로고를 매만졌다.

"정말 어이없이 쉽게 끝났죠? 어떻게 원래 소유주가 사업을 그렇게까지 망쳐놓을 수 있는지 모르겠단 말이에요." 캐번디시가 말했다. "내 나름대로의 이론은 있지만……"

안경이 켜지자 캐번디시는 본능적으로 몸을 숙였다. 긴 칼이 캐번디시를 향해 달려들자, 그는 고대의 너클 달린 단검으로 반격했다. 캐번디시는 가상현실 속 싸움에 참여했고, 특공대원의 시점에서 보면 스파링을 하는 것 같았다.

컨테이너 안의 불빛은 시시각각 변했다. 몇 초에 한 번씩 불빛이 환해졌다가 서서히 줄어들며 다시 칠흑 같은 어둠에 잠겼다. 남자들은 회색과 검은색의 호랑이 줄무늬 보디수트를 입고 다양한 칼을 차고 있었다. 동굴 다이버들이 사용하는 스위스제 초소형 수중호흡기가 이들의 등에 부착되어 있었다. 탱크 안에 불이 환하게 켜지는 순간, 캐번디시는 이들의 회색 보디수트의 패턴은 호랑이 줄무늬가 아니라는 사실을 깨달았다. 그것은 칼자국이었다.

누군가 그의 어깨를 두드렸다.

"사장님, 이 친구는 에런 베스트입니다. 저와 함께 데브그루(DevGru, 네이비실 내에서도 고난도의 특수임무를 담당하는 팀-옮긴이)에 있었죠. 베스트는 선발과 훈련을 담당합니다." 헤르난데즈가 말했다. "이 친구가 자세한 설명을 해드릴 겁니다."

"어서 오십시오, 에릭 경. 모시게 되어 영광입니다. 지금 보고 계신 것은 우리의 전술과 기술, 절차를 개선한 것입니다. 이것은 부분적으로 전력이 나갔을 경우의 시뮬레이션입니다. 때문에 불빛이 들어왔다 나간 겁니다. 또한 전력이 완전히 나갔을 경우의 시뮬레이션도 해봤는데, 경이 예상하시는 것과 같습니다. 캄캄한 옷장 안에서 칼싸움을 벌이는 것과 같죠. 이것은 10분짜리 훈련입니다. 9분 동안 공기를 공급하고, 옷에 칼자국이 가장 적게 난 사람이 이기는 겁니다. 승자가 가장 먼저 나갈 수 있죠. 패자는 10분이 될 때까지 기다렸다가 탱크를 나갈 수 있습니다."

"대단한 인센티브네요." 캐번디시가 말했다.

"일대일 시나리오에서는, 힘들지만 할 만한 수준입니다. 하지만 그 안에 세 명을 넣으면 상황은 복잡해집니다." 베스트가 말했다. "마지막으로 나오는 사람이 꽤 힘이 들죠."

"저 사람들이 입은 옷은 뭡니까?" 캐번디시가 물었다.

"장거리 정찰 수영복입니다. 방폭 효과가 있고 온도 조절이 됩니다. 임무 수행을 위해 성능을 개선했습니다. 효과적일 거라고 생각합니다."

캐번디시의 눈이 이리저리 헤매다가, 서로 연결된 선적 컨테이너 일곱 세트를 바라보았다.

"저건 훈련 상자입니다." 베스트가 말했다. "보신 것과 같은 것이지만, 이것은 팀 대 팀으로 연습하기 위한 겁니다. 룰은 같고, 패자는 10분을 버텨야 합니다. 일대일 싸움보다 훨씬 더 힘듭니다. 팀 대항이라서만이 아니라, 내부 구조를 비슷하게 만들리고 금속 쓰레기를 잔뜩 갖다 놨으니까요. 간단히 설명하자면 비행기 욕실에서 날뛰는 원숭이 무리와 싸우는 것 같다고 할 수 있습니다."

캐번디시는 눈썹 하나를 들어 올리는 것으로 대답을 대신했다.

헤르난데즈는 캐번디시에게 무기 하나를 건넸다. 티타늄 손잡이에다 철제 날에 너클이 달린 단검으로 길이가 30센티미터 정도였다. 너클과 칼날의 검은색 아노다이징 코팅이 벗겨져 있었다. 캐번디시는 젊은 시절 시장에서 일본도를 뒤지느라 1년을 보낸 사람답게 신중하게 그 검을 살펴보았다.

"단검치고는 꽤 길군요." 캐번디시가 말했다. "내가 가져도 됩니까?"

헤르난데즈가 베스트를 바라보며 고개를 한 번 끄덕였다.

"물론입니다. 엄밀히 말하면 이미 사장님 소유죠." 베스트가 말했다.

"친절하시군요." 캐번디시가 대꾸했다.

"출발하기 72시간 전에 최종 선발을 할 겁니다." 베스트가 말했다. "스물네 명 중에 최고의 여섯 명이 탑승 멤버가 될 테고, 둘은 예비 후보로 남겨둘 겁니다."

이제야 그가 방금 본 수중 싸움의 격렬함이 이해된다고, 캐번디시는 생각했다. "이 사람들은 정말로 가고 싶어하는 것이지요?" 캐번디시가 물었다.

"물론입니다, 에릭 경. 제안하신 상이 과분하다 못해 넘치기도 하지만, 저들은 그저 다시 복귀하고 싶은 것뿐입니다."

캐번디시는 비즈 안경을 헤르난데즈에게 돌려주었다. "의학적인 성능 개선은 다 마쳤습니까?" 캐번디시가 물었다.

베스트가 헤르난데즈를 바라보며 고개를 끄덕이고, 이렇게 덧붙였다.

“마지막 여섯 명을 선택하면, 합동특수전사령부가 제16특수항공연대와 작전기동부대의 부대원들에게 사용하는 지능 증폭 시술을 하고 싶습니다.”

“그건 영구적인 변화지요?” 캐번디시가 물었다.

“계약서에 들어 있는 조항입니다.” 베스트가 대답했다.

“좋습니다.” 캐번디시가 말했다. “헤르난데즈가 확인할 겁니다. 팀원들을 만나기 전에 마지막으로 하나만 더 묻죠. 마음에 걸리는 게 하나 있어요.”

“그렇다면 죄송합니다, 에릭 경. 그게 뭐죠? 출발 전에 해결하겠습니다.” 베스트가 말했다.

“저 피는 다 어쩔 겁니까? 밖으로 흘려보낼 수는 없잖아요. 일이 끝난 후에 깨끗이 처리할 방법을 알아내세요.”

#샌프란시스코,
포트 메이슨

제이미 시먼스는 조용히 파스타를 씹으며 탁자 위에 올려놓은 커피잔을 뚫어지게 바라보았다.

파스타를 씹으면서 줌월트에서 있었던 일들 중에서도 특

히 후회되는 일들, 시간이 없는 지금 더욱 중요했던 순간들을 곱씹었다. 하루의 시작부터 끝까지 다 되짚어보았지만, 집에 오기 전 부둣가의 벤치에서 멈췄어야 했다는 사실만이 자꾸 떠올랐다. 린지를 빨리 보려고 서둘러 집으로 왔다. 하지만 그 5분간의 감압 과정이 그의 하루 중 가장 중요한 순간이었다. 잠시 멈춰 생각을 정리하고, 집으로 가기 전 머릿속에 있던 일 생각을 모두 거둬내는 시간이었다. 전쟁을 집으로 가져오지 않는 방법이었다. 서둘러 집에 오면 안 된다는 걸 알면서도, 집에 있는 가족이 그리워 저도 모르게 마음이 급해졌다.

전쟁 전의 삶이 떠올랐다. 시먼스는 자신이 내린 어떤 결정이든 두 번 다시 생각하지 않는 남자다. 태평양 한가운데 불타는 사체들 사이에서 선원들을 버려두고 떠나기로 결정한 것도 말이다. 하지만 가족과 함께하겠다는 결정을 지키지 못한 자신에게, 영원히 가족과 헤어지기 전에 결정을 행동으로 옮기지 못한 자신에게 화가 났다.

제이미가 고개를 드니 린지가 그의 먹는 모습을 유심히 쳐다보고 있었다. 무언가 심상치 않다는 걸 알아차린 것이다.

"당신 피곤해 보여." 린지가 말했다. "무슨 일 있어?"

"아무 일 없어. 다시 할게. 미안해, 일이 잘 안 풀리는 날이라 그래."

"요즘엔 매일 일이 잘 안 풀리는 모양이네." 린지의 목소리에 약간 날카로운 기색이 어려 있었다.

"응. 출항할 때가 다가오니까 더 힘이 드네. 승무원들도 기다리다 점점 지쳐가고 있고."

"우리도 힘들어. 애들이랑 시간 좀 보내. 애들이 자꾸……"

"애들이 왜?"

"당신이 언제 또 떠나냐고 물어봐."

"그래서 뭐라고 대답했는데?"

"곧 떠나야 하지만 돌아올 거라고."

"왜 그런 말을 했어?"

"나도 당신한테 물어봐야겠어. 진주만 이후로는 잊어버리려고 했지만 알아야겠어. 라일리한테 그만둔다고 얘기하긴 했어?"

"맙소사, 린지. 그게 중요해? 그게 정말 중요해? 라일리는 죽었어. 바로 내 앞에서 피를 흘리면서. 라일리가 내 경력을 어떻게 생각했는지가 그렇게 궁금해?"

"나한텐 중요해. 당신은 매번……"

위층에서 쾅 하는 굉음 소리에 린지가 말을 멈췄다. 노인네가 투덜거리는 소리가 나더니, 뒤이어 마틴의 웃음소리가 났다. 제이미가 눈을 확 치켜뜨자, 린지는 눈을 내리깔았다.

"왜 애들이 아직 깨 있어? 그리고 아버지는 여기서 뭐 하는 거야?" 제이미는 포크를 탁 내려놓고 커피 잔을 들었다. 린지를 노려보며, 한 시간 전에 발치에 쏟아부었어야 할 차갑고 씁쓸한 커피 찌꺼기를 마셨다.

"변기 고치러 오셨어. 더 이상 기다릴 수가 없어서. 지난번에 들르셨다가 마틴이랑 같이 항구 친구한테서 얻은 3D 프린터로 필요한 부품을 프린트하셨거든. 둘이 얼마나 신나했는지 몰라. 당신이 싫어하는 거 알지만, 전처럼 가족과 함께 지내길 원하시는 것 같아서…… 내가 어떻게 해야 해?"

"내 부탁대로 해야지." 제이미가 으르렁거렸다.

"그건 내가 할 말이야." 린지가 차갑게 대꾸했다. 망가진 변기 이야기인지, 아이들과 시간을 보내라는 이야기인지, 해군을 떠나겠다는 약속 이야기인지 알 수가 없었다. 상관없었다. 어떤 경우든 다 그의 잘못이었으니까. 그리고 그 점이 마음에 들지 않았다.

"이럴 시간 없어. 난 할 일이 남았어."

제이미는 묵직한 서류 폴더를 들고 식당 밖으로 나갔다. 접시에 새우와 파스타를 고스란히 남긴 채로.

제이미는 조용히 복도를 따라 걷다가 열린 욕실 문 앞을 지났다. 오늘 밤에는 너무 많은 사람들을 실망시켰고 아버지와 마주치고 싶지 않았다. 말싸움을 하지 않으려 린지를 피해 식당에서 나왔는데 아버지를 만나면 말싸움을 벌이게 될 것이 뻔했다. 시간도 얼마 남지 않은 상태에서 화가 난 채 침실로 가는 건 잘못인지도 몰랐다. 하지만 그것 말고도 후회되는 결정이 하나 더 있었다. 제이미는 재빨리 모퉁이를 돌아 사무실로 들어갔다.

문을 닫고 책상 앞에 앉았다. 스탠드를 켜려고 손을 뻗다가 그대로 멈췄다. 그의 눈이 방 안의 어둠에 서서히 익숙해지면서 서쪽 창문 옆 벽에 붙여놓은, 아들이 그린 그림을 알아볼 수 있을 정도가 되었다. 녹색과 노란색, 파란색으로 이루어진 전함을 그린 세 장의 종이가 길게 테이프로 붙여져 있었다.

배의 어느 부분을 바라보느냐에 따라, 3층 갑판 같기도 하고 2층 갑판 같기도 했으며, 빨간 포탑에서는 사방에서 새 다리가 튀어나와 있었다. 분홍색 하트가 선체를 뒤덮었고 파란 별 하나가 그려진 작은 깃발 하나가 고물에서 휘날리는데, 그 위에는 '아빠, 이겨라'라고 적혀 있었다. 아내는 그 배를 '사랑의 배'라 불렀다. 그 그림을 보는 순간 제이미의 눈에 눈물이 차올랐다.

복도에서 부드럽게 찰칵하는 소리가 들렸다. 침실 문이 닫혔다는 뜻이었다. 마이크의 부츠가 계단을 내려가는 묵직한 소리가 나는 걸 보아, 오늘 밤에는 아버지를 마주칠까봐 걱정할 필요가 없었다. 제이미는 눈물을 닦고 의자에서 일어나, 창밖으로 금문교를 바라보았다. 안개에 휩싸인 다리를 볼 때마다 가슴이 뻐근했다. 다음에 저 다리 밑을 지나간다면, 그것은 아버지와 함께하는 마지막 항해가 될 것이다.

#하와이 특별행정구역,
와이키키 해변, 모아나 서프라이더 호텔

"10시까지 와요."

남자가 대여 카운터로 방 카드를 내밀며 그녀에게 한 말은 그게 전부였다. 그 말과 함께 윙크와 미소를 던지고는 바닷물을 뚝뚝 흘리며 걸어갔다. 금색 롤렉스 다이버 시계가 왼쪽 손목에 헐겁게 걸려 있어, 시계 밑으로 타지 않은 창백한 피부가 드러났다. 남자는 당연히 자기 이름을 알고 있어야 한다는 듯 이름도 말하지 않았다. 그리고 그의 생각대로였다. 남자의 삼촌이 청두에서 유명한 전자 회사 벨콘을 운영했다. 캐리가 이따금씩 함께 커피를 마시는 메이드 한 명이 남자가 처음 도착했을 때 들은 이야기를 해주었다. "여자를 그렇게 밝힌대"라며 치를 떨었다.

어느 나라 출신이든 진짜 부자는 그렇다는 걸, 캐리도 익히 알고 있었다. 그런 사람들은 누구나 자기가 원하는 걸 알고 있다고 생각하며, 그저 언제 어디서 필요한지만을 말할 뿐이었다.

이번 경우에 굳이 장소도 말할 필요가 없었다. 호텔방 카드가 대신 말해주고 있으니까. 키 카드는 플래티늄처럼 반질반질하지만, 사실은 싸구려 알루미늄이다. 캐리는 직원 엘리베이터를 타고 VIP 스위트룸으로 가기 위해 다시 한 번 보안 검색대 앞에 줄을 서서, 카드 중앙에 새겨진 세 개의 야자수 무늬를 손가락으로 매만졌다. 그건 모아나 서프라이더 펜트하우스 스위트룸 3호라는 표시였다.

당직을 서는 중국인 해군이 휴대용 바디 스캐너로 일일이 사람들을 확인했다. 호텔 직원들 역시 일을 하러 가려면 한 번 더 바디 스캔을 해야 한다. 지각하면 질책 받을 게 뻔한 웨이터들까지 하얀 바지와 몸에 꼭 맞는 검은색 반팔 터틀넥 셔츠를 입고 조용히 기다렸다.

이 줄에 서 있는 사람 모두가 마찬가지다. 보안 검색대 줄에 서서 기다리고, 전쟁이 끝나길 기다리고, 죽음을 기다린다.

캐리는 차례를 기다리며, 룸키를 뒷주머니 신분증 옆에 넣고 손톱줄로 손톱을 다듬었다. 복도 바닥은 흠집투성이인데다, 불이 반은 나간 상태였다. 호텔 곳곳에서 그러한 관리 소홀이 눈에 띄었다. 새로운 고객층이 생겨났기에 외관과 손님용 복도는 침공 전보다 더 밝고 깨끗하게 관리했다. 하지만 그 이면에, 직원들이 일하고 생활하는 공간의 복도는 낡고 지친 지하철 터널처럼 변해갔다.

캐리는 왼손 약지의 손톱 밑에 낀 서핑보드 왁스 조각을 빼내어 바닥으로 몰래 튕겼다. 남자가 카드를 놓고 간 뒤, 캐리는 모래 알갱이가 박힌 왁스로 서핑보드를 부지런히 닦았다.

"다음." 중국인 해군이 말했다. 그는 번역기를 사용하지 않았다. 영어 실력이 꽤 좋았기 때문이다. 캐리는 그에게 호텔 ID를 보여주고 다시 뒷주머니에 넣은 다음, 손톱줄을 탁자 위에 올려놓고 스캐너를 통과했다.

캐리가 물건을 다시 집는 순간 스캐너가 열대 새처럼 짹짹거렸다.

"반바지 뒷주머니에 있는 건 뭡니까?" 해군이 물었다.

"내 신분증이에요. 끈이 떨어져서요." 캐리는 다시 신분증을 들어 해군에게 보여주었다. 그 뒤에 룸키를 숨긴 채 특수요원처럼 빳빳하게 팔을 들어 올렸다. 해군이 다시 바디 스캔을 했지만 아무것도 나오지 않았다. 캐리의 뒤에 선 웨이터 두 명이 숨죽여 킬킬 웃었다.

“그리고 저건 뭡니까?” 해군이 손톱줄을 가리키며 물었다. 손톱줄을 들어 올려 유심히 살펴보았다.

“손톱 다듬는 거예요.” 캐리는 대답하며 손톱줄을 집어 주머니에 넣었다.

“가도 됩니다.” 해군이 말하고 다음 사람을 바라보았다.

엘리베이터 문이 쉭 하고 열리며 캐리가 안으로 들어섰다. 캐리는 손톱줄을 꺼내 다시 손톱을 다듬기 시작했다. 이번에는 좀 더 집중해서 다듬었다.

엘리베이터가 꼭대기 층에 도착하며 속도를 늦췄다. 문이 열리자, 캐리는 금속 카드의 끝을 팔꿈치 안쪽에 대고 살짝 긁었다. 이제 피가 날 정도로 날카로웠다.

#하와이 특별행정구,
와이키키 해변, 모아나 서프라이더 호텔

“중위, 이 좋은 경치를 즐기지 못하다니 안타깝군.” 마르코프가 말했다. “정말이지 죽기 좋은 곳이야.”

지안 중위는 눈앞에 펼쳐진 광활한 태평양을 감상하기는커녕 난간 너머로 헛구역질을 하느라 바빴다.

이 젊은 장교는 마침내 고개를 들고 오른손 손등으로 거칠게 입을 닦았다. 한 손은 엉덩이의 권총 위에 올려놓은 채, 수평선을 훑으며 근처 건물들의 지붕을 유심히 살폈다.

"자네가 옳아, 지안. 우리처럼 경치를 감상하는 반란군 저격수도 있을 수 있지." 마르코프가 말했다. "안으로 들어가서 온수 욕조를 끄라고 말하지 그래? 물이 더 이상 끓지 않으면 날 불러. 그러면 몸을 더 제대로 볼 수 있겠군. 가까이서 보는 게 더 쉬울 거야." 마르코프는 빙그레 웃었다.

몇 분 후 돌아온 지안의 얼굴은 돌처럼 굳어 있었다. 욕조물은 더 이상 물거품이 일지 않고 고요했지만, 여전히 와인처럼 검붉었다. 죽은 남자는 티크나무 욕조에 머리를 기대고 누워 있었고, 목에는 아가미처럼 붉게 벌어진 상처가 있었다.

"중위, 이자가 나체인가?"

"물속이 보이지 않습니다." 지안이 대답했다. "물이 너무, 너무, 그……"

"그자가 바지를 입고 있는지 아닌지 알아야 해. 가봐."

지안이 방 안의 시신 쪽을 쳐다보았다가 다시 마르코프를 바라보았다.

"어서. 무공훈장을 받으려면 피도 좀 보고, 벌거벗은 시신도 봐야지. 소매 걷어붙이고 가서 확인해."

마르코프는 어떻게 해야 하나 쩔쩔매는 지안을 못 본 척했다. 마침내 지안이 욕조 쪽으로 걸어가며 소매를 걷어붙였다.

"그만!" 마르코프가 외쳤다. "소매 걷어붙이라는 건 미국인들이 쓰는 관용적인 표현이야. 정말로 욕조 안에 손을 집어넣을 작정이었나? 자네가 내 생각보다 더 용감한 모양이군."

마르코프는 혼자 킬킬거리며 장비가 가득 든 더플백 안에 손을 넣어 대형 손전등 크기만 한 광 튜브를 켰다. 하나를 더 꺼내 지안 중위에게 던졌다. "당연히 나체지. 아래층 경비의 말에 따르면, 이 친구는 하와이에서 보낸 시간 중 절반은 벌거벗고 지냈다더군."

마르코프는 보좌관과 함께 방 안으로 들어갔다. 마르코프가 지안에게 고글 하나를 건네고, 자신도 하나를 썼다. 자외선이 방 안을 휩쓸며 DNA 흔적이나 피부, 혈액, 혹은 사람의 체액을 찾았다.

"놀랍군." 방 안이 하얀 얼룩으로 가득했다. "어떻게 저 위에까지 묻은 거지?"

마르코프는 지안 중위가 다시 발코니로 나간 사실을 깨닫고 외쳤다. "여기 이 친구가 아주 바쁜 청년이었던 모양이야. 증거 채집해. 장갑은 반드시 끼고…… 더 이상은 토하지 않았으면 좋겠어."

마르코프는 면봉으로 채취를 하기 시작했고, DNA 분석기가 신분을 확인하기 위해 데이터베이스를 대조 검토하기 시작했다.

호텔 스위트룸을 도는 내내, 센서 고글이 제공하는 시야로 작은 얼굴들이 나타났다. 한 명은 특정인의 DNA가 발견된 곳마다 나타났고, 곧 온 사방에서 얼굴들이 떴다. 그중 몇 명은 위원회 보안 검사를 나온 이들이었고, 또 어떤 이들은 전쟁 전 하와이 운전면허증에서 나온 얼굴들이었지만, 대다수는 하와이 경찰서 파일에 저장된 머그샷이었다. 알록달록하고 희미하게 반짝이는 프로필 사진들은 대다수가 젊은 여성이었다.

마르코프가 손을 뻗어 공중에 걸린 것 중 가장 가까운 가상 카드를 건드리자, 카드가 뒤집어지며 파일이 떴다. 매춘으로 체포된 경력이 떴다. 또 다른 카드를 뒤집었다. 매춘과 마약 복용 혐의였다. 또 다른 카드를 뒤집었다. 매춘과 풍기문란 죄였다.

마르코프는 한 손으로 죽 훑어 모든 사진을 다 잡은 다음, 그 사진들을 재배열하기 시작했다. 한쪽에는 범죄 전과가 있는 사람들, 다른 한쪽에는 체포 전력이 없는 사람들을 놓았다.

지안 중위가 그의 곁에 와 체포 전력이 있는 사람들의 목록을 확인하기 시작했다. "장군님께서는 이 사람들을 모두 모아놓은 다음, 우리 방식으로 처리하길 바라실 겁니다." 지안이 말했다.

"그렇게 생각하나? 이 친구는 하와이에 있는 매춘부 반은 만나고 다녔어. 그 여자들을 죄다 체포하면 사람들이 반란을 일으킬걸. 지역 주민들이 아니라 위원회 군인들이 말이야." 마르코프가 체포 전력이 없는 사람들 목록을 확인하며 말했다. 대다수가 호텔 직원이었다. "이런 곳을 치워야 하다니 청소부들이 불쌍하군. 위험수당을 받아야 해……"

마르코프의 검지가 공중에 걸린 젊은 여자 사진에서 멈췄다. 운전면허증 사진이었다. 전에 본 적 있는 얼굴이었다. 사진을 뒤집어보았다. 그래, 눈의 표정이 달랐지만, 이 여자가 확실했다. 서핑숍 아가씨가 이 위에서 무얼 하고 있었던 것일까?

#하와이 특별행정구역,
호놀룰루, 퀸 가와 워드 가, 알토 카페

"반역자." 한 명이 사납게 일갈했다.

짙은 마리화나 연기 속에서 낮이 지나길 기다리던 지역 주민들이 성난 눈길로 캐리를 쏘아보았다. 같은 민족이었지만 그 적개심은 위원회 군인들에게 향하는 것보다 더 컸다. 캐리가 입은 수영복처럼 타이트하고 바다처럼 파란 탱크톱과 각도에 따라 색이 변하는 하얗고 몸에 딱 붙는 바지를 보는 순간, 방 안의 공기가 한층 더 위협적으로 변했다.

"창녀." 또 다른 한 명이 기침을 하는 척하며 내뱉었다. 뒤에서는 콜롬비아 레게 밴드가 조용한 음악을 연주하고 있었다. 금지곡이 된 세계 평화운동 노래였다. 캐리는 목소리를 높여 바텐더 아가씨에게 화장실이 어디냐고 물었다.

"손님용이에요." 민머리에 가시 면류관 문신을 두른 십대 소녀가 대꾸했다.

"급해서 그래, 부탁할게요." 캐리가 말했다.

"그럼 커피나 담배를 사요."

"커피 줘요." 캐리는 카운터 위에 100RMN짜리 지폐 한 장을 던졌다.

"화장실은 저 뒤예요. 잠금장치는 고장 났어요." 소녀는 무시하는 표정으로 말했다.

캐리는 낮은 테이블을 이리저리 지나 레스토랑 뒤쪽으로 갔다. 눈은 바닥만 쳐다보았다. 창피해서가 아니라, 조심하지 않으면 누가 발을 걸지도 모른다는 두려움 때문이었다.

담뱃재에 눌어붙은 자국이 난 지저분한 하얀 털모자를 쓴 오십 대 남자가 테이프로 동여 맨 비즈 안경을 쓰고 캐리에게 윙크를 했다. 그러고는 통통한 손가락으로 이리 오라고 손짓했다. 그 간단한 행동에도 남자의 육중한 무게가 나무 의자를 더 내리눌러 삐걱대는 소리가 났다. 남자는 발목까지 내려온 포대 자루 같은 검은 티셔츠에 붙은 부스러기와 담뱃재를 털어냈다. 캐리는 남자가 나중에 두고두고 안경으로 재생해 볼, 짧은 눈길을 주었다.

"꺼져. 넌 꿈도 못 꿔." 캐리는 인생 다 산 사람처럼 연기를 했다. 아니, 더 이상은 연기가 아니던가?

캐리는 조심스럽게 남자 옆을 지나 화장실로 향했다.

반투명한 지샤 손목시계를 보니 9시 통금까지 3시간이 남았다. 통금시간의 부활은 지역 반란군들보다 위원회 군대의 사기에 더 큰 악영향을 미쳤다.

캐리는 거울 쪽으로 몸을 숙이고 립스틱을 다시 발랐다. 뒤를 따라오던 남자 두 명은 위원회 군인이 분명했다. 그들은 플립플랍을 신고, 헐렁한 리넨 바지에 화사하지만 지나치게 요란하지는 않은 꽃무늬 티셔츠 차림이었다. 그 티셔츠는 최근에 산 게 분명했다. 진짜 지역 주민들이 입는 옷처럼 낡은 느낌이 전혀 없었다. 위원회 군인이 확실했고, 자신의 뒤를 쫓는 이유도 뻔했다.

캐리는 15분 정도 화장실에서 기다렸다. 그런 다음 머리를 만지고 손을 씻었다. 더 이상은 뒤쫓지 않을지도 모른다. 이제 다시 매일 마주치는 같은 하와이인들의 얼굴에 드러난 증오와 분노, 앙심을 마주해야 할 때가 된 것이다.

캐리는 손잡이를 잡고 심호흡을 했다. 카페 안의 답답한 공기보다 지저분한 화장실의 악취가 더 나았다.

캐리가 문을 열기도 전에 문이 안으로 홱 열렸다. 검은 장갑을 낀 두 손이 캐리를 화장실 벽에 밀어붙이는 바람에, 걸려 있던 낡은 와이키키 해변 사진이 바닥으로 떨어졌다. 싸구려 나무 액자가 산산조각 났다. 그 손은 캐리의 발을 잡고 질질 끌고 가 카페 바닥에 내던졌다.

남자의 무릎이 캐리의 등을 쳤다. 탁자 위에 놓여 있던 커피가 캐리의 머리 위로 쏟아져 얼굴을 타고 흘러내렸고, 캐리는 눈이 따가워 깜빡거렸다. 손님들은 가고 없었다. 문이 잠겼을 거라는 사실은 보지 않아도 알 수 있었다. 캐리를 본 손님들 중 아무도 도움을 요청하지 않을 것이다.

캐리는 몸을 일으키려 애를 쓰며 등에 힘을 주었지만, 발 하나가 그녀의 왼팔을 밟아 눌렀다. 그런 다음 오른쪽 팔도.

남자는 둘이었고 중국어로 말했으며, 화가 난 듯 짧은 말을 툭툭 내뱉었다. 누가 말을 하는지 보려고 하자, 주먹 하나가 날아와 캐리의 얼굴을 젖은 바닥에 메다꽂았다. 남자 한 명이 팔뚝으로 캐리의 뒷목을 내리눌렀다.

캐리는 눈을 크게 뜨고 숨을 헐떡였다. 한 명이 캐리의 다리를 잡아당기며 바지를 벗기기 시작했다. 바지가 오른쪽 발목에 걸리자 홱 잡아당겼다. 그러더니 1~2미터 떨어진 곳에서 남자 둘이 무언가를 두고 다투는 소리가 들렸다. 겁을 먹고 꽁무니를 빼려는 것이거나, 아니면 누가 먼저 할지 다투는 건지도 몰랐다.

캐리는 재빨리 구석으로 가 몸을 옹송그리고 떨기 시작했다. 반쯤 벗은 몸은 쏟아진 커피와 바닥의 담뱃재로 덮여 있었다.

캐리는 눈을 감았다. 엄마가 술에 취해 잠든 후면 밤마다 나가 서핑을 하던 때를 떠올렸다. 서핑보드에서 떨어져 휘몰아치는 파도 속으로 들어가 날카롭고 아름다운 산호초에 부딪칠 것 같던 그 순간이 떠올랐다. 혼란스러운 그 순간에 평화가 있었다. 파도에 휘말리면 아무것도 들리지 않고 귀가 울린다. 선택할 수만 있다면, 영원히 순간에 빠져버리고 싶었다.

그러다 파도가 지나가면 다시 숨을 헐떡이며 수면 위로 올라왔다.

캐리는 왼쪽 팔뚝 안쪽으로 손을 뻗어 7센티미터 길이의 삼각형 밴드를 뗐다. 날카로운 통증과 함께 빨간 핏방울이 흐르기 시작했다.

가까이에 있던 특공대원이 캐리를 구석에서 잡아 끌어내, 거칠게 일으켜 세웠다. 캐리는 반항하지 않았다. 두 팔은 축 늘어졌고, 밴드는 바닥에 떨어졌다. 남자는 오른손으로 캐리의 목을 감싸고, 엄지손가락으로 턱 바로 밑을 잡았다. 힘이 얼마나 센지 그대로 캐리의 몸을 들어 올려 발가락이 바닥에 닿을락 말락했다. 남자는 으르렁거리며 캐리를 가까이 끌어당기고, 자유로운 왼손을 아래로 내려 벨트를 풀었다. 바지 지퍼를 열다가 캐리의 눈을 보고 얼어붙었다.

고요하고 평화로운 그 눈빛에 남자는 순간 당황했다. 캐리의 오른손에서 무언가가 번쩍하는 것조차 눈치채지 못할 정도로.

날 자체는 짧았다. 4센티미터밖에 되지 않는데다 두께도 종잇장보다 조금 더 두꺼운 정도였다. 캐리가 약혼자의 공구 상자에서 가져온 도자기로 만든 커터 칼날은 면도날보다 더 날카로웠고, 상처 속에 숨겨놓아도 절대 녹슬지 않았다.

남자는 처음에는 칼날에 베인 사실도 알아차리지 못했다. 날이 아주 예리해 몸이 상황을 제대로 인시히지 못한 것이다. 남자의 경동맥에서 피가 뿜어져 나오기도 전에, 캐리는 아래로 날을 그으며 그의 배꼽 바로 위쪽을 그었다. 캐리를 치려고 왼손을 끌어올리며 바지가 바닥에 떨어지는 순간에서야, 남자는 배 속의 장기가 쏟아져 나온다는 사실을 알아챘다.

남자는 배를 움켜쥐며 바닥에 쓰러졌다. 캐리는 다른 군인에게 달려들었다. 남자는 감춰둔 권총집을 찾느라 애쓰며, 한 손으로는 눈에 튄 피를 닦느라 정신이 없었다. 남자가 간신히 권총을 꺼내는 순간 캐리가 남자의 손목을 그었다. 총이 바닥으로 떨어졌고, 캐리는 다른 손도 잘랐다. 남자는 가라테로 반격을 했지만 이미 자포자기한 듯 기운이 없었다. 커터 칼날이 공중에서 그의 손과 부딪치며 왼손 새끼손가락과 약지를 잘랐다. 캐리는 남자 위에 올라타 미친 듯이 긋고 또 그었다.

순간 무아지경에 빠져 아무것도 들리지 않았다. 그저 귀가 윙윙거리며 평화가 찾아왔다.

그런 다음 숨을 헐떡이며 수면 위로 솟아올랐다.

캐리는 아래를 내려다보았다. 남자의 얼굴을 알아볼 수가 없었다. 붉은 선이 그어진 조각에 불과했다. 어떤 얼굴이었는지도 기억나지 않았다. 떠오르는 건 아버지의 얼굴뿐이었다.

#샌프란시스코,
포트 메이슨

제이미 시먼스 함장은 마지막으로 한 번 더 언덕 아래로 축구공을 차면서, 아주 듬직해진 아들의 모습에 놀랐다. 아이들에게 불편한 진실을 보여주지 않으려는 듯, 제복 위에 자이언츠 티셔츠를 입은 차림이었다.

햇살이 포트 메이슨에 위치한 제이미의 집 뒤 잔디밭을 흠뻑 적셨다. 아이들과 놀기에 더없이 좋은 날씨였지만, 항상 줌월트와 연결되어 있는 그의 일부분은 짙은 안개가 끼기를 바랐다. 사실 캘리포니아 북부를 감시하는 위원회 위성은 날씨가 어떻든 모든 걸 다 볼 수 있지만, 안개 속에 숨어 있으면 왠지 모를 안도감이 들었다.

제이미는 마틴을 쫓아 방공 포대가 있는 마린을 지나 언덕길을 달려 내려가며 함성을 질렀다. 겨우 따라잡은 마틴은 주황색과 노란색이 섞인 축구공을 깔고 앉아 금문교를 바라보고 있었다.

"아빠가 저 다리를 지나서 나가면 어떻게 아빠를 봐요?" 마틴이 물었다.

제이미가 무어라 대답하기 전에, 해병대의 AH-1Z 바이퍼 공격헬기 두 대가 굉음을 내며 부둣가를 지나 만 쪽으로 날아가더니 다리 아래를 지나 사라졌다.

"배 전체가 같이 가는 거야." 제이미가 말했다. "아빠 일이지. 나쁜 사람들이 여기에 와서 나쁜 짓을 하지 못하도록 겁을 줘서 쫓아버려야 하거든."

"할아버지도 가요?" 마틴이 물었다.

제이미는 선뜻 말이 나오지 않았다.

"할아버지도 가실 거야. 할아버지는 널 사랑하지만 가셔야만 해."

"어떻게 아빠가 선장님이에요? 할아버지가 아빠보다 나이가 더 많은데?"

"선장을 하려면 오래전에 했어야지. 게다가 선장은 한 명뿐이야. 아빠가 선장이라 좋지?"

"그럼 할아버지한테 꼭 잘해줘야 해요. 할아버지가 이제 자주 오지 않아요. 난 보고 싶은데. 할아버지가 나한테 화난 거예요?"

"아니야, 그런 거 아니야. 일 때문에 많이 바쁘셔서 그래."

제이미는 몸을 숙여 마틴의 짧은 머리카락에 키스했다. 가슴이 더욱 답답해졌다.

"할아버지는 벌써 떠났고, 아빠는 나랑 말하기 싫어하는 줄 알았어요. 아빠도 가고 할아버지도 가면 누가 우릴 보살펴

줘요?"

제이미는 가슴을 한 대 얻어맞은 기분이었다. 애써 아무렇지 않은 척했다.

"네가 있잖아. 네가 아빠 대신 엄마랑 누나를 보살펴줄래?"

마틴이 잔디 하나를 뽑았다.

"좋아요. 할 수 있을 것 같아요. 엄마를 도와줄 사람이 필요하거든요. 아빠가 없으면 너무 힘들어요."

"아빠도 알아. 이제 엄마랑 누나 보러 가자."

제이미는 어깨 위에 아들을 앉히고 집으로 걸어 올라갔다. 다른 집 사람들도 뒷마당에 나와 불편한 작별 의식을 치르는 중이었다. 앞으로의 몇 시간이 떠나기 전 가족과 함께 보내는 마지막 시간이었다. 그 시간을 소중하게 보내야 했다.

그 몇 시간은 인사를 하러 찾아온 방문객들과 아이들이 북적이는 가운데 웃음과 눈물이 어우러지며 정신없이 빠르게 지나갔다. 정신을 차려보니 제이미는 어느덧 아내와 함께 현관에 서서, 한 팔에는 마틴을 다른 팔에는 클레어를 안고 있었다.

린지가 손을 뻗어 제이미의 눈에 맺힌 눈물을 닦았다.

"얘들아, 방에 올라가봐. 아빠가 선물을 준비했으니까. 아니면 아빠가 돌아올 때까지 기다렸다 열어볼래?"

아이들은 그 즉시 몸을 꼼지락댔고, 제이미는 아이들을 내려주었다.

"알았다, 알았어. 가!" 제이미가 말했다.

제이미는 현관에 서서 계단을 뛰어올라가는 아이들을 바라보았다.

그런 다음 린지를 돌아보며 꼭 끌어안았다. 매초마다 손에 힘이 더 들어갔다. 제이미의 머릿속에 떠오른 말은 '미안해' 뿐이었다. 그 말이 입 밖으로 나왔다는 사실을 깨닫기도 전에 린지가 말했다. "나도 미안해."

위층에서 기쁨의 환호성이 터져 나왔다.

"이런 작별 인사는 하고 싶지 않았는데." 제이미가 말했다.

"전쟁이 일어나지 않았으면 이런 일은 없었겠지." 린지는 애써 미소를 지었다. "전쟁의 끝은 꼭 나와 함께 봐야 해. 다시는 이런 일이 일어나지 않게 나가서 확실히 하고 와."

"약속할게. 다음은 없을 거야. 나는 배에 몰누했고 그래야 했지만, 그러려고 한 건 아니야. 어쩔 수 없는 일이었어."

"당신 아버지는 작별 인사하는 법을 몰랐지?" 린지가 말했다. "당신도 마찬가지야. 조심히 다녀와."

"될 수 있는 대로 빨리 편지 보낼게."

신이 난 발자국 소리가 우르르 계단을 내려왔다.

마틴은 줌월트호 실루엣이 들어가고 챙에 금몰을 두른 야구 모자를 쓰고 있었다. 모자 뒤편에는 '마틴 시먼스 함장'이라고 적혀 있었다. 클레어는 금색과 파란색의 미 해군 티셔츠를 입은 회색 돌고래 인형을 꼭 안고 있었다.

부두 쪽에서 꾸준한 경적 소리가 들려왔다.

"함장님이 늦으면 안 되지." 린지가 말했다. "아빠한테 인사해."

제이미가 마지막으로 한 번 더 아이들을 꽉 끌어안으며 샴푸와 풀냄새를 들이마셨다. 자리에서 일어나 린지에게 진하게 키스를 한 다음, 머리를 맞댔다.

"사랑해, 영원히."

"영원히."

제이미는 돌아서서 떨리는 발걸음으로 앞마당을 가로질러 기다리는 연락정 쪽으로 향했다.

"잠깐만!" 린지였다.

린지가 달려와 제이미의 셔츠를 잡아당겼다. 눈길을 내려보니 아직도 야구 티셔츠를 입고 있었다. 제이미가 두 팔을 들자 린지가 티셔츠를 벗겼다.

4부

적과 싸우려면 평범한 병력을 사용하고,
적을 이기려면 특별한 병력을 사용하라.
–손자병법

#칼라아릿 누나트 공화국,
툴레 북쪽 65킬로미터

아가타 아벨센 제독은 달리 어떻게 해야 할지 몰라, 넓은 어깨를 세우고 처음 본 미국인에게 절도 있게 경례를 했다.

도저히 갈피를 잡을 수가 없었다. 먼저 헬리콥터가 날아오더니 그녀가 자란 마을만큼이나 커다란 비행장에 착륙했다. 그 비행장의 관제탑은 그녀의 고국에 있는 거의 모든 건물보다도 더 높이 우뚝 솟아 있었다. 또 배는 어찌나 큰지 실제 배 같지가 않았다. 파도에 출렁거리지도 않는 것 같았다.

아벨센의 경례를 받은 미국인 선원이 의아한 표정으로 그녀를 바라보았다. 헬리콥터의 바퀴를 고정하던 이등 항해사도 제독만큼이나 당황하고 말았다. 전에는 그린란드라 불렸던 칼라아릿 누나트 공화국의 고위급 해군 장교가 자신에게 경례를 한 이유를 알 수 없었기 때문이다.

"아벨센 제독님, 승선을 환영합니다." 해군 소장 노먼 듀런트가 성큼성큼 걸어와 이 상황을 정리해주었다. "미국과 칼라아릿 간의 첫 공동작전을 위해 니미츠호에 모시게 되어 영광입니다."

제독은 경례 대신 듀런트를 세게 끌어안았다.

제독이 포옹을 풀자 항모타격단 사령관은 뒤로 물러나 절도 있는 경례를 하며, 놀란 눈으로 쳐다보는 승무원들을 애써 무시했다. 제독은 178센티미터인 듀런트보다 적어도 15센티미터는 더 컸고, 몸무게도 족히 20킬로그램은 더 나갈 게 분명했다. 이목구비는 섬세하고, 눈썹은 두꺼웠으며, 창백할 정도로 하얀 피부 때문에 녹색 눈이 반짝거리는 것 같았다. 제복 코트는 오리털 파카 같은 것이었는데, 어업 회사에서 선원들에게 제공하는 것처럼 평범한 것이었지만 오른쪽 어깨에 패치 하나가 붙어 있었다. 가운데에 반은 빨갛고 반은 하얀 원이 들어간 삼각형 모양의 국기였다. 듀런트는 제독이 도착하기 전에 칼라아릿에 대한 정보를 읽어두었기에 아래의 하얀 반원은 빙산과 총빙을, 빨간 반원은 바다에 지는 태양을 상징한다는 사실을 알았다.

"더 좋은 상황에서 만났으면 좋았을걸 그랬어요, 노먼." 제독은 벌써 그와 친해진 것처럼 이름을 불렀다. "하지만 걱정 말아요. 우리가 도와줄게요. 우리의 꿈이 이루어지도록 도와주었으니, 이제는 우리가 도울 차례죠."

1721년부터 그린란드는 덴마크의 식민지였으며, 그곳의 주민들은 원래 생선을 잡아먹고 살았다. 사실상 그린란드의 역사 내내 전체 경제 생산의 절반이 새우 수출이었다. 20세기에 접어들자 덴마크의 시민들은 실패한 제국주의의 야심이 남긴 마지막 유산을 짐이라 생각했다(덴마크의 또 다른 식민지였던 버진 아일랜드는 1917년 미국에게 매각됐다). 그들은 1,600킬로미터나 떨어진 곳에 덴마크인도 아닌 토착민들, 즉 에스키모인들의 식량과 집, 학교, 옷을 제공하는 보조금을 매년 보내야 한다는 데 분개했다.

하지만 21세기가 되자 그 관계는 역전이 되었다. 세계 기후변화로 인해 그 광대한 섬의 얼어붙은 물이 녹고 8개의 커다란 유전이 발견되었는데, 그곳에서 생산되는 원유의 양이 총 800억 배럴에 달했다. 그린란드 시민들은 과거의 식민 관계를 끊으면 600만 명의 덴마크인과 섬의 부를 나눌 필요 없이, 5만 7,000명의 그린란드인끼리 나눌 수 있다는 사실을 깨달았다. 그린란드, 혹은 이누이트어로 칼라아릿은 세상에서 가장 부유한 산유국이 될 수 있는 것이다.

하지만 그린란드의 독립은 꿈에 불과했다. 나토가 회원국의 영토가 분열되는 걸 허용하지 않으려 했고, 특히 미국의 주요 군사기지가 툴레에 있다는 게 큰 영향을 미쳤다. 하지만 이번 전쟁이 시작된 지 3일이 지난 후, 나토 이사회는 투표를 통해 이미 결과가 나온 것으로 보이는 태평양 전쟁에 참가하지 않기로 결정했다. 과거 정치의 규제를 받지 않게 된 미국은 곧 잠재적인 새 국가의 항구에 9개의 상업용 쇄빙선이 있다는 사실을 알아차렸다. 미국의 해안 경비대에 남은 쇄빙선은 하나뿐인데다 60년이나 된 노후한 배이며 엉뚱하게도 워싱턴주의 브레머튼 항구에 처박혀 있었다.

그렇게 협상이 타결되었다. 미국은 칼라아릿의 주권을 인정하고 보호해, 그 나라를 세상에서 열세 번째로 크고 인구당 수입이 가장 많은 나라로 만들어주었다. 그 대가로 아벨센 제독과 이제 막 새로 생긴 해군이 쇄빙선을 끌고 미국의 대서양 함대를 안내하기로 했다.

#하와이 특별행정구역,
카알라 산

도일과 반란군들이 그 산에 도착하는 데는 무려 이틀이 걸렸다. 자갈길을 따라 올라가면 두세 시간이면 도착했겠지만, 산기슭을 매일 두 번씩 순찰하는 위원회 경계부대와 마주칠 위험이 있다.

왼쪽 팔꿈치의 통증이 심한 걸로 보아, 베인 상처가 감염된 것 같았다. 숲의 끈적한 진흙과 풀숲 위를 기어다녔으니 당연한 일이었다. 하지만 몇 주 만에 가장 기분이 좋았다. 달리는 것 말고 다른 것을 할 수 있으니까. 달리기만 하는 것은 천천히 패배하는 기분이었다. 학교에서 매복 공격을 당한 후로 NSM이 한 일이라고는 도망치고 피하는 것뿐이었다. 하지만 이제 그들에게 임무가 생겼다.

마침내 누군가가 결정을 내려, 도일에게서 결정과 책임의 무게를 덜어주었다는 점도 한몫했다. 그저 명령만 따르면 되었던 때가 언제였는지 기억도 나지 않았다. D-TAC이 울리고 바닷속에서 드론이 나타나기 전까지, 도일에게는 본능과 해군에서 받은 훈련에만 의지했다.

하지만 위원회에게 죽는 것보다 목석시에 도착하기까지의 육체적인 고생 때문에 죽을 가능성이 더 높았다. 카알라 산은 오아후에서 가장 높은 곳이다. 4,000피트가 조금 넘은 곳에 도달한 도일은 이 산이 기존의 산악전 코스에 비해 높지 않다고 스스로를 달랬다. 뾰족한 산봉우리를 둘러싼 묵직한 안개를 보니, 이 세상이 얼마나 잔혹한 곳인지가 새삼 떠올랐다. 끊임없이 몰려드는 모기떼 또한 마찬가지였다. 도일과 나머지 대원들은 오로지 임무를 수행해야 하며 밤이 떨어지기 전에 그곳에 도착해야 한다는 일념으로 푹푹 찌는 울 담요를 뒤집어 쓴 채 한 발자국씩 산을 올랐다.

그렇게 힘겹게 산을 오르면서도 지는 해를 받은 위원회의 감시용 전술 비행선을 보고 저도 모르게 감탄했다. 은빛 비행선이 석양을 반사하며 오렌지 빛으로 물결쳤다.

"커다랗고 통통하고 육즙이 가득한 복숭아가 손짓하는 것 같네." 핀이 망원경을 삼각대에 고정하며 말했다. "쇼핑할 준비 됐니, 대장?" 핀은 여전히 농담을 던졌지만, 학교 총격 사건 이후로 둘 사이에는 뚜렷한 긴장감이 흘렀다. 도일을 대장이라고 부르는 데도 은근한 항의가 담겨 있었다.

"된 것 같아." 도일은 핀의 뼈 있는 말을 애써 무시했다. 해군 장교후보생학교에서 그렇게 배웠다. 곧바로 진압하거나 무시하라고. 지금으로서는 진압할 수가 없었다. NSM의 결속력이 너무 약한 상태라 강하게 내리누르는 것은 불가능했다.

게다가 이미 대원들은 도일을 못마땅한 눈으로 흘끗거리고, 학교에서 죽은 아이들과 그곳에 버린 동지들 이야기를 하며 불만을 속삭이고 있었다.

도일은 근처의 대원 세 명에게 계속 앞으로 나아가라고 손짓했다. 열 영상 센서를 피하기 위해 담요를 뒤집어쓴 그들은 썩어가는 나무 그루터기처럼 형체 없는 덩어리 같았다.

"소음기 이리 줘요." 도일이 핀에게 말했다.

도일은 꿈틀거리며 배낭을 벗어 중국제 무기인 QBU-88 소총을 조립했다. 소음기는 쉽게 장착이 되었고, 30초 이내에 소총의 조준경이 트래킹포인트와 네트워크 연결을 했다.

"탄착점 확보." 핀이 말했다. 딕 스포츠 용품점에서 가져온 이 조준경은 자동으로 사정거리와 풍향, 탄환을 조정한다. 아마추어 사격수가 잡더라도 타깃이 무엇이든 확실하게 명중할 수 있다. 자동 잠금 기능이 있어 레이저 지시기가 표적을 정확히 겨냥하지 않으면 발사가 되지 않기 때문이다.

"내 제부한테 이런 게 하나 있었지. 조준하고 쏘는 거야. 그 나쁜 자식은 맥주를 홀짝이면서 1,000미터 거리에서 밤비를 암살했지. 농담 아니니까 명심해."

"현재 상태 어때?" 도일이 물었다.

"여기는 알파, 아무것도 없어." 핀이 말했다. "헛수고했나

봐. 내 말 무슨 뜻인지 알지, 대장?"

"알았어." 도일이 말했다. "조준점은 보여?"

"보여." 핀이 말했다. "여기까지 올라온 김에 누구 더 쏘고 싶은 사람 없어? 설마 우리 중 한 명인가, 대장?"

도일은 핀이 거는 시비를 무시하고 어깨에 올려놓은 소총을 조정했다. 조준경과 탄도계산기가 탄착점을 다시 계산했다.

"또 변기 뚜껑 안 닫았어?" 도일이 물었다.

"나? 절대." 핀이 대꾸했다.

"좋아, 그럼. 일단 너는 안전해. 브라보는 어때?" 둘이 사격 통제 장치를 해결하면, 도일이 연달아 세 발을 발사해 타깃들을 명중할 계획이었다.

격자 구조 건물에 원형을 얹은 오래된 레이더돔 건물은 정화조에서 건져낸 지저분한 골프공 같았다. 그곳은 1942년에 하와이 최초 레이더 방어 네트워크의 일환으로 건설되었으며, 냉전 내내 가동되었다. 그러다 국방 예산이 감축되면서 수십 년 동안 버려졌다. 하지만 고지대는 언제나 귀중한 부동산인 법이다. 마지막 햇살을 받으며 빛나는 은색 비행선이 그 낡은 돔 위로 100미터 지점에 떠 있었으며 센서들은 아무런 방해 없이 사방으로 뻗어나갔다.

"시간이 얼마나 남았지?" 도일이 물었다.

"3분." 핀이 대답했다.

둘은 담요 밑에 몸과 무기를 숨기고 기다렸다.

도일의 팔꿈치 안쪽으로 땀이 고이며 염증이 생긴 팔꿈치가 따끔거렸다.

담요를 뒤집어쓴 채로 핀이 말했다. "그냥 비행선 위에 있는 레이더를 쏘면 안 되나? 그 편이 훨씬 쉽잖아."

"가치 있는 일은 어렵기 마련이야." 도일의 말이 담요에 가려 웅웅거렸다. "어느 나이 많은 상사가 해준 말이야."

"그럼 넌 아직 해군이지, 대장?" 핀이 말했다. "그럼 동료를 버리지 않는다는 신조는 왜 깬 거지?"

"이게 더 중요하니까. 사람보다 임무가 우선이니까." 도일이 말했다. "그리고 레이더를 고장 내봐야 위원회 녀석들이 끌어내려 고치면 그만일 거야."

"그러면 돈이라도 실컷 쓰게 만들 순 있겠네." 핀이 말했다.

"왜 저걸 처리하란 건지 모르겠지만, 상상은 할 수 있겠지."

"부대까지 들어올 필요도 없어. 토마호크 몇 십 발만 쏘면 충분한데 왜 아직도 안 쏘는 걸까?" 핀이 물었다. "버튼만 누르면 되잖아. 얼마나 간단해. 난 전략적 핵무기도 괜찮아. 이 사태가 터지자마자 워싱턴이 바로 반격했다면, 우리가 이렇게 싸울 필요도 없었을 거야. 그 즉시 모든 게 끝났을 테니까.

본때를 보여주는 거지. 그런데 그 대신 매일 한 명씩 없애고 있잖아. 본토 사람들은 이제 죽는 게 두려운 건가?"

"방금 네가 네 질문에 대답했네." 도일이 말했다. "아무도 우리처럼 끔찍하게 죽고 싶진 않은 거야."

그럴싸한 말이었지만, 도일은 핀이 모르는 것을 알고 있었다. 바로 자신은 이미 죽었다는 사실을. 비행장에서의 그날 이후로, 모든 건 빌린 시간이었다. 오스프레이 잔해 뒤에 숨은 도일은 죽을 거라면 이유 있는 죽음을 맞이하기로 결심했다. 몇 초밖에 되지 않을 거라 생각했던 남은 시간은 며칠로 늘어나더니 이제는 몇 달로 늘어났다.

도일은 배 속이 울렁거려 심호흡을 했다. 천천히 숨을 내쉬며 울 담요를 벗었다.

"60초 남았어." 핀이 말했다.

핀이 파리 한 마리를 찰싹 때리는 소리에, 도일은 흠칫 놀랐다. 도일은 다시 심호흡을 하며 불안을 가라앉혔다.

"젠장, 핀. 가만히 좀 있어." 도일의 이마에도 모기 한 마리가 달라붙었다.

"알았어. 지퍼 날릴 준비 됐나?"

도일이 고개를 끄덕였다.

"시작해."

핀은 쭈그리고 앉아 비행선 쪽으로 원반 크기만 한 디스크 하나를 툭 던졌다. 이것은 바다에서 만난 드론 안의 더플백에 들어 있던 선물 중 하나다. 디스크가 날아오르며 작은 팬이 돌아갔고, 숲속으로 날아가 이내 시야에서 사라졌다. 지퍼는 20분 동안만 날 수 있지만, 그 짧은 생애 동안 중요한 임무를 수행한다. 탄소 섬유 빨대가 전자 신호-비행선 주변의 감시 시스템에서 나오는 신호 등-를 흡수한 다음, 배터리가 다 닳을 때까지 그 신호를 반복해 내보낸다. 소총 옆의 막대사탕 크기만 한 작은 초록 불빛은 그 기기가 작동한다는 신호였다.

"촛불을 불고 소원을 빌 때가 됐지?" 핀이 말했다.

소총의 안전장치를 푼 도일은 마지막으로 한 번 더 조준경을 보며 조준점을 조정했다.

"모든 적들이 비명을 지르며 죽기를." 도일은 속삭였다.

소총을 발사했다. 소음기 때문에 숨죽인 재채기 비슷한 소리만 났다. 첫 번째 발은 우뚝 솟은 탑에 설치된 카메라에 명중했다. 두 번째 발은 버섯처럼 생긴 안테나에 명중했다. 세 번째 발은 비행선을 향하고 있는 카메라의 렌즈를 산산조각 냈다. 만약 지퍼가 일을 제대로 하고 있다면, 조금 더 전략적 우위를 누릴 수 있을 것이다.

"가자." 도일이 말하며 담요를 배낭에 쑤셔 넣었다. 둘은 뛰려고 했지만 수풀이 너무 빽빽하고 뿌리가 여기저기 튀어나와 있어, 고작해야 빨리 걷는 정도밖에 되지 않았다.

"거의 다 왔어." 핀이 오른쪽 눈 위를 손으로 잡고 말했다. 막 나뭇가지에 맞은 것이다. 도일은 잠시 멈춰 서서 한쪽 무릎을 꿇고 숨을 골랐다. 열기와 습기에 고도까지 더해 숨이 턱턱 막혔다. 핀이 손을 뻗어 도일을 부축해 끌고 가다가 미끄러운 뿌리에 걸려 넘어졌다.

"빌어먹을 비행선이 왜 아직 붙어 있는 거야?" 도일이 말했다.

신참인 트리키가 민망한 표정으로 어깨를 으쓱했다. 트리키는 4세대 하와이인이고, 전쟁이 터졌을 때는 고작 열일곱 살로 빌라봉 사의 후원을 받아 서핑 선수로 뛴 지 2년 된 상태였다. NSM이 그런 그녀를 데려왔다는 것은 인력이 점점 부족해지고 있다는 뜻이었다. 트리키는 도일에게 자기 키만큼이나 큰 도끼를 건넸다.

"받을 자격이 있어요." 트리키가 말했다.

"무슨 의식 같은거 치르냐? 그냥 케이블을 잘라!" 도일이 대꾸했다.

트리키는 고개를 저으며, 눈 위로 흐르는 땀을 닦았다. "알았어, 도끼 내놔." 도일이 말했다.

비행선의 케이블이 매여 있는 지지대는 작은 에펠탑 같았다. 도일은 케이블이 붙어 있는 결합 부위에 날을 조준하고, 있는 힘껏 도끼를 내리쳤다. 도끼 손잡이는 나무였지만, 날은 나노 합성 다이아몬드였다. 중국 군대 보급품으로, 한 달 전 수송 트럭에서 탈취한 것이었다. 도일이 다시 한 번 도끼를 내리치며 커다랗게 쾅 하는 소리가 나자 나머지 대원들이 긴장했다. 핀은 본능적으로 주변을 훑어보았다.

"서둘러야 해." 핀이 말하며 지퍼의 리모콘을 내밀었다. 이제 불빛이 빨간색으로 빛났다. 도일은 숨을 들이마시고 다시 한 번 철제 케이블을 도끼로 내리쳤다.

"날이 끼었어, 젠장." 도일은 날을 빼내려 몸을 숙였다. 그리고 살짝 몸을 튼 순간, 방금 전까지 그녀의 머리가 있던 곳으로 총알들이 쉭쉭 소리를 내며 빗발쳤다. 성난 기관포 소리가 뒤따랐다.

"공격!" 도일이 외쳤다. 쿼드콥터 드론 한 대가 나타나, 부지 주변의 나무숲 위로 날아올랐다. 기관포에서 터져 나온 섬광탄 같은 불빛이 평야를 환히 밝혔다. NSM 반란군들은 재빨리 공터 가장자리의 수풀로 뛰어들었다.

"드론을 저격해. 드론이 한눈판 사이에 나는 줄을 자를게." 도일은 이렇게 말하고 다시 케이블 연결 부위로 달려가 도끼를 움켜쥐었다.

핀은 쿼드콥터를 조준하려 했지만 숲속을 계속 오르락내리락하는 통에 제대로 조준할 수가 없었다. 지금쯤이면 긴급대응 부대가 오고 있는 중일 것이다. 헬리콥터를 타고 온다면 상황은 금방 끝날 테고, 혹시라도 자동차를 타고 올라온다면 몇 분 더 시간을 벌 수 있을지도 모른다.

다시 한 번 숲 위로 솟아오른 쿼드콥터가 기관포를 쏟아부으며 도일이 있는 곳으로 다가가기 시작했다. 트리키가 요트의 응급 상자에서 찾아낸 조명탄 총을 발사하자 핀의 오른쪽에서 빨간 불빛이 번쩍했다. 일시적으로 눈이 먼 드론은 자동적으로 작동을 멈추고 안정을 취하며, 표준 프로토콜에 따라 센서를 리셋했다. '멍청한 기계 같으니.' 핀은 생각했다.

핀이 쏜 두 번째 탄환에 맞은 쿼드콥터는 빙글빙글 돌며 나무숲 사이로 떨어졌다. 그런 다음 핀의 머리 위로 어두운 그림자가 지나갔다. 비행선이었다. 꺼져가는 조명탄의 빨간 불빛을 희미하게 반사하는 통통한 배가 가벼운 바람을 타고 서쪽으로 날아갔다.

그들은 숲속으로 달려가 다른 반란군들과 합류했다. 벌써부터 카알라 산 도로를 따라 올라오는 헤드라이트 세 쌍이 보였다.

머리 위로는 첫 번째 별들이 벌써 떠, 멀리 스코필드 육군 기지의 불빛 대열에 합류했다. 도일은 다이아몬드 헤드 분화구까지 이어지는 길의 불빛들을 바라보며, 저곳에 앉아 있는 사람들은 밤하늘을 둥둥 떠가는 비행선을 보며 무슨 생각을 할까 잠시 상상해보았다.

멀리서 또다시 윙윙거리는 소리가 들렸다. 또 다른 쿼드콥터가 어둠 속에서 위원회 트럭들에 앞서 정찰을 하고 있었다.

"움직이자." 도일이 말했다. "명심해, 이번엔 흩어지지 않는다."

#캘리포니아주, 패럴론만, 줌월트호

제이미 시먼스 함장은 레일건 포탑을 지나 선수의 끄트머리에 섰다. 끌같이 생긴 선수는 점점 좁아지며 끝이 뾰족했지만, 그가 비즈 안경으로 배의 시스템을 점검하면서 두 다리를 벌리고 서서 경치를 감상할 정도의 공간은 충분했다.

줌월트는 기이할 정도로 고요한 샌프란시스코만을 10노트 조금 넘는 속도로 움직였고, 그 뒤로는 유령함대에서 데려온 열일곱 척의 다른 배가 뒤따랐는데, 그중 대다수는 오래된 수송선과 양륙함정이었다. 그 배들은 안개 낀 암흑 속에서 출항했다. 고위 관리들과 장교들의 환송도 없었다. 눈물어린 작별 인사는 하루 전에 이미 마쳤고, 온라인으로 작별 인사를 해 얼굴을 마주보고 하는 힘든 대화를 피하려 했던 사람들은 세상과의 연결 고리가 전혀 없다는 사실을 깨달았다. 전파방사를 철저히 통제해, 미군이 수십 년 동안 당연하게 생각했던 네트워크 통신 없이 항해를 했다. 위원회의 위성이나 스파이들이 함대가 출항하는 것을 봤다고 하더라도, 그 외에 별다른 정보를 얻을 수 없을 것이다. 이 함대는 데이터나 정보 흔적을 거의 남기지 않기 때문이다. 함대의 배들끼리 로컬 네트워크를 연결하지도 않았다. 머리 중장이 주장한 대로, 과거의 해군 통신 기법인 신호기와 불빛을 사용해 함대의 위치와 항로를 감추기로 했다.

배들은 조용히 금문교 아래를 지났다. 다리의 불빛이라고는 지나가는 차 몇 대가 뿜는 불빛이 전부였다. 표면상 공사를 위해 세운 비계는 차를 타고 지나가는 사람들이 출발하는 함대를 자세히 비즈로 촬영하지 못하도록 막아주었다. 비디오 캡처와 위원회의 스파이 위성이 돌아다니는 유비쿼터스의 시대에 냉전 초기로 회기한 듯한 방법이었지만 그만큼 절박했다.

제이미는 항구를 떠나며 포인트 라이스에서 30킬로미터 떨어진 곳에 솟아난 패럴론 제도의 바위섬들을 바라보았다. 앞서 간 마코호와 두 척의 자매함이 남긴 삼각형 모양의 파도가 희미하게 남아 있었다. 이 자그마한 무인 스텔스 배들은 바다가 아니라 우주를 떠다녀야 할 것 같은 생김새지만, 포식자라는 건 의문의 여지가 없는 사실이다. 함대는 무선통신을 하지 않는 상태라, 길이 17미터에 탄소섬유로 만들어진 마코급 배들은 자율 모드로 들어가 해류의 흐름을 거스르며 움직이는 금속은 무엇이든 추적해 파괴하도록 프로그램이 되어 있다. 전쟁 전에는 로봇을 이용하는 것에 대해 우려가 많았지만, 지는 편이 되자 그건 그리 큰 문제가 되지 않는 것 같았다. 게다가 수중에서는 부수적인 피해가 발생할 걱정도 전혀 없었다. 설마 바다 한가운데서 민간 잠수함을 우연히 마주칠 일은 없을 테니까. 이 배가 할 수 있는 가장 끔찍한 일이라봐야 수많은 자동차 번호판을 먹은 거대한 백상아리에게 어뢰를 발사하는 것 정도일 것이다.

제이미의 눈에 무언가 움직이는 게 포착되었다. 선수 아래의 파도를 내려다보았다. 돌고래 한 무리가 줌월트와 함께 헤엄치고 있었다. 제이미는 돌고래가 노는 길 쳐다보는 대신, 펼쳐진 지도에 집중하고 앞서가는 마코급 배들이 지뢰나 위원회의 전기식 디젤 잠수함을 탐지하지 않았다는 사실을 확인했다.

“앞에 아무 이상 없니?” 마이크였다. 제이미는 아버지 쪽으로 천천히 몸을 돌렸지만 눈은 여전히 스크린을 보고 있었다.

“지금까지는 문제없습니다. 계속 이렇진 않겠죠?”

“그렇겠지. 저기, 잠깐 얘기 좀 하자꾸나.”

제이미는 안경을 꼈다. 이 대화를 녹화하고 싶지 않았기 때문이다. “포탑으로 가시죠.”

레일건 포탑 밑, 바람이 들어오지 않는 곳에서 마이크가 먼저 입을 열었다. 마이크는 지친 기색을 드러내지 않으려 레일건 포탑에 등을 기댔다. 살이 빠졌는지 작업복이 헐렁한 것 같다고, 제이미는 생각했다.

“우리 문제를 해결하자.” 마이크가 말했다. “함께 일하다 폭발하다, 함께 일하다 다시 폭발할 시간이 없어. 두 발 전진하고 거기서 끝내자.”

“동의합니다. 1분 이상 시간을 보낼 때마다 말다툼을 할 순 없어요. 이제 그만둬야 합니다. 이 배에서는 그럴 여유가 없어요. 코르테즈가 이미 그 문제를 제기하며, 아버지를 다른 기동부대로 보내자고 제안했어요. 하지만 전 아버지를 이 배에 남겨뒀어요. 그 이유가 뭔지 아세요?”

"그래도 내가 몰래 이 배에 탈 테니까."

제이미가 피식 웃었다. "배 위에 민간인 기술자를 두는 게 싫지만, 이 배에는 리 박사가 필요해요. 그리고 리 박사에겐 아버지가 필요하고요."

"무슨 소리 하는 거냐?"

"아버지, 배의 함장에게는 거짓말해선 안 됩니다. 아버지가 가르쳐주셨잖아요."

"버넬리스는 내 나이 반밖에 안 되고……"

"이젠 이름을 부르는 사이입니까?"

"가방끈은 나보다 두 배나 길지."

"마음대로 하세요. 그건 아버지 일이지 제 일이 아니니까. 하지만 리 박사를 안전하게 지켜주셔야 합니다."

"버넬리스는 최선을 다하고 있어. 자신에게 자격이 있다는 걸 보여주려고. 한 녀석이 박사를 쫓아가서……"

"들었어요. 손 괜찮으세요? 바로 저한테 데리고 오셨어야죠. 다른 사람으로 교체하면 되잖아요."

"바로 그거야…… 이제 그 친구는 이 배에서 제일 행실 바른 선원이 될 거야. 내가 해군에 있던 시절에는 문제가 있으면 직접 가서 말하고 끝을 냈지. 다양성이니 새로운 해군이니 하는 헛소리를 지껄이면서도 버넬리스가 아직도 이런 일을 겪어야 하니?"

"알아요. 이 배에서 리 박사를 보호할 수 있는 사람은 아버지뿐입니다."

"네 심중에 있는 말이 다 나왔구나. 나와 버넬리스가 함께 있는 것이 보기 힘드니?"

"아버지께서 들으시면 불편하실지도 모르겠지만, 그렇지 않아요."

"아직도 날 미워하는구나. 그건 언제쯤 그만둘 수 있겠니? 그 장교 제복도 우리 사이의 문제를 해결해주진 않을 거야. 애초에 왜 네가 해군에 들어간 건지도 도무지 이해가 안 돼."

"이 기회에 끝장을 보자는 겁니까? 좋아요. 아버지가 우리를 떠났고, 매켄지가 죽었고, 그 때문에 엄마가 망가졌어요. 하지만 그것뿐만이 아니에요. 덕분에 난 아버지보다 더 나은 남자가 됐죠. 그리고 매일 그 사실을 증명하고 있고요."

"맙소사, 또 원점으로 돌아가는구나. 순교자 행세는 그만하라고 말하고 싶지만, 네 말도 그리 틀리진 않아. 내가 떠나지 말아야 했어. 나 역시 매일 그 생각을 하며 산다. 그리고 나보다 나은 사람이 되겠다는 그 분노 덕분에 네가 여기까지 왔는지도 모르지. 하지만 이제 그런 생각은 버려야 해. 전쟁에 사적인 감정은 절대 개입시키지 말아야 해. 머릿속에서 지워버려. 당장. 그 감정이 함장이라는 지위에 독이 되기 전에."

제이미는 아무 말 없이 먼 하늘을 바라보다가 다시 아버지를 바라보았다. "명심하죠…… 아버지. 안으로 돌아가죠. 우리가 마코급 배를 앞서가지 않도록 지휘 센터에 가서 다시 한 번 확인을 해야 합니다."

둘은 조심스럽게 배의 우현을 따라 걸으며, 점점 거세지는 태평양 바다의 파도와 바람을 피했다.

"내 말이 옳다는 거 너도 알 거다, 제이미. 그리고 네가 노력한다는 것도 알아. 오스트레일리아에 도착하면 좀 더 얘기를 해볼 수 있겠지."

제이미는 거센 바람 때문에 아버지의 귀에 한 손을 대고 말했다.

"그러면 오래 기다려야 할 겁니다. 우린 오스트레일리아로 가는 게 아니니까요."

제이미가 걸어가는 동안 배는 아주 느릿느릿 방향을 틀었고, 마이크는 안개 속에서 솟아오르는 해를 보며 어렴풋이 알아차렸다. 기이하게도 해가 우현 측에서 솟아올랐다. 그들은 북쪽으로 향하고 있었다.

#하와이 특별행정구역, 호놀룰루, 위원회 사령부

블라디미르 마르코프 대령은 방 안을 훑어보다, 지안 중위가 하품을 하자 눈살을 찌푸렸다. 이 청년은 피로를 숨기려는 노력조차 하지 않았는데, 마르코프는 이것이 젊은 장교의 나약함을 보여주는 많은 것들 중 하나라고 생각했다. 마침내 보좌관이자 경호원이 무언가를 해줘야 하는 순간인데 말이다.

"모델은 준비됐나?" 마르코프가 물었다.

"마지막 데이터를 로딩할 준비를 하고 있습니다." 지안이 대답했다. "이중 몇 개는 합치는 게 아니라 시스템이……"

"그래서 우리가 이걸 하고 있는 거야." 마르코프가 잡아챘다. 사냥꾼이 되려면 총 말고 다른 것이 더 필요하다. 20년도 더 전에 배운 것이다. 필요한 건 데이터였다. "내가 자네에게 가르칠 게 하나 있다면, 위에서 말하는 대로만 일이 해결될 거라는 생각은 그만두라는 거야. 그런 식으로는 전쟁에서 이길 수 없어. 그런 사람은 아무도 없었어."

"안정적으로 작동할까요?" 지안 중위가 평소처럼 마르코프의 조언을 무시하며 물었다.

"곧 알게 되겠지, 안 그래?" 마르코프가 대꾸했다. "게다가 작동하지 않더라도 아무도 보지 못할 거야. 그렇게 되면 장군님한테 내 얘길 하지 않을 건가?"

지안 중위는 마르코프의 눈길을 피했다.

"물론 하겠지. 자네는 자네 일을 하고, 내 일을 방해하지 마. 이 전쟁이 모두 끝나면, 다들 자네에게 전쟁에서 무얼 했느냐고 물어볼 거야. 자네는 분명 영웅적인 일을 하게 될 줄 알았겠지. 이게 자네의 첫 전쟁이니까. 다들 그렇게 생각하지만 그런 일은 일어나지 않아. 그래도 멍청한 부하 노릇이나 하는 대신 스스로 자랑스러워할 만한 일을 해보는 게 어때? 적어도 내가 자랑스러워할 만한 일을 해보든가. 아직 시간이 있으니까."

지안 중위가 곁눈으로 흘끗 마르코프를 쳐다보았다. 마치 그가 반역죄에 해당하는 발언이라도 한 듯이. 어쩌면 그랬는지도 몰랐다.

"네, 대령님. 말씀대로 하겠습니다. 이제 모델이 준비되었습니다."

"시작해. 사냥을 하러 가지."

불이 꺼지고 사위가 캄캄해졌다. 원형의 방 안에 진열한 프로젝터가 차례로 깜빡거렸다.

홀로그램이 두 남자의 시선 주위를 감쌌다. 잠시 지안 중위는 불신의 눈으로 마르코프를 바라보았지만, 마르코프는 홀로그램에 뜬 와이키키 해변 듀크 술집 계단참에서 목이 베인 젊은 위원회 해군의 얼굴을 바라보았다. '이 역시 잊기 힘든 끔찍한 장면이지.' 마르코프는 생각했다. 뒤이어 지도 위에 다른 시신이 겹쳐졌다. 화기나 폭탄 외의 방법으로 살해당하거나 실종된 위원회 소속 사상자 명단을 뽑도록 시스템에게 명령을 해두었기 때문이다.

"움직임 분석을 덧씌워봐."

작은 사진들이 방 안에 쭉 펼쳐졌다. 소프트웨어가 수만 시간에 달하는 이미지들을 동시에 캡처하고 처리했다. 방송사들이 수퍼볼을 촬영하는 기법을 보고 아이디어를 얻은 미군이 이라크에서 처음 사용한 방법이다. 카메라가 달린 드론을 한 도시 위에 가득 띄워 모든 것을 기록할 수 있지만, 거기에 담긴 정보를 처리하지 않는다면 그 이미지는 아무런 쓸모가 없다. 그때 유용한 것이 바로 인공지능이다. 인공지능은 일상생활의 잡음 속에서 패턴을 찾아낸다.

작은 점들이 방 안을 채우자, 죽은 군인의 얼굴들이 깜빡거리기 시작했다.

"이미지가 충돌하잖아. 고쳐봐." 마르코프가 지시했다.

지안 중위가 홀로그램 이미지를 밀치고 나가자, 공중에 떠 있던 얼굴들이 일그러졌다.

"원인을 찾았습니다." 지안 중위가 말했다. "이것은 드론이 찍은 상공 추적 영상에서 추출한 이미지인데, 교통 카메라와 동기화가 되지 않습니다."

마르코프는 두 손을 심장 높이로 살짝 들어 올리고, 홀로그램 가운데로 성큼성큼 걸어 들어갔다. 마치 얼음장같이 차가운 물속으로 조금씩 들어가는 것 같았다.

"지금 지형도를 띄우고 조감도로 설정해."

마르코프가 그곳에 서 있는 동안 얼굴들과 이름들, 숫자들, 격자점들이 호놀룰루의 3D 지도 위에 겹쳐졌다.

"여기, 여기, 그리고 여기." 마르코프는 호놀룰루와 그 주변 지역의 지도 위에서 여러 지점을 가리켰다. "여기는 위원회 군인이 발견된 곳이야. 여기와 여기도. 여기는 불운한 신사분들이 실종된 곳이지. 여자 사상자는 없다는 점을 명심해."

"무슨 상관이 있죠? 반란군은 어디에나 있고, 언제라도 공격할 수 있습니다." 지안 중위가 말했다.

"잘 봐. 그동안 반란군의 활동이 있었던 지점을 표시해봐." 여러 지점들 사이로 빨간 선들이 나타나며 마구잡이로 뻗어 나갔다.

"패턴이 보이지 않습니다." 지안이 말했다.

"바로 그거야. 이 죽음들은 평범한 반란군 활동과 일치하지 않아."

"반란군의 활동이 평범하다고요? 그들은 어떤 규칙도 따르지 않습니다."

마르코프는 웃음을 터트리며 시신 아이콘들을 무지개 모양의 호로 연결하고 있는 홀로그램 사이를 걸어갔다. 각 호 끝에는 운전면허증과 비슷한 홀로그램 이미지가 매달려 있었는데, 그곳에서 발견된 DNA의 소유자였다.

"중위, 나는 무수한 살인자들의 수법을 봤어. 반란군은 인간의 가장 잔인한 면을 끌어내지. 며칠 전 손톱을 뽑힌 손으로 살인을 하기도 해. 빗자루 막대기 위에 산탄총 탄환을 매달기도 하지. 녹슨 날은 똥물에 담가 칼에 찔리면 염증이 생기도록 하고. 하지만 그들 모두가 따르는 규칙은 간단해. 그들이 하는 모든 일은 자유를 얻기 위한 거야."

"반란군을 칭송하는 것 같네요. 우리 군인을 죽이는 살인자들이잖습니까. 그들은 그냥 괴물입니다. 전부 다요."

"나는 그들을 칭송하지 않지만, 그들을 이해하려고 노력하지. 하지만 이건 좀 달라. 중위 자네 말에도 옳은 부분이 있을지도 모르겠군. 우리가 찾는 것은 괴물인지도 몰라. 다만 자네가 생각하는 그런 종류의 괴물이 아닐 뿐이지. 캐리신 양의 파일을 올려봐."

"호텔에서 일하는 여자요? 저한테 또 장난을 치려는 거라면, 그만두시죠."

캐리신의 얼굴이 벽 스크린에 떴다. 그 사진은 모아나 호텔 직원들의 특별 신분증에 넣기 위해 위원회 보안팀이 촬영한 것이었다. 눈부시게 아름다운 여자였고, 태닝한 얼굴에서 빛이 났다. 하지만 마르코프는 여자의 눈이 마음에 걸렸다. 죽은 사람처럼 표정이 없는 눈이었다.

"이제 반란군 활동 지역을 지워." 마구잡이로 뻗어 있던 빨간 선들이 사라졌다.

"이번에는 캐리신의 안면 인식 흔적을 덧붙여봐."

캐리의 이미지가 떴다. 교통 카메라에 찍힌 사진, 드론에 찍힌 길을 건너는 영상, 그녀가 신분증 배지를 보여주었던 보안 검색대 영상이 전부 떴다. 한 사람의 전체 인생을 기록할 수는 없지만, 흔적은 남는다. 더 많은 데이터가 쌓일수록 캐리신의 일상 패턴이 드러났고, 그 패턴은 희생자들의 위치와 계속해서 겹쳤다.

"저 거미줄이 보이나?" 마르코프가 말했다. "우리가 찾고 있는 건 바로 캐리신이야."

"농담하지 마세요. 고작 저 아가씨라고요? 그냥 같은 지역에서 일하니까 동선이 겹치는 것뿐입니다. 시스템 리부팅 하겠습니다."

"왜? 답이 마음에 들지 않아서? 자네가 보고 있는 걸 이해하지 못하는 건가? 이건 특별한 거야, 지안. 전쟁의 죽음 속에 숨은 진정한 킬러. 보기 드문 케이스지."

이거야말로 새로운 거라고, 마르코프는 생각했다. 이 전쟁이 완전한 시간 낭비는 아닌 모양이었다.

마르코프는 까치발을 하고 홀로그램 속의 사진을 끌어내려, 캐리의 사진을 실물 크기보다 더 크게 확대했다.

마르코프는 홀로그램의 경계선을 거닐며, 누더기가 된 시집 속의 시구를 러시아어로 조용히 읊었다.

그는 조용히 정의와 불의에 대해 생각하지만
선과 악에는 무심하며
분노나 연민은 알지 못하네

그런 다음 영어로 말했다. "푸시킨은 그가 아니라 '그녀'라고 했어야 해, 중위. 진정한 프로라면 잘 모른다는 사실을 인정할 줄 알아야지. 바로 우리가 지금 그런 상황이야."

"대령님, 혹시 술 드셨습니까? 저는 장군님께 이 여자가, 이 미국인 여자가 장관님의 아들을 살해했을 뿐 아니라 우리 군인들을 도륙했다고 말할 순 없습니다."

"겁쟁이 같으니. 자네가 생각하는 거라고는 상사에게 어떻게 말할까, 그것뿐이지. 저 눈을 봐. 자네가 두려워해야 할 것은 저 여자야."

지안 중위의 입이 불만이라도 토로할 듯 움찔거렸지만, 마르코프의 눈을 보니 적절한 말이 생각나지 않을 뿐만 아니라 그 말을 할 용기도 없는 눈치였다.

"자네와 나는 제복을 입고 있지만 언제나 먹잇감 신세지. 지도자들에게 희생될 몸뚱이에 불과해. 하지만 그녀는 사냥꾼이고 옷은…… 비키니를 입던가? 칵테일 드레스?"

지안은 짜증난 표정으로 시스템에 여자의 현재 위치를 물었다. 마지막으로 기록된 것은 아파트에서 몇 블록 떨어진 곳에서 시내 버스에 오르는 장면이었다.

"자네는 잘못된 질문을 던졌어. 우리가 물어야 할 질문은 그녀가 지금 어딨는지가 아니라, 무얼 하고 있는지야. 만약 그 여자가 내가 생각하고 있는 그런 사람이라면, 지금쯤 사냥을 하고 있을 가능성이 높아…… 아니면 평범한 척 연기를 하고 있으려나?"

"대령님, 시간이 늦었고 이건 시간 낭비입니다." 지안 중위가 항변했다. "이 여자가 그토록 많은 남자들을 죽였을 리 없습니다. 이 여자를 잡아올 수는 없지만, 먼저 장군님께 대령님이 귀중한 자원을 낭비하고 있다고 보고를 드려야겠습니다."

"그래, 자네 상사에게 달려가도 좋아. 하지만 30분 내에 특공대를 준비시켜. 이 블랙 위도우를 찾지 못하면……" 마르코프는 극적인 효과를 주기 위해 말을 멈췄다가 웃음을 터트렸다. "이 여자가 자네를 찾아낼걸!"

#롱보드 기동부대,
트리거피쉬호

마코호가 줌월트의 선수를 지나 달려가는 모습은 마치 자동차 경주를 하는 것 같았다. 마코는 길이 17미터의 삼동선이며, 주선체가 있고 측면 기둥에 두 개의 얇은 현외 장치가 붙어 있다. 경주용 요트를 만드는 데 자주 사용되는 이 디자인은 물에 조금만 잠기고, 기둥은 더 넓고, 수중에 닿는 표면적이 더 좁아 표준적인 단일 선체 보트보다 더 가볍고 더 빠르다. 경주용 요트의 경우에는 선체가 좁아 최소한의 인원만이 탑승해야 한다는 점이 문제였지만, 무인 전함에게는 그건 아무런 문제가 되지 않았다.

잠수정 사냥꾼인 마코가 속도를 높여 함대 앞에 나서더니 자매함인 불샤크호와 함께 8자를 그리며 순찰을 돌기 시작했다. 4개월 전 명명식에서 선원이 없는 배에 이름을 주는 게 적절하느냐를 두고 논란이 일었었다. 이것은 중요한 문화적 변화라 결국에는 해군장관이 결정을 내렸다. 이것들은 일회용 로봇이 아니라 함대의 생존을 맡길 수 있는 전함이라고 말이다. 위원회와 러시아의 잠수함이 접근하지 못하도록 막는 이 고속선을 보면, 아무도 그 이름에 의문을 제기할 수가 없었다.

마코는 동쪽을 향해 직선으로 달렸고, 속도는 45노트를 넘었다. 불샤크가 속력을 늦추며 끌같이 생긴 선수를 태평양 파도 속에 살짝 담그더니, 서쪽으로 방향을 틀었다. 이 두 배가 10킬로미터 거리에 위치한 위원회의 타입 39A 잠수함을 찾아낸 것이다. 샌드타이거 상어가 사냥할 때 협력하는 방식을 조사해 개발한 알고리즘에 따라, 이 두 배가 각자 위치를 잡고 도망치는 핵추진 잠수함을 에워싸기 시작했다. 중국 잠수함은 세 번째 마코급 전함인 타이거샤크호가 예상 도주 경로에서 조용히 기다리고 있다는 사실을 알지 못했다.

타이거샤크가 5킬로미터 반경에서 마크 81 로켓 추진식 어뢰를 발사했다. 초 공동 로켓 설계 덕분에 이 어뢰의 수중 속도는 거의 200노트에 달하며, 잠수정을 치기 전에 최고 속력에 도달해 선체 한쪽을 뚫고 반대쪽으로 나올 수 있다.

잠수정 선체가 부서지는 소리를 마코급 전함들이 포착해 줌월트에 전달했는데, 바로 침몰하는 중국 잠수정에서 자동으로 튀어나오는 부표의 조난 신호였다. 함대는 이제 수중의 위협으로부터 안전했지만, 꽁무니에 빵부스러기들을 남겼다.

#하와이 특별행정구역,
카알라 산

도일은 고사리 밑의 축축한 진흙에 얼굴을 더 깊이 눌렀다. 좀 전에 드론이 윙윙거리는 소리를 들은 것 같았다. 그래, 역시나였다. 그 소리는 눅눅한 공기 중으로 밀려왔다 밀려갔다.

도일은 무릎을 가슴으로 바짝 끌어당기며, 울 담요가 열 감지 센서를 막아주기만을 바랐다. 이 순간이야말로 정말로 혼자가 되는 순간이었다. 침공 후에 무기를 드는 대신 할 수 있었던 모든 일들이 떠오르는 순간이었다. 스코필드 기지 캠프는 그렇게 나쁘지 않다고, 사람들은 말했다. 위원회의 소셜 미디어 팀들이 수집해 전 세계에 방송한 영상 속에서처럼 적십자가 정기적으로 방문했다.

윙윙거리는 소리는 더 커졌고, 도일은 난초와 축축한 진흙 냄새가 나는 숨을 참았다. 턱 부근에서 모기가 무는 듯 따끔함이 느껴졌다. 그리고 또 한 마리가 더. 윙윙거리는 소리가 멈췄다. 그게 전부였나? 빌어먹을 모기 두 마리였나?

도일은 산을 내려오기 시작하자마자 죽임을 당할 줄 알았다. 하지만 그들은 이곳까지 왔다. 어둠 속을 가능한 한 빠르게 움직이다가, 상공에서 추적자의 소리가 들리면 울 담요 밑에 몸을 숨기고 숲속의 양치류와 고랑 밑으로 다이빙했다. 로켓포나 기관포를 막아주는 건 울 담요가 전부였다. 체열을 감춰주는 1센티미터 두께의 울 담요가.

이 아이디어는 울 담요를 이용해 미국의 드론 수색을 피했던 탈레반에게서 얻었다. 하와이에서는 울 담요를 찾는 것이 어려웠다. 노스 니미츠 고속도로 근처의 냉동 생선 가공공장에 몰래 숨어들어가, 작업반장에게 권총을 주고 담요를 받아왔다. 도일은 언젠가 그 총이 자신의 편을 위해 사용되길 바랐다. 많은 사람들이 적당한 때가 오길 기다리는 중이라고 했다. 어느 날 밤 도일과 핀을 차고에 숨겨준 카네오헤의 한 의사는 증조부의 '뉴와'까지 보여주었다. '뉴와'는 하와이의 전통 무기로 나무 곤봉에 상어 이빨이 박혀 있다. 그는 조만간 그 곤봉으로 점령군의 두개골을 부수어놓겠다고 조상의 이름을 걸고 맹세했다.

조만간. 그날이 오긴 할까? 도일은 담요 끝을 들어 올려 귀를 기울였다. 기계 소리는 들리지 않았다. 밤의 숲 소리뿐이었다. 불현듯 고개를 들어보니 유령 같은 모습을 한 반란군들이 일어나 주위를 둘러싸고 있었다. 도일은 5분간 기다렸다가 낮은 목소리로 지시를 내렸다. 대원들은 조심스러운 발걸음으로 산을 내려가기 시작했다.

"아름다운 밤이야." 핀이 속삭였다. 핀에게서는 암모니아와 사향이 뒤섞인 달콤한 악취가 났다.

그 다음 순간 세상이 하얗게 변했다.

첫 번째 폭발로 인해 도일은 공중으로 붕 떴고, 핀은 날아가 나무둥치에 부딪쳤다. 곧바로 이어진 두 번째 폭발로 수백 발의 금속 파편이 다트처럼 날아가 나무들을 산산조각 냈다.

도일은 주변을 둘러보려 했지만 하얀 섬광이 눈 안에 가득 찬 것 같아 초점을 맞출 수가 없었다. 마침내 시야가 밝아지자 저격 소총의 적외선 조준경을 통해 길을 뛰어내려오는 열두 명의 위원회 군인이 보였다. 멀리에서 쿼드콥터가 낮게 윙윙거리는 소리도 들렸다. 그러더니 군인 모두가 동시에 손전등을 켰다. 터무니없는 자신감이었다.

도일은 코아 나무 뒤에 몸을 숨기고 바깥을 염탐하며 방아쇠를 당겼다. 날아간 총알이 위원회 군인이 쓴 헬멧 페이스 플레이트의 정중앙에 박혔다. 도일이 또 다른 군인을 조준하려 했지만, 빗발치는 총알이 왼쪽과 머리 바로 위의 이파리를 가르고 지나가자 다급하게 바닥에 엎드려 3미터 떨어진 나무 기둥 아래로 몸을 굴렸다. 나무 기둥 뒤에서 흘끔거리며 주위를 살피다, 부서진 바이저를 쓴 첫 번째 군인이 지속적으로 총을 쏘며 앞으로 다가오는 걸 보았다.

오게 두자. 위원회 군인들이 가까이 다가와야, 숲 위에 떠 있는 쿼드콥터가 함부로 사격을 하지 못할 것이다. 도일은 나무 기둥 뒤에 숨어 기다리며, 손으로 이마의 땀을 훔쳤다.

이게 끝이다.

"퇴각! 퇴각! 퇴각!" 도일은 불규칙한 돌격 소총 소리 너머로 외쳤다. 보지도 않고 마구잡이로 총을 발사한 다음, 크고 무거운 저격 소총을 홱 던져 버리고 달리기 시작했다. 위원회 군인들은 묵직한 헬멧과 방탄조끼 차림이라 따라잡을 방법이 없다. 과거에 36킬로그램의 장비를 짊어지고 산을 오르내리던 미군들이 아프가니스탄의 무자헤딘을 따라잡지 못했던 것처럼 말이다. 도일은 30미터쯤 달린 후, 나무 뒤에 몸을 숨기고 배낭을 벗어 길 위에 던졌다.

그런 다음 다시 언덕길을 달려 내려가기 시작했다. 배낭의 무게가 없으니 더 민첩하게 그루터기와 바위들을 뛰어넘었다. 얼굴을 보호하려고 치켜든 오른팔을 나뭇가지와 이파리

들이 사정없이 긁어댔다.

도일의 배낭에 든 폭발물들이 위쪽 길에서 터졌다. 후폭풍으로 도일이 바닥에 쓰러졌고, 완두콩 크기만 한 세라믹 볼베어링 200개가 추적자들 쪽으로 날아갔다. 도일의 고집에 따라 순찰을 도는 모든 대원들은 배낭에 수제 지뢰를 매달고 다녔는데, 핀은 이를 사망 보험이라 불렀다.

도일은 몸을 일으켜 다시 길을 뛰어 내려가기 시작했다. 또 다른 폭발음이 들리는 걸 보니 핀의 폭탄 역시 제대로 터진 모양이었다. 물론 핀이 살아 있는지 아닌지는 알 수 없었지만 그 폭발은 도일의 앞길을 환히 밝혀주었고, 앞을 확인한 도일은 황급히 발걸음을 멈추려 애썼다.

세 번째로 트리키의 배낭이 폭발하는 것은 보거나 듣지 못했다. 발을 헛디뎌 언덕 아래로 굴렀기 때문이다. 진흙과 바위, 나뭇가지 등 손에 잡히는 거 뭐든 잡으려고 발버둥을 쳤다. 경사가 가팔라지면서 추락 속도는 더욱 빨라졌다.

네 번째 폭탄이 터졌다.

도일은 풀이 무성한 경사로에서 떨어지는 순간 지평선을 흘끗 바라보았다. 검은 하늘에 빛들이 반짝거렸다. 그 빛들은 별일까, 아래의 건물들 불빛일까? 몸이 공중으로 붕 뜨는 순간, 이상하게도 마음이 편안해지며 그런 의문이 들었다.

#하와이 특별행정구역,
호놀룰루, 카카아코

블라디미르 마르코프 대령은 위원회 특공대원에게 고개를 한 번 끄덕였다. 유 장군이 수사를 계속하도록 허락해준 것이 조금 놀라웠다. 이력서에 한 줄 적기 위해 안전한 전쟁터로 보낸 아들을 참담한 시신으로 돌려받은 위원회의 고위 관리에게 다시 한 번 편지를 보내야 하기 때문이었을까? 아니면 여자 한 명이 부하들을 도륙했다는 사실을 전사로서 용납할 수 없었던 것일까?

특공대원이 울퉁불퉁한 검은 플라스틱 컵처럼 생긴 기기를 아파트 문손잡이에 부착했다. 기기 뒷면의 흰 버튼을 살짝 누르자, 희미하게 윙윙거리는 소리가 나더니 뒤이어 쉭 하는 소리가 났다. 기기에서 나온 전류가 조용히 자물쇠를 산산조각 냈다. 특공대원이 기기를 치우자 희미하게 펑 하는 소리가 났다. 그가 마르코프에게 안으로 들어가라고 손짓하며 과장되게 고개를 숙이자 헬멧 꼭대기에 그린 해골 그림이 보였다. 마르코프는 그 그림이 유치하다고 생각했다. 위원회 군인들이 쉬는 시간이면 항상 하는 비디오 게임에 나오는 캐릭터이기 때문이다.

여자가 집에 없다는 사실은 이미 알고 있었다. 침실 하나짜리 아파트를 외부 열 감지를 해본 결과 안은 비어 있었다. 마르코프는 확실히 확인하기 위해 5센티미터짜리 로봇을 문 밑으로 들여보냈다. 로봇이 구석구석을 확인하길 기다리는 시간은 고통스러울 정도로 지루했다.

마르코프는 데려온 특공대원들을 두고, 홀로 안으로 들어갔다. 지휘관은 개의치 않았다. 저 러시아인이 부비트랩이라도 밟고 터진다면 그러라지. 이 전쟁은 한없이 늘어지고 있는데, 이 러시아인만 팔다리를 잃고 싶어 안달하는 것 같았다.

실제로 마르코프는 마음이 급했지만, 신중한 움직임에서 그러한 조급함은 전혀 드러나지 않았다. 그는 복도에서 신발을 벗고 일회용 덧신을 신었다.

"저희가 구두를 닦아놓을까요?" 위원회 특공대원이 영어로 물었다.

"유 장군님의 눈에 거슬리지 않을 정도로만 닦아놔." 마르코프가 아파트 안으로 들어서며 어깨 너머로 말했다. 복도에서 터진 웃음소리가 안으로 따라 들어왔다.

마르코프는 먼저 주방으로 향했다. 이유는 알 수가 없지만, 사람들은 주방에 물건을 숨기기를 좋아한다. 냉장고에 폭탄을 숨기고, 빵 보관 상자에 탄환을 숨기고, 요리 레시피 가운데 위조 서류와 신분증을 숨긴다.

마르코프는 아무것도 찾지 못했다. 냉장고 안에 보관된 머리도, 창턱에서 말라가는 손가락도 없었다. 내심 기대했는데 말이다.

물건이라고는 거의 없는 삭막한 아파트였다. 조립식 가구 세트가 전부였고, 그나마도 대부분이 중고로 산 것 같았다. 사진 한 장 걸려 있지 않았다.

마르코프는 한숨을 쉬며 가방에 손을 넣었다. 보병대가 쓰는 대형 암시 고글처럼 생긴 두껍고 불투명한 녹색 고글을 꺼내 썼다. 고글의 전원을 켜자 방 안이 조금 전에 보던 것처럼 선명하게 펼쳐졌다. 시그널 미터가 뜨는 걸 보니 언제나 그렇듯 지안이 기다리고 있는 바깥의 장갑차 라우터와 연결이 되어 있는 모양이었다.

마르코프가 러시아어로 무어라 지시를 내리자, 방 안에 모기만 한 크기의 빛들이 반짝거리기 시작했다. 깜빡거리는 빛들이 서로 이어지면서, 밤바다를 지나가는 배가 형광 물질을 남기듯 바닥과 가구에 푸르스름한 색이 나타났다.

이 푸르스름한 줄은 여자가 일상생활을 하며 남긴 DNA 흔적이었다. 여자의 몸에서 떨어진 파편들이었다.

마르코프는 푸르게 빛나는 흔적을 쫓아 침실 안으로 들어갔고, 침대와 넓은 옷장 앞에 도달했다. 당연한 결과였다. 여자라면, 특히 이 여자라면 옷장을 자주 들락거릴 테니까. 그렇게 생각한 마르코프는 자신의 성차별적인 생각에 피식 웃음을 흘렸다.

빛줄기를 보니 옷장 뒤쪽에서 움직임이 많았던 모양인데, 흰색과 빨간색이 섞인 색 바란 신발 상자 위에 집중되어 있었다. 그 상자는 퓨마 플립플랍 남자 11사이즈 상자였다. 누구의 것인지는 알 수 없었다.

마르코프는 펜으로 그 상자를 조심스레 들어 무게를 가늠했다. 가벼우니 부비트랩일 가능성은 낮았다. 물론 '가능성이 낮다'는 건 '가능성이 없다'는 뜻은 아니다. 마르코프는 펜으로 조심스레 뚜껑을 들어 올리며, 테이프나 전선이 연결되어 있지는 않은지 확인했다. 아무것도 없다는 걸 확인하자 뚜껑을 전부 열어젖혔다. 그 안에는 비닐 샌드위치 가방 안에 든 빗 한 자루와 작게 접힌 녹색 종이 한 장이 들어 있었다. 마르코프는 상자를 들고 침대 위에 가 앉았다.

종이 겉면에는 '내 사랑에게'라고 적혀 있었다. 천천히, 차근차근 종이를 펼쳐보았다. 기념일 편지인 듯한 글이 더 나왔고, 마지막으로 접힌 부분을 펼치자 작은 면도날 하나가 나왔다. 어두운 방 안에서도 그 면도칼은 환하게 빛났다. DNA 흔적이 가득한 것이다. 마르코프는 면도날을 다시 종이 안에 넣고 침대 위에 올려놓았다.

이번에는 빗을 바라보았다. 굳이 왜 비닐 봉투에 넣어 보관한 것일까? 이 빗이 왜 그토록 중요한 것일까? 마르코프는 빗을 봉투에서 꺼내 좀 더 유심히 살피며 돌려보았다.

녹색 편지지 바로 위에 놓고 빗을 천천히 흔들었다. 머리카락 몇 가닥이 떨어졌다. 펜을 꺼내 빗을 천천히 쓸어보았다. 머리카락 몇 가닥이 더 떨어졌다. 마르코프는 펜을 이용해 머리카락들을 분리하기 시작했다. 혹시라도 날아갈까봐 숨을 참았다. 머리카락은 전부 3센티미터도 채 되지 않는 짧은 것이었지만, 직모도 있고, 곱슬머리도 있고, 두께 역시 각양각색이었다. 머리카락은 총 21가닥이었다.

#상하이, 전 프랑스 조계지,
로터스 플라워 클럽

세친은 침대 끄트머리에 앉아 시트 밑으로 삐져나온 23번의 파란 머리카락 몇 올을 빤히 바라보았다. 분홍색 시트 위에 놓인 머리카락은 산호초에서 나부끼는 것처럼 아름답고 연약해 보였다. 그의 몸무게가 매트리스를 내리누르자 새빨간 피가 흘러내렸다.

피가 점점 가까이 다가오는데도 그는 가만히 앉아 있었다. 여자 스스로 한 짓일까, 아니면 그에게 보내는 메시지일까.

전자든, 후자든 그의 정체가 발각되었다는 의미였다. 기기를 없애고 몸 안에 칩을 심어두었는지 뒷골목에서 바디스캔을 받을 시간이 있을까? 아니면 그냥 도망쳐야 할까. 하지만 지금 당장은 23번의 이름을 결코 알 수 없게 되었다는 생각뿐이었다.

문을 두드리는 소리에 세친은 정신이 번쩍 들어, 방에 들어오기 전 노련한 스파이의 모습으로 돌아갔다.

'왜 문을 두드리는 거지? 더 불안하게 만들려고? 어떻게 반응하나 보려고?'

세친의 눈이 작은 책상이 놓인 구석으로 향했다. 그는 재빨리 책상 서랍을 열어 펜 하나를 꺼냈다. 8개의 브러시 메탈 밴드 안에 상감 세공이 되어 있고 은색 펜촉이 빛나는 펜이었는데, 수십 년 만에 손글씨 열풍이 불면서 이런 펜이 유행하는 중이었다.

감시당하고 있다는 사실을 인지한 세친은 메모를 휘갈겨 썼다. 자백이라고 생각해 글을 쓸 시간은 줄 것이기 때문이다. 하지만 세친이 쓴 것은 클링온어로 어디에 무엇을 붙이라고 지시하는 메시지였다.

세친은 침대로 돌아가 앉았다. 바지 엉덩이에 여자의 따뜻한 피가 스며들었다. 몸을 숙여 축축한 시트를 덮은 여자에게 키스를 했다. 키스를 하며 한 손으로 여자의 머리카락을 쓰다듬고, 다른 손으로는 자신의 목 경동맥 부분을 짚었다. 눈을 감고, 만년필 펜촉을 경동맥에 깊이 찔러 넣었다 뺄 마음의 준비를 했다.

그 순간 문이 터지며 나무 조각이 산산이 흩어졌고, 폭발의 충격으로 세친은 침대에서 떨어져 거울에 얼굴을 박았다.

거울 발치에 쓰러진 세친은 몸을 굴리며 미친 듯이 펜을 찾았다. 귀가 윙윙 울리는 통에 바닥을 움직이는 희미한 고무 타이어 소리를 듣지 못했다. 로봇이 세친에게 다가와 그의 목에 총구를 겨누고 발사했다.

#티엔궁-3 우주정거장

피 말리는 전쟁 중에 우주에서는 할 일이 거의 없어 따분할 지경이었다면 후손들은 절대 믿지 않을 것이다.

상임 간부회가 표창장에 적었듯이 그들이야말로 진정한 '중국의 신세대 전사'였다. 후인지우 네밍은 티엔궁이 이번 전쟁의 개시 사격을 한 다음 날 건조 돼지고기와 월병으로 축하 식사를 하며 팀원들에게 표창장을 읽어주었다. 하지만 이후로 몇 달 동안, 지구에서 320킬로미터 상공에 떠 있는 우주정거장 안에서는 아무 일도 일어나지 않았다.

창은 그에 감사했다. 지루하다고 해도 감히 그 말을 입 밖에 꺼내지 않았다. 후안은 계속해서 팀원들을 몰아붙이며, 우주 전체를 격추해야 하는 것처럼 기동 훈련을 시켰다. 창은 외치고 싶었다. 이젠 다 끝났어! 모든 타깃을 다 격추했잖아!

그들이 정말로 위험했던 유일한 순간은 미 공군 제트기 한 대가-나중에 후안이 말한 바에 따르면 최대 고도로 비행하는 미 공군 제트기였다- 우주정거장으로 대위성 미사일을 발사한 순간이었다. 티엔공의 레이저 방어 시스템이 이 미사일을 또 다른 우주 쓰레기로 만들어버렸다. 그 제트기 역시 레이저로 쏘아버리려 했으나 그전에 고도 때문에 기계적 결함이 발생해서 자멸했다.

최악은 모든 것이 자동으로 이루어졌다는 점이었다. 창은 아들에게 영웅이 되고 싶었지만, 창이 잠든 사이 우주정거장의 시스템이 타깃을 알아서 처리했다. 그는 월병을 하나 더 먹으며 파란 태평양을 그리운 눈으로 바라보았다.

"창."

후안이 불렀다. 평소보다도 날이 바짝 선 목소리였는데,

3일 전에 각성제가 다 떨어진 탓인지도 몰랐다. 우주에서의 전쟁은 어찌나 지루한지, 경계심을 늦추지 않으려다보니 계획보다 더 빨리 각성제를 소진했다.

"매직(감마선 탐지 대기 체렌코프) 망원경으로 살펴본 결과는 어때?"

"100퍼센트 작동 중입니다. 이상 없습니다."

창이 답했다. 하이난은 정찰 위성의 정지 궤도를 중앙 태평양 위에서 북극 지방 위로 옮기라고 지시했다. 그때는 이해가 되지 않았으나 새로운 정보가 탐지되었다.

"북대서양에서 들어오는 미국 동해안 함대를 아직 추적 중입니다. 핵추진 함정 두 척이 탐지되었고, 모든 정보가 확인되었습니다. 입수한 정보가 맞는 것 같습니다. 미국이 한 번 더 공격을 감행하고 있고, 이번에는 북쪽으로 향하고 있습니다."

"미국이 존경스러울 지경이야. 무모한 공격이라는 걸 알면서도 엄청난 희생을 감수하려 하다니 말이야."

후안이 말했다.

"근방에는 아무 이상 없나?"

"출입 금지 구역에 이상 없습니다. 지난주에 수단에서 발사한 독일 통신 위성은 이 근처에도 오지 않았습니다. 정보 보고서를 다시 확인해보겠습니다."

"확실하게 확인해. 놓치는 것 하나 없이 확실하게."

위원회는 티엔공 주변의 200킬로미터를 출입 금지 구역으로 지정했다. 3주 전 벨기에의 기상 위성이 출입 금지 구역을 배회하다가 레이저에 맞고 금속 덩어리가 된 사건을 보고 톡톡히 교훈을 얻은 모양이었다.

"오늘 운항하는 우주선은?"

후안이 물었다.

"별로 없습니다. 정보국 보고서에 따르면 두 대의 우주선이 발사될 예정이랍니다. 한 대는 국제 우주정거장으로 향하는 러시아의 무인 보급선이고, 한 대는 프랑스령 기아나의 유럽 우주공항에서 출발하는 우주 여행선이랍니다."

"전쟁 지역을 여행하다니! 그것도 우주에서! 멍청하기 짝이 없군. 하이난에 연락해서 그 우주선을 처리해도 되는지 물어봐야겠어. 여행을 더 흥미진진하게 만들어주면 좋잖아."

후안이 이렇게 말하고 웃음을 터뜨렸다.

후안의 듣기 싫은 웃음소리는 우주정거장의 승무원 전체가 가장 힘들어하는 부분 중 하나였다. 살인 충동 때문에 저러는 것인지, 아니면 지루함 때문에 저러는 것인지 도무지 알 수가 없었다.

"그리고 재보급 요청도 할 거야. 창, 어쩌면 새로운 승무원이 올지도 몰라."

집이라.

“전 대령님께서 떠나실 때 같이 떠날 겁니다.”

창은 이 말이 후안의 마음에 들길 바랐다. 자신이 집에 돌아가고 싶어 한다는 사실을 후안이 눈치 챈다면, 이 우주정거장에 끝까지 남게 될 게 뻔했다.

“당연하지.”

후안이 대꾸했다.

창은 눈을 감고 기다렸다. 기다리는 것에는 자신이 있었다. 아들을 떠올렸다. 아들은 지금 무엇을 하고 있을까? 역시 눈을 감고 있을까? 창은 아들이 어릴 적 불러주었던 노래를 흥얼거리기 시작했다.

꾸준히 울리는 경보음 소리에 창은 정신이 번쩍 들었다. 우주정거장의 비행 추적 시스템이 여행객들이 탄 우주선의 진로가 바뀐 것을 탐지했다. 창은 손등으로 눈을 비비며 다시 스크린을 뚫어져라 바라보았다. 말도 안 되는 일이 벌어지고 있었다. 그 우주선이 출입 금지 구역을 향해 곧장 날아왔다.

#북태평양,
줌월트호

"중지!"

부함장 코르테즈가 외쳤다.

줌월트호가 속력을 늦추자, 평평한 태평양을 가리고 있던 선수에서 검은 연기가 피어올랐다.

"누가 멈추라고 명령을 내린 거야?"

시먼스 함장은 고함을 지르려 했지만, 숨이 차 색색거리는 소리만 나왔다. 기관실에서 선원들과 배의 속도를 몇 노트 더 올릴 방법을 상의하다가 뛰쳐나온 것이다.

"도대체 무슨 일이야, 부함장?"

"내부 폭발이 있습니다."

코르테즈는 비즈 안경에 뜬 피해 현황을 읽느라 눈을 깜빡이며 대답했다.

"화재 진압 시스템이 작동 중이고 곧 진화될 겁니다."

함교로 플라스틱 타는 냄새가 솔솔 올라왔다.

"공격의 흔적은 없습니다. 아테나에 따르면 화재는 포대에서 발생했습니다."

코르테즈는 긴장하면 늘 그러듯 딱딱 끊어지는 말투로 대답했다.

"그럼 다시 움직일 수 있겠군. 스케줄을 맞춰야 해!"

시먼스는 바로 몸을 돌려 함교를 빠져나갔다. 누가 봐도 문제의 근원을 찾으러 가는 게 분명했다. 그가 갑판 아래로 뛰어 내려가는 동안 "함장님이 가신다!"와 "길을 비켜라!" 하는 외침 소리가 사다리 통로와 복도를 타고 울려 퍼졌다. 시먼스의 발걸음은 워낙 빨라 승무원들은 함장이 온다는 소리를 듣고도 준비할 시간조차 없었다.

시먼스가 배의 아래쪽으로 더 깊숙이 들어가자 더는 외침이 들리지 않았다. 피해 통제팀 승무원들이 이리저리 뛰어다니며 일을 하느라 정신이 없었다. 애벌레처럼 생긴 화재 진압 로봇이 꿈틀거리며 레일건 포대 쪽으로 움직였다. 시먼스는 그 로봇 뒤를 따라갔다.

누군가 그의 어깨를 잡아당겼다.

"함장, 불은 다 껐어."

마이크였다.

"리 박사가 껐지. 줌월트의 화재 진압 시스템이 잘 처리했어. 이 배에 제대로 작동하는 게 딱 하나가 있다면, 그건 스프링클러니까."

"리 박사한테 확실하게 한마디 해야겠어요."

시먼스가 말했다.

"제이미, 아니 함장님. 그건 내가 해결해."

마이크가 말했다.

"함장이 리 박사나 승무원들에게 무슨 말을 한다고 더 빨리 움직이지는 않아. 이건 나와 버넬리스가 할 일이야."

"아버지, 이건 내 배고 내 임무예요."

"이건 사적인 일이 아니라고 했잖아. 이건 함장의 배가 아닌, 해군의 배야. 함장이라면 그 사실을 깨달아야지. 지금 마음 편한 사람이 한 사람이라도 있을 것 같아? 위층 승무원들도 바쁘게 몰아치고 있는 것 같은데, 아래에서는 내가 알아서 하게 둬. 함장도 곧 정신없이 바빠질 테니까."

시먼스는 아무런 대꾸를 하지 않았다. 아버지의 말이 옳다는 것을 인정하고 싶지 않았다.

#티엔공-3 우주정거장

"빌어먹을 경보기 좀 꺼."

후안 대령이 말했다.

"나도 보이니까."

후안은 각성제를 넣어두었던 어깨 주머니를 뒤졌다. 막 우주 여행선에 세 번째 경고를 했지만, 역시나 대답이 없었다.

"하이난 중앙 관제소에 다시 연락을 해볼까요, 대령님?"

창이 물었다.

이 우주선은 민간인이 탄 우주선이었으며, 위원회와 수천 억의 무역 거래를 하는 유럽 연합 소유였다. EU는 미국과 동맹 관계였는데 지금까지 전쟁에 관여하지 않았다. 하지만 창의 마음에 걸리는 것은 그런 게 아니었다. 위성을 파괴하는 것은 그렇다 쳐도, 부유한 관광객들이 가득 탄 우주 여행선을 날려버리는 것은 훗날 아들에게 이야기하고 싶은 무용담이 아니었다.

후안이 툴툴거리며 승인 명령을 내렸지만, 전파 방해가 있는지 장거리 통신이 먹통이었다.

"상관없어. 하이난에 허락받을 필요 없어. 전파 방해가 있다는 건 저들이 위협이라는 증거야. 우주정거장 방어 프로토콜을 진행해. 200킬로미터에 발사하도록 설정하고."

"잠시만요, 잠시만요. 통신이 들어오고 있습니다."

창이 말했다.

"그…… 음악인 것 같은데요."

창이 우주정거장의 스피커를 켰다. 처음에는 기타 한 대로 연주하는 소리가 들리더니, 그다음에는 드럼의 비트가 더해지다가 걸걸한 목소리가 영어로 노래를 불렀다.

느닷없이 나타난 미치광이 선원
약자를 짓밟는 게 그의 신조지
머리에 뼈다귀를 꽂고
곰처럼 굶주렸어
이들의 대장은 괴짜 중에 괴짜

"뭐야? 저게 무슨 소리야?"

후안이 물었다. 창은 처음으로 답할 말이 떠오르지 않았다.

창은 노래 가사를 모든 암호와 문서, 그리고 군가와 매치해 보았다. 어느 부대의 행진가일지도 모른다고 생각했기 때문이다. 시스템의 대답을 확인하자 더욱 혼란스러워졌다. 그 가사는 비밀 파일이 아닌 공개된 소스에서 발견되었다. 20세기 가수인 앨리스 쿠퍼의 노래였다.

"여기는 위원회 우주정거장인 티엔공이다. 미확인 우주선은 즉각 진로를 수정해 출입 금지 구역에서 나가라."

창이 말했다.

"더 접근하면 쏘겠다. 확인했으면 응답하라."

창의 말에 더 요란한 록 앤드 롤 음악만 흘러나왔다.

등 뒤에는 죽음이

입술에는 거품이

피의 그림자가 따라오지

그들은 우주 해적이라네

록 앤드 롤 노래는 기이하고 흉포한 내용으로 이어졌다. 고도로 발달된 우주정거장에는 전혀 어울리지 않는 노래였다.

"저 끔찍한 음악을 왜 계속 틀어놓는 거지?"

후안이 투덜거렸다.

"미국인들이 탄 게 분명해. 비싼 돈을 들여 자살하러 왔군."

"10초 후면 출입 금지 구역에 진입할 겁니다."

창이 보고했다.

"좋아. 그러면 이 소음을 더 듣지 않아도 되겠군."

창은 타깃이 우주에 있는 상상의 선을 넘기 1초 전에 후안이 빨간 발사 버튼을 누르는 것을 보았다. 음악 때문에 짜증이 났든지, 사람을 죽이고 싶어 안달이 난 미친놈이든지 둘 중 하나였다. 하지만 아무런 일도 벌어지지 않았다.

"레이저 제대로 작동하는 거 맞아?"

후안이 물었다.

"우주선이 멀쩡하잖아."

"센서가 제대로 타깃을 추적하고 있고, 목표 지점에 명중했다고 뜨고 있습니다."

창이 대답하자 후안이 다시 한 번 빨간 버튼을 눌렀다. 힘을 더 주면 레이저가 발사되기라도 하는 듯 더 세게 눌렀다.

역시나 타깃은 멀쩡했다. 마치 레이저를 발사하지 않은 것처럼.

"전체 시스템을 리셋해. 당장."

후안이 명령했다.

"타깃이 속도를 줄이고 있습니다."

"자세히 봐야겠어."

후안이 말하며 우주선을 가리켰지만, 사실 그의 손가락이 가리키는 것은 우주정거장의 격벽이었다. 고글에 뜬 가상 이미지 때문에 종종 그런 사람들이 있다. 자신이 어디 있는지를 잊는 사람들이.

스크린에 떠 있던 레이더 표적 탐지가 사라지고, 우주정거장의 망원경에 보이는 영상이 떴다. 스크린에 뜬 그 우주선은 창이 본 우주선 중 가장 빛나는 우주선이었다.

피의 그림자가 따라오지.

그들은 우주 해적이라네.

노래가 계속해서 반복되었다. 몇 번이나 나온 건지 셀 수 없을 정도였다.

"시스템 재부팅. 다시 가동했습니다."

후안이 다시 발사했고, 표적을 향해 짧고 환한 빛이 발사되는 것을 보았지만 우주선은 멀쩡했다.

"레이저 에너지를 튕겨내는 코팅을 한 모양입니다."

창이 말했다.

"근접 거리에서 레이저를 맞고 얼마나 더 버틸 수 있는지 보자고."

"거리가 가까워지면 저희도 위험합니다. 저 우주선이 가까이 올수록, 우리가 발사한 레이저가 반사되어 우리를 칠 가능성이 높아집니다."

창이 반박했으나 후안은 아무 말 없이 빨간 버튼을 다시 눌렀다. 레이저가 다시 발사되었다. 이번에도 레이저는 아무런 효과를 발휘하지 못했고, 다행히 반사되어 돌아오지도 않았다. 우주선이 속도를 늦추기 시작하다가 3킬로미터 거리에서 멈춰 섰다. 그러다 분출구에서 작은 불꽃을 터트리며 날아오더니, 레이저의 사정 각도에서 벗어난 우주정거장의 평행 궤도에 자리를 잡았다. 눈부신 우주선이 천천히 회전하자 날개가 완전히 드러났다.

"저게 뭐지?"

후안은 눈으로 보면서도 물었다.

"해골입니다."

창이 대답했다.

"그 밑에 뼈 두 개가 교차되어 있고요."

그들은 우주 해적이라네.

재미로 은하계를 약탈하지.

마침내 음악이 멈추고, 우주정거장에 침묵이 감돌았다.

그러다 억양이 기이한 남자 목소리가 들려왔다. 인도인 같기도 하고, 창의 아내가 즐겨 보던 저택 아래층에 사는 하인들이 나오는 옛날 드라마의 영국 귀족 같기도 했다.

"티엔공, 티엔공. 여기는 에릭 K. 캐번디시 경, 공식 해적선 탤리호의 선장이다. 우리에게 항복하라."

#하와이 특별행정구역,
오아후섬, 에후카이 해변

보다이는 청두에 있는 22층 아파트에서 자랐지만, 밀려오는 파도를 보면 고향이 그리웠다. 다른 부대원들에게는 한 번도 털어놓은 적이 없으나 집에 돌아가고 싶었다. 열대의 낙원에 왔다는 즐거움은 불쌍한 샤오정이 술집에서 목을 찔린 채 발견된 순간부터 시들해졌다.

덩치 큰 보는 파도치는 해변가를 조심스레 걸으며, 파도에 휩쓸려 깨끗해진 모래를 한 발 한 발 내딛었다. 울적한 모습을 누가 보지 않을까 싶어 어깨 너머를 흘끗 살폈다. 어둠속에서도 다른 동료들에게 축 처진 어깨를 보여주고 싶지 않았다. 다들 그를 두려워하니까.

그를 이렇게 만드는 것은 아름다운 경치였다. 평소에는 생각을 그리 많이 하지 않는 편이지만, 점령군에 대항하는 하와이의 가장 큰 무기는 아름다운 경관이라는 사실이 이해가 되었다. 이곳은 사람을 방심하게 만든다.

안 그래도 이곳 해안 경비들이 경비를 서다 졸지 않도록 단단히 주의를 시켜야겠다고 생각하던 참이었다. 에후카이 해변 경비는 이삼 주간 힘든 도시 순찰을 돈 후에 주어진 편안한 휴식 같은 임무였다. 도심지에서는 골목에 있는 아이가 재활용 쓰레기통에서 병을 꺼내는지, 그들 쪽으로 화염병을 던지려 하는지 알 수가 없어 항상 긴장을 늦출 수 없다. 지역 서퍼들이 반자이 파이프라인이라 부르는 이 해변은 상륙용 주정을 대기에는 파도가 너무 거칠었고, 빌어먹을 반란군들이 은신처로 사용하기에는 너무 개방된 공간이었다. 보다이는 이곳이 안전하다는 걸 알고 있었다. 하지만 부대원들 역시 그 사실을 알고 있어서 기강이 느슨해질까봐 걱정이었다. 여차하면 한 놈을 잡아 흠씬 두들겨 패서라도 정신을 바짝 차리도록 다잡을 작정이었다.

보에게서 서너 발자국 뒤, 그리고 해변에서 10미터가량 떨어진 곳의 파도에서 한 쌍의 빨대 같은 안테나가 나타났다. 안테나는 씰룩거리다 다시 사라졌다.

보다이가 생각에 잠겨 걷는 사이에 그 안테나는 해변에서 3미터 떨어진 곳에 다시 나타났다가 재빨리 사라졌다. 해안선에 다시 나타난 그 안테나는 작고 검은 로브스터에 붙어 있었다. 로브스터는 8개의 다리로 바닥을 기어가기도 하고, 해안으로 오는 파도에 밀려오기도 하며 앞으로 나아갔다.

보는 계속해서 해변을 따라 걸었다. 그의 방탄복과 무기, 헬멧이 하늘을 배경으로 검은 실루엣을 그렸다. 로브스터는 먹잇감을 쫓기 시작했다. 움직였다 멈추기를 반복하고, 파도가 와 로브스터를 덮치기도 했다. 그때 그는 무슨 소리가 난 것 같이 뒤돌아보았다. 야간 투시경을 켜도 움직임은 전혀 없었다.

로브스터가 먹잇감으로 다가가며 마지막으로 질주를 하는 순간, 그는 본능적으로 뒤를 돌며 컴컴한 바다를 향해 소총을 들어 올렸다. 그의 부츠 주변에서 철썩이는 파도 외에는 아무것도 없었다. 그는 별거 아닌 것에 놀란 게 머쓱해서 소총을 내렸다.

파도가 물러가며, 보에게서 일이 미터 떨어진 곳에 작은 로브스터 한 마리가 나타났다. 로브스터의 몸은 무광에 사포처럼 거칠며 보랏빛이 도는 검은색 탄소 섬유로 뒤덮여 있었다. 보가 반응을 하기도 전에 그 로봇이 보의 다리에 작은 침을 발사했다. 보는 그 즉시 쓰러졌다. 바다뱀의 독을 합성한 독침이라 1초도 되지 않아 의식을 잃었다.

보다이가 얼굴을 물속에 박은 채 익사하는 동안, 6개의 검은 형체가 파도 속에서 나타나 맨몸으로 파도를 타며 해안으로 왔다. 그들은 천천히 보다이를 지나 해안선을 기어 나왔다. 그런 다음 해변을 훑어보며 소음기가 달린 HK 416 소총을 들었다. 이들은 체온을 주위 온도와 일치시켜주는 아주 얇은 잠수복을 입고 있었다. 눈에 띄는 호흡기가 없어 육안으로는 거의 보이지 않았다. 산소 탱크도 매지 않고 한 시간 동안 헤엄쳐서 해안에 도착한 이들의 몸에는 정상적인 피필구보나 훨씬 많은 산소를 공급해주는 마이크론 크기의 나노 기기가

1조 개나 들어 있다. 이 기술이 3년 전 '투르 드 프랑스'에 사용되면서 경기는 무기한으로 중단되었지만, 인간의 수행 능력 개선 방법을 연구하던 미국 방위고등연구계획국(DARPA)의 관심을 끌었다.

6개의 검은 형체들은 파도 속에서 10분을 기다린 후에 하나씩 나무숲 안으로 미끄러지듯 들어갔다. 두 명은 보다이의 시신을 끌고 깊고 빽빽한 맹그로브 수풀로 들어갔다.

로브스터는 보다이가 가던 길을 따라 해변을 종종 걷다가 구름 사이로 달이 나타나자 모래 위로 쏟아질 달빛을 피해 재빨리 바닷물 속으로 들어갔다. 그러다 사람 한 명이 나무숲에서 나와 해안선 쪽으로 향한 후 조심스럽게 바다에서 기어 나왔다.

로봇은 몸을 숨긴 여섯 명에게 영상을 쏘아보냈다. 비즈 안경의 작은 스크린으로도 나무숲에서 나오는 사람이 얼마나 피곤에 절었는지가 보였다. 그 사람은 찢어진 옷가지를 입고 발을 절뚝거리며 걸었다. 로봇이 종종거리며 앞으로 다가가더니 그 사람 뒤쪽 3미터 거리에서 멈췄다. 숨은 특공대원 중 한 명이 로봇의 껍질 안에 설치된 작은 스피커를 통해 암호를 속삭였다.

"슈거볼 리조트."

"2월의 가장 맑은 하늘."

그 사람이 대답하며 천천히 몸을 돌렸다. 허리 위치에 든 중국제 QBZ-95 자동 소총을 겨누다보니 바닥에 작은 로봇 하나가 보였다. 그 사람은 천천히 소총을 내리고 양손을 공중에 들었다.

"알로하, 천국에 오신 걸 환영해요. 난 도일 소령입니다. 제22해병 항공부대 소속이지만 최근에는 그, 노스 쇼어 무자헤딘 소속이죠."

"소령이 어떤 일을 했는지 잘 알고 있습니다. 고향에서 당신은 유명 인사예요. 적들이 비명을 지르며 죽기를."

남자가 말했다. 녹색과 회색, 검은 호랑이 줄무늬가 들어간 잠수복 차림이었다.

"난 덩컨입니다. 댐넥 카누 클럽의 자랑스러운 회원이죠. 만나게 돼 영광입니다."

도일은 그것이 버지니아의 미 해군기지를 가리키며, 그가 성이나 직급을 말하지 않았다는 점에 주목했다.

"네이비실 6팀이 절 구출하러 왔다고요? 저야말로 영광이네요."

"혼동이 있나 봅니다, 도일 소령."

덩컨이 말했다.

"우리가 구출팀이란 말은 한 적 없는데요. 우리는 선발대입니다."

#저지구 궤도,
탤리호.

에릭 K. 캐번디시 경은 무릎 위에 올려놓은 헬멧을 빤히 쳐다보다가 축구공처럼 무릎 위로 튕겼다. 헬멧이 천천히 떠오르다가 천장에 부딪치며 다시 튕겨 나왔다. 이곳에 위아래가 있다면 말이다. 우주는 난생처음이었다. 지금까지 재계의 거물로서 누린 가장 큰 즐거움은 리즈와의 경기에서 골을 넣었을 때인데, 그때보다 훨씬 더 즐거웠다. 무중력은 대단했다. 언제나 실망스럽기만 했던 몸이 이곳에서는 아무런 짐이 되지 않았다

탤리호의 원래 이름은 버진 갤럭틱 3으로, 새매의 항공기처럼 이륙해 궤도로 진입하도록 설계한 우주선이었다. 원래 주인이 열기구 사고로 실종된 후에 캐번디시가 이 우주선을 헐값에 매입했다. 그 남자와 그의 라이프스타일에 존경심이 있기도 했지만, 거부할 수 없을 정도로 저렴한 가격에 나왔기 때문이었다. 억만장자도 할인에는 약하다. 특히 세상에 하나

밖에 없는 우주선일 경우에는 더더군다나 그랬다.

캐번디시는 우주선의 날개를 내다보았다. 그가 본 것 중에 이처럼 빛나는 무언가는 런던 메이페어의 해리 윈스턴 매니저에게 전화를 걸어 새벽 3시에 문을 열게 한 다음, 미스 우크라이나에게 선물한 목걸이뿐이었다. 여자의 백조 같은 목에 목걸이를 주고 뒤로 물러섰을 때, 여자의 얼굴에 떠오른 표정은 값으로 매길 수 없는 것이었다. 비록 타블로이드는 1,400만 달러짜리 미소라고 떠들어댔지만 말이다. 그는 먼 훗날 자신의 사망 기사에 그 이야기가 꼭 들어갈 거라 확신했다. 물론 미스 우크라이나가 그로부터 이틀 후 그가 준 사치스러운 선물을 가치 있는 투자 상품으로 바꾸었다는 이야기는 실리지 않을 것이다.

아니, 어느 모로 보나 이것이 더 눈부시게 화려했다. 나노 다이아몬드를 복합재료로 만든 우주선 표면에 구워 넣는 방식으로 코팅했다. 다이아몬드가 티엔공의 레이저를 막아낼 거라는 계산이었고, 캐번디시의 엔지니어들은 효과가 확실할 거라 장담했다. 하지만 다이아몬드 코팅은 일시적인 효과만 있을 뿐이고 레이저빔이 우주선의 표면을 후려칠 때마다 표면의 복합 재료와 다이아몬드가 아주 미세하게 녹는다. 물론 군사용으로는 가성비가 떨어지는 방법이지만, 단 한 번만 상대를 속이면 된다. 미스 우크라이나와 마찬가지로 걸어볼 만한 베팅이다.

캐번디시는 미스 우크라이나를 만난 계기처럼 다이아몬드 아이디어를 얻게 된 계기를 비밀로 했지만 사실은 아주 평범했다. 패션계의 거물로 변신한 유명 래퍼의 파산 경매에서 얻은 아이디어였다. 캐딜락 캐스케이드 SUV 전체를 번쩍거리는 다이아몬드로 치장하는 것은 확실히 고약한 취향이었으나 그 이미지가 머리 한구석에 박혀 있었다.

캐번디시는 잠시 앞에 뜬 헬멧에 비친 자신의 얼굴을 유심히 바라보다가, 다시 손목시계를 확인하고 빙그레 웃었다.

"얌전히 잠들 생각이 없는 모양이군요."

캐번디시가 말했다.

"신사분들, 내 땅에서 불법 거주자들을 쫓아낼 수 있도록 도와주셔야겠습니다."

"알겠습니다, 사장님."

베스트가 말했다.

"산책을 가보죠."

#하와이 특별행정구역,
호놀룰루, 미션 가와 카와이아하오 가 모퉁이

사망자는 스물한 명. 위원회 기록에 실종자로 등록된 미국인 장교의 갈색 머리카락까지 포함하면 스물두 명이다. 여자의 첫 번째 희생자가 그 미국인 장교일까? 아니면 미국인 장교는 전쟁 사상자일까? 그의 죽음이 여자의 내면에 있던 살인 충동을 끄집어낸 것인가? 그 단 하나의 죽음이? 아니면 다른 무언가가 더 있는 것일까?

마르코프는 밤하늘에 걸린 낮은 건물 단지의 흐릿한 윤곽을 차창으로 내다보았다. 언뜻 단검처럼 보이는 희미한 첨탑의 실루엣을 눈으로 쫓았다. 이 지역에 전기가 나간 지 벌써 3일 째였다. 반란군들이 인근의 변압기를 파괴했고, 상하이에서 부품이 도착하려면 적어도 일주일은 더 기다려야 한다. 이곳 사람들은 그것을 승리라고 생각하지만, 상대편을 더 힘들게 만들려고 자해하는 행위에 불과하다. 그것이 반란군의 본질이다.

여자는 정말 반란군 소속일까. 순찰을 도는 위원회의 미니 드론이 여자가 거리를 걷다가 작은 나무 건물 안으로 들어가는 모습을 포착했다. 드론은 그 기가 작아 영상을 직접 처리하는 데 한계가 있기에, 분석하려면 그 영상을 분석가에게 전송해야 한다. 캐리신의 얼굴 인식은 7분 후에 완료되었고, 사냥에서 7분이란 일생과도 같은 시간이다.

마르코프는 캐리신과 이야기해야 했다. 이 전쟁을 이해할 가치가 있는 사람이 있다면 그건 바로 캐리신이었다. 마르코프는 무엇을 찾고 싶은 것일까? 둘이 닮았다는 점? 둘 다 사냥꾼이라는 점?

마르코프는 지리 세단에서 내리며 차량 뒤로 몸을 숨겼다. 민간인들이 탈 법한 그레이트월 픽업트럭 뒤에 웅크리고 숨은 위원회 특공대원들은 긴장한 기색이 역력했다. 그래야 마땅했다. 교회를 습격할 참이었으니까.

"다 준비됐나?"

마르코프가 말했다.

"명심해라. 캐리신은 생포한다. 생김새는 다들 알고 있을 거다."

마르코프는 말을 멈추고, 쓰고 있는 헬멧 위에 놓인 상당히 크고 불투명한 바이저를 톡톡 두드렸다.

"영상으로 여러분과 함께할 테니, 전부 접속해."

"전부 위치로 이동했습니다."

특공대원 한 명이 말했다.

"진입 명령을 기다리고 있습니다."

마르코프가 무어라 대답하기 전에 요란한 타이어 마찰음이 나자 모두들 흠칫했다. 특공대원 전체가 고개를 돌려 다가오는 차량을 향해 무기를 들었다. 그 차는 지리 장갑 SUV였고, 병력 수송 장갑차 두 대가 그 뒤를 따라오고 있었다. 세 번째 차량의 앞 펜더에서 휘날리는 깃발이 눈에 띄었다.

용기와 멍청함을 분간하지 못하는 유 장군은 모두에게 자신을 알리고 싶어 했다. 머리 위에서는 공격헬기들이 리드미컬하게 윙윙거리며 맴도는 소리가 희미하게 들렸다. 경호원 한 소대가 쏟아져 나와 자리를 잡자, 유 장군이 차에서 뛰어내리며 마치 기병 진격대를 이끌 듯 공중에 권총을 흔들었다. 그의 보좌관 한 명이 1미터쯤 떨어진 곳에 무릎을 꿇고 앉아 장군의 모습을 영상에 담았다. 고향으로 전송하는 영상에 장군의 키가 한층 더 커 보이도록 찍으려는 것이다. 유 장군은 진정한 거인이었다. 뭘 밟으려 하는지 생각조차 하지 않는 그런 거인 말이다.

"대령, 대원들을 뒤로 물리게. 길 건너편으로."

유 장군이 너무나도 당연하다는 듯 자리를 차지하며 섰고, 위풍당당한 목소리는 수천 명의 군사를 이끌고 전쟁터로 향하는 장수 같았다

"장군님, 이미 각자 위치에 서서 진입 준비하고 있습니다."

마르코프가 말했다. 장군은 카메라맨을 내려다보고 인상을 찌푸리며 권총을 치웠다. 마르코프는 순진한 표정으로 장군을 바라보며 물었다.

"공격 명령을 내리고 싶으십니까, 장군님?"

"아니, 대령. 난 대원들을 물리라고 했어. 우린 이곳 전체를 파괴할 작정이야. 죽은 부하들을 위해 그 정도는 해줘야지."

유 장군이 말했다. 뒤이어 헬리콥터 파일럿의 목소리가 특공대원의 헤드셋으로 전송되었다.

"여기는 그린 드래곤 6. 목표물 확인했고 30초 후에 발사합니다."

"장군님, 이러시면 정말 안 됩니다."

마르코프가 말했다.

"우린 여자를 생포해야 합니다. 그 여자가 무슨 짓을 한 건지 알아내야 합니다. 이 여자에게 일당이 있는지, 혼자 활동하는지 알아내야 합니다. 반란군과는 어떤 연관이 있는지도요. 전 그 여자랑 이야기를 해봐야 합니다. 장군님께서 여기를 죄다 날려버리면, 그 기회를 놓치고 말 겁니다."

"난 알 필요 없어. 여자를 만나볼 필요도 없어. 위협이 되는 건 제거해야 해. 완전하게. 연기가 걷히면 우리가 알아야 하는 것을 알게 되겠지. 여자가 죽었다는 걸 말이야."

공격헬기의 소리가 점점 요란해지며 교회 쪽으로 하강하기 시작했다.

"언론의 역풍을 맞을 겁니다. 학교 습격으로 아이들이 죽은 직후에 교회를 포격하다니요. 교회 안에 있는 전부가 죽을 겁니다. 한 사람 때문에 전부를 죽이실 겁니까? 그건 지는 사람이나 사용하는 수법이에요."

"단 한 사람 때문이 아니야. 그 여자가 도륙한 스물한 명의 내 부하들을 위해서지. 그 여자 때문에 또다시 빌어먹을 편지는 쓰지 않을 거야. 그리고 그 학교에서 일어난 일 때문에라도 내 부하들을 더 잃는 일을 방지하려는 거야. 내가 적을 이해하길 바라나? 아니, 그들이 날 이해해야지."

유 장군이 말했다. 마르코프가 더 항의를 하려고 했지만 쌍발엔진 헬리콥터의 요란한 소음에 묻혀버리고 말았다. 교회 쪽을 흘끗 쳐다보니 열세 살쯤 된 것 같은 어린 여자아이가 막 걸음마하는 남자아이 둘을 데리고 별채에서 나와 교회 본관으로 들어가고 있었다. 그 아이들이 교회의 넓은 나무 문 안으로 들어갈 때 남자아이 하나가 뒤를 돌아 하늘에 뜬 헬리콥터를 빤히 쳐다보다가 안으로 끌려 들어갔다.

마르코프가 항의하려고 고개를 돌렸을 때 이미 유 장군은 SUV에 다시 올라탔고 그 차는 후진을 하고 있었다. 마르코프는 화가 나 그 차의 차창을 내리쳤다. 적어도 장군이 그 소리를 듣기를 바랐다.

헬리콥터 아래로 미사일 두 방이 연달아 떨어졌다. 마르코프가 할 수 있는 것이라고는 제일 가까운 픽업트럭 뒤에 재빨리 몸을 숨기는 것뿐이었다. 마르코프는 그들이 차를 타고 올라왔던 그 거리를 마주보고 앉아 뒤에서 벌어지는 폭발을 피했다. 전쟁 전에도 수없이 많은 대학살을 목격했지만 이번만큼은 지켜볼 수가 없었다. 무의미한 학살이었다. 사냥감은 놓쳤고, 그가 수십 년간 배운 교훈들은 아무에게도 도움이 되지 않았다.

#상하이,
2167 연구소

두개골 뒤쪽으로 드릴이 파고드는데도 아무런 느낌이 들지 않아, 그 소음이 한층 더 끔찍했다.

세친은 두 눈으로 방 안을 훑어보았다. 고개를 돌리려 했지만, 그럴 수가 없었다. 그의 앞에 위치한 컴퓨터 화면이 그가 볼 수 있는 전부였고, 외과의사가 그의 두개골에 드릴을 밀어넣는 장면이 나왔다. 금속 드릴이 두개골에 구멍을 뚫자 뼛가루 먼지가 폴폴 솟아났다. 화면이 뒤쪽에서 밀려온 미세한 하얀 가루로 뒤덮였다. 그 가루 중 일부가 세친의 눈에도 떨어져 시야가 흐릿해졌다. 눈을 깜빡이려 했지만 그럴 수가 없었다. 그의 시야 밖에 있는 누군가가 그의 두 눈에 액체 한 방울을 짜 넣고, 눈꼬리로 흘러내린 액체를 닦아주었다.

스크린으로 두 번째, 그리고 세 번째로 드릴이 두개골을 뚫으며 더 많은 뼛가루 먼지를 날리는 게 보였다. 눈을 감고 그만 보고 싶었지만 그럴 수가 없었다. 또다시 누군가가 그의 눈에 액체를 짜 넣는 순간, 눈꺼풀이 없기 때문에 눈을 감을 수 없다는 사실을 깨달았다. 세친은 의사가 두개골에 난 3개의 구멍 안으로 가느다란 광섬유 와이어를 삽입하는 장면을 그저 지켜볼 수밖에 없었다. 그 와이어에 500개가 넘는 전극이 채워져 있으며, 인간의 머리카락처럼 가느다란 게 뇌 신경세포의 전자기 신호와 연결됐음을 세친은 알아챘다.

의사가 컴퓨터 스크린에서 사라졌다. 타일 바닥 위로 금속 바퀴가 구르는 소리가 들렸다. 소리는 점점 가까워졌다. 세친의 앞에 나타난 의사는 작은 상자를 올려놓은 카트 하나를 밀고 있었고, 그 상자에서 뻗어 나온 광섬유 와이어가 뒤쪽까지 연결되어 있었다. 또한 그 카트 위에는 로봇 손 2개가 있었는데, 다른 와이어들이 그 손을 상자와 연결하고 있었다.

세친은 남자가 수술용 마스크를 벗기도 전에 누군지 알아챘다.

"세친 장군님, 만나서 반갑습니다."

치지앙용 박사가 대학 강사 특유의 꼿꼿한 자세로 서 있었다. 신경 과학 연구자인 그는 국민 안전처로 발령이 나기 전까지만 해도 대학에서 강의했다.

세친은 대꾸하지 않았다. 정신을 다른 데로 돌리려고 애썼다. 교육 시간에서 배운 것처럼 아주 강렬했던 순간만을 생각하려 했다. 23번의 손길을 떠올리며 상상 속 절정에 도달하는 순간에 몰두했다.

"잘했어요. 바로 그렇게 해야죠."

치 박사가 말했다.

"브레인게이트 기술을 알고 계시는 모양이군요. 몇 초 만 더 지나면 테스트가 완료됩니다."

23번의 뜨거운 숨결이 목덜미에 와 닿더니 세친의 귀에 대고 살짝 입김을 불었다. 그의 몸이 경련했다.

"자, 시작합니다. 연결 확인됐고요. 재미가 좋으신데 정말 미안하지만, 시작해야 합니다."

갑자기 세친은 현실로 돌아왔고, 눈앞에는 그곳에 없는 무언가를 애무하는 듯 움직이는 금속 손 2개가 보였다.

"네, 그렇죠."

2개의 손이 리드미컬한 동작을 멈추더니 앞으로 뻗으려고 했다. 손가락을 펼쳤다 움켜쥐었다. 치 박사의 목을 조르려는 시도였지만, 로봇 손은 카트에 고정되어 있기 때문에 불가능했다.

"그렇다면 시작해볼까요?"

치 박사는 학생들에게, 그 다음에는 연구비를 지불하는 위원회 관리들에게, 지금은 피실험자들에게 수백, 수천 번은 했던 강의를 다시 시작했다. 강의를 하는 것은 이제 의무이자 하나의 의식이 되었다. 무언가를 배우는 순간에도 가르치고자 하는 열망이 솟았다.

"인간의 뇌는 세상에서 가장 강력한 컴퓨터입니다. 뇌의 비밀을 풀고 싶다면, 컴퓨터처럼 다뤄야 합니다. 우리 뇌가 통신을 하도록 도와주는 신경 세포는 각자 다른 주파수의 신호를 쏩니다. 이것이 소위 뇌파라는 것이지요. 이미 전기의 형태를 띠고 있는 뇌파들은 의식이든 무의식이든 우리의 생각을 전달합니다. 기억과 본능, 신체 작동 시스템, 가장 깊은 두려움부터 숨을 쉬도록 폐에 명령하는 것까지 모든 것을 실어 나르지요. 뇌파는 간단한 전기 신호에 불과합니다."

세친은 로봇 손이 주먹 쥐는 것을 지켜보는 수밖에 없었다.

"이 전기 신호를 기계에 연결하는 것이 아니라, 뇌 속을 오가는 조 단위의 다른 신호들 가운데 우리가 원하는 신호를 구분하는 게 가장 큰 문제입니다. 침습하지 않고 뇌 속의 신호를 파악하는 한 가지 방법은 외부에서 뇌파를 측정하는 것입니다. 이를 테면 뇌파기는 연구자라면 누구나 사용하고 있지요. 뇌파기는 두개골 내에서 새나오는 전기 신호를 듣는 겁니다. 하지만 그 시스템은 신체와 직접 연결이 되어 있지 않는다는 점에서 한계가 있습니다. 그저 외부에서 지켜보는 것뿐이니까요. 뇌파기는 뇌가 하는 일을 제대로 보여주지 못합니다. 안경을 쓴 적이 있나요? 아, 쓴 걸 못 봤네요. 그렇다면 말씀드리죠. 뇌파기를 사용하는 것은 시각 보정도 하지 않은 엉뚱한 렌즈를 끼운 안경을 쓰고 세상을 보는 것과 같습니다."

로봇 손의 주먹이 풀리며 공중에 그냥 떠 있었다. 세친은 다시 한 번 23번에게 몰두하려 애쓰며, 그녀의 문신을 손가락으로 훑는 걸 상상했다.

"제가 대학원을 졸업할 당시 최첨단 뇌 컴퓨터 인터페이스 연구는 직접적인 연결에 초점을 맞추고 있었습니다. 뇌에 잭을 연결한다는 아이디어는 원래 서구에서 나왔죠. 과학자의 실험실이 아니라 예술가의 머릿속에서 나왔습니다. 장군이 공상과학 팬이라는 사실을 알고 있습니다. 그렇다면 윌리엄

깁슨이 1984년에 발표한 소설 『뉴로맨서』를 아시겠죠? 모르신다면 강력히 추천합니다. 서사 자체가 대단하지는 않지만 비전이 대단해요. 미래에 해커들이 뇌에 전선을 연결해 컴퓨터의 가상 세계와 연결하는데, 깁슨은 이를 '사이버스페이스'라 명명했죠. 네, 오늘날 우리가 사용하는 바로 그 단어가 거기서 유래된 겁니다."

로봇 손이 공중에서 무언가를 쓰다듬기 시작했다.

"물론 이 개념은 아직 이론에 불과하지만……."

치 박사는 로봇 손이 움직이는 사실을 알아채고 강의를 멈춘 다음, 키보드에 명령을 쳐 넣었다.

"집중하십시오."

그러자 로봇의 손이 움직임을 멈추고 다시 주먹을 말아 쥐었다.

"미군 연구자들이 마비된 환자들 중에서 기꺼이 실험에 참가하겠다는 지원자들을 찾아냈죠. 브레인게이트를 이용해 그들은 젊은 하반신 마비 환자의 뇌에 컴퓨터 칩 하나를 심었고, 전기신호를 발사하는 신경세포들을 기록했습니다. 그것은 놀라운 발견이었죠. 제대로 처방된 렌즈를 끼운 것과 같았어요. 그동안 그들의 눈을 피해 다니던 모든 것들을 볼 수 있게 된 겁니다. 곧 그들은 이 신호를 기록할 뿐만 아니라, 팔다리로 향하는 통로가 고장 나긴 했지만 팔이나 다리를 움직이는 생각을 할 때 뇌가 보내는 신호들을 구분할 수 있게 되었죠."

치 박사는 말을 멈추고 세친의 이마를 천으로 눌러, 한때 눈꺼풀이 있던 곳 바로 위에 고인 땀방울을 닦아냈다.

"12개월로 예상하고 시작한 연구가 단 3일 만에 돌파구를 찾았죠. 생각만으로 그 젊은이는 컴퓨터 스크린의 커서를 움직였습니다. 그리고 커서를 움직이는 능력으로 새로운 세계가 열렸죠. 전신마비 청년은 로봇 손을 움직이고, 웹 서핑을 하고, 이메일을 보내고, 그림을 그리고, 비디오 게임도 할 수 있게 됐습니다. 그저 생각만으로요. 이것은 오늘날 인공 기관의 근간이 되었죠. 실제로 당신의 '손'이 지금 경험하는 것은 오래전 사람과 기계 사이에 처음으로 이루어진 것과 같은 종류의 연결입니다. 아주 유용한 테스트더군요. 이 시스템이 나에게, 그리고 더 중요하게는 당신에게 효과가 있는지 확인할 수 있으니까요."

세친은 23번에게 집중하려 했지만 그녀에 관한 기억을 떠올릴 수가 없다는 사실을 깨달았다. 그러다 로봇 손을 움직이고 싶다는 느낌이 들었다. 하지만 왜인지 몰랐다. 그는 손을 움직이고 싶지 않았다.

"아, 이제 궁금하신 모양이군요. 이게 도대체 왜 이러는 것일까? 눈금이 움직이기 시작하니 잠시만 멈추죠."

세친의 두뇌의 반은 23번의 숨결과 피부, 머리카락에 집중하려 애썼지만, 나머지 반은 그저 오른손과 왼손의 손가락을 움직이고 싶어 하는 것 같았다.

"바로 제가 연구하는 부분이 이 부분입니다. 움직임을 지연시키는 신경세포의 패턴을 실시간으로 모니터링하며 분석하는 것뿐만 아니라, 또 다른 두뇌 인터페이스에 대해 탐구하기 시작했죠."

세친은 로봇 손의 손가락들이 꼼지락거리는 것을 지켜보았고, 이제 그의 머릿속은 그 손가락들을 움직이라고, 그리고 움직이지 말라고 동시에 말했다.

"데이터를 모니터할 수 있다면 바꿀 수도 있죠. 컴퓨터의 신호나 뇌의 신호나 마찬가지입니다. 우리는 신체의 움직임, 기억, 그리고 가장 중요하게는 당신의 의지를 지시하는 뇌의 신호를 조종할 수 있습니다."

#하와이 특별행정구역,
호놀룰루, 미션 '가와 카와이아하오' 가 모퉁이

교회는 거의 한 시간 동안 불에 탔다. 화재 억제제를 아무리 뿌려도 소용이 없었다. 타닥거리며 타오르는 불길이 하늘로 치솟았고, 근처에 오기만 해도 그 열기가 느껴질 정도였다.

현장에 처음 진입한 것은 기계였다. 높이 1.5미터의 스파이더봇은 다리를 무광 검정색으로 칠해 불길해 보이지만 원래 목적은 생명을 구하는 것이다. 일본 엔지니어들이 지진이나 쓰나미가 지나간 후에 건물 잔해 사이를 기어 다니며 생존자를 찾아내기에 가장 적합한 형태라고 생각해 거미를 본떠 만들었다. 하와이에 주둔한 위원회의 기술자들은 이 로봇을 생물학 현장 수색에도 사용할 수 있다는 사실을 깨달았다. 다시 말해 폭격을 맞아 폐허가 된 건물 안에서 사람들의 잔해를 찾는 데 활용한다는 뜻이다.

마르코프는 센서가 달린 헬멧을 쓰고 스파이더봇이 지나간 흔적을 따라갔다. 로봇은 끈기 있게 잔해 더미 안을 활보했다. 마르코프는 헬멧 안의 화면에 뜬 정보를 보았다. 기침이 났고 목에는 가래가 꼈다. 멀리서도 그 연기와 냄새는 참기 힘들 정도였다. 특공대원 S는 인공호흡기를 착용하고 있었지만 그에겐 없었다. 살과 플라스틱, 나무 타는 냄새를 맡기 않으려 하얀 손수건으로 입을 틀어막는 게 전부였다.

스파이더봇은 폐허가 된 교회 안에서 사람은 절대 할 수 없는 방식으로, 8개의 다리로 차분하게 움직였다. 각 다리 끝에는 납작한 패드가 달렸는데 이 패드가 열리면 섬세하게 생긴 8개의 손가락 같은 집게발이 나왔다. 스파이더봇이 각도에 따라 5개나 4개, 혹은 3개의 다리로 균형을 잡으면, 다른 다리들은 돌을 고르는 탐광자처럼 돌 더미를 치웠다. 이따금씩 집게발 하나가 몸 안으로 재빨리 들어갔다가 다시 나와 사냥을 했다. 스파이더봇은 배 속으로 현장에서 찾아낸 뼛조각과 살을 스캔해 DNA 프로파일을 확인하고, 보관했다가 후에 영안실에서 재조합한다.

지극히 합리적이고 영리했다. 언젠가는 스파이더봇이 너무 똑똑해져 악몽 같은 상황이 벌어지지 않을지 걱정스러울 정도였다. 마르코프는 머리가 지끈거렸고 목이 탔다.

그 순간 마르코프가 쓴 바이저 스크린 위로 메시지 하나가 지나갔다. DNA 매치였다. 팝업 창이 뜨며 아이템과 신원을 밝혔다.

불에 탄 손가락 하나, 하와이 호놀룰루에 거주하는 캐리 신이었다.

#티엔공-3 우주정거장

창은 자신의 손이 보이지 않았다.

얇은 주황색 구명 수트를 디자인한 사람들은 갑작스러운 감압 상황에 버틸 수 있도록 튼튼한 재질을 사용했지만, 수트를 착용한 사람이 겁을 먹는 상황은 고려하지 않은 모양이었다. 수트의 환경 시스템은 창의 가빠지는 호흡과 등과 팔을 따라 줄줄 흐르는 땀에 대처하지 못했고, 페이스 플레이트에는 느리지만 확실하게 안개가 끼었다. 그러자 숨이 더 가빨라졌다.

창은 헥스팬도 렌치 손잡이를 더 꽉 잡으며 진정하려 애썼다. 후안이 지시한 대로 레이저 무기 조종판의 매끄러운 유리를, 위축된 근육이 무중력 상태의 우주정거장 내에서 할 수 있는 최선을 다해 내리쳤다. 하지만 이제는 자신이 무엇을 치고 있는지조차 보이지 않았다. 심장박동수가 다시 치솟았다. 이러다 자신이 흘린 땀에 익사할 지경이었다.

'헬멧을 벗어야 한다.'

티엔공은 아직 여압 상태를 유지하고 있으니, 우주복을 벗는 것은 자살 행위가 아니다. 창은 익숙한 음식 냄새와 땀 냄새, 찐찌기기 냄새가 뒤섞인 퀴퀴한 공기를 들이마시며 기이한 안도감을 느꼈다.

그러다 조종판을 내리친 오른쪽 장갑의 손가락 관절 부위가 작게 찢어진 것을 발견했다. 응급 상자 안에 압박 테이프가 있을 것이라고 생각한 창은, 버클을 풀려고 몸부림을 쳤다. 하지만 상자는 사라지고 없었다. 후안 대령 역시 사라지고 없었다.

어떻게 후안이 그러울 수가 있지? 창은 탈출 포드가 활성화되었는지 확인하려 목을 길게 뺐다. 아니었다. 달걀 모양의 탈출용 우주선은 티엔공에 아직 붙어 있었다.

창이 왼쪽 귀에 끼고 있던 이어폰으로 목소리가 들렸다.

"그들이 여기 있나?" 후안이 물었다.

"아니요, 여기 없습니다. 대령님도 여기 없으시잖아요."

"알아."

후안이 대꾸했다.

"나머지 대원과 나는 우주복을 입고 그들을 공격할 거야. 자네는 여기 남아서 기밀 자료들을 죄다 없애도록 해. 창, 우리가 성공하지 못하면 절대 그들을 우주정거장 안으로 들이지 마. 무슨 수를 써서라도 막아."

#상하이,
2167 연구소

“우리가 보는 것은 자연 그 자체가 아니라, 우리의 질문 방식에 드러난 자연에 불과합니다.”

치 박사의 강의가 계속되었다.

“물론 베르너 하이젠베르크가 물리학과 끈 이론의 영역에서 한 말이지만, 그 교훈은 여기서도 통용되죠. 어떤 심문이든 관찰자 효과라는 게 발생해서 지켜보는 사람의 사소한 행동이 피실험자에게 영향을 미칩니다.”

세친의 일부가 기꺼이 협조하고 대답하려 안달하는 반면, 다른 일부분은 시계를 상상하려 애썼다. 그와 그의 심문자 모두 시간과 다투고 있었다.

“피실험자가 뇌의 전자 신호 세트일 때는 더더욱 그러하죠. 인터페이스가 길어지면, 우리 연구 내용이 변질됩니다. 간단하게 말하죠. 당신 자신으로 남고 싶다면 마음을 편하게 하세요.”

세친의 일부분은 편하게 내려놓기 시작하는 반면, 다른 일부분은 비명을 지르며 저항했다. 인터페이스가 지속되는 기간이 길어지면, 심문자들이 결과를 신뢰하기가 더 어려워진다는 걸 알기 때문이었다. 진실, 두려움, 약물들은 새로운 기억과 새로운 허구가 뒤섞인 칵테일을 만들어낼 것이다.

치 박사는 학생에게 퀴즈를 내듯 부드럽고 차분한 목소리로 첫 번째 질문을 던졌다. 다른 상황이었다면 듣고 안심할 법한 목소리였다.

"당신이 미국인들에게 정보를 건넸다는 사실을 알고 있습니다. 어떤 정보를 줬습니까?"

치 박사가 물었다.

"기술적인 정보 몇 개."

세친이 대답했다. 저항하려는 부분은 가장 좋은 방법이 협조하는 척하는 것이라고 생각해서 시간을 끌려 했다. 아니면 협조하려는 부분이 그를 속이는 것일지도 몰랐다.

"어떤 기술이죠?"

치 박사가 물었다.

"우주. 위성."

세친은 바쁘게 머리를 굴렸다. 어떤 부분이 그 말을 한 건지 몰랐다.

"시간이 없습니다. 둘 다."

치 박사가 말하며 세친의 피부 결에 감탄하듯 가까이 몸을 숙였다.

"당신이 접속한 데이터베이스를 보면, 미국 측에 잠수함을 추적한 방법에 대한 정보를 제공한 것 같습니다. 맞습니까?"

그래. 아니. 둘 중 뭐라고 말한 건지 몰랐다.

"좋습니다. 협조해주셔서 고맙습니다."

정말 대답을 한 것일까, 아니면 치 박사가 술수를 부리는 것일까?

"내가 알고 싶은 것은 미국이 그 정보를 가지고 무엇을 할 계획이냐는 겁니다. 미국이 당신에게 또 어떤 정보를 달라고 요구했습니까? 오늘 만난 건 무엇 때문이죠?"

세친은 대답을 하지 않으려고 애써 다른 생각을 했다. 23번의 얼굴을 떠올리며 손가락으로 그녀의 파란 머리카락을 쓰다듬는 걸 상상했다. 아니, 치 박사에게 그녀에게 파일을 넘겼다고 말했는지도 몰랐다.

치 박사가 스크린에 23번의 사진을 띄웠다. 그녀의 시신이 영안실의 스테인리스 스틸 탁자 위에 놓여 있었고, 피부는 파란 머리카락 색이 물든 것처럼 푸르스름했다. 세친은 자신과 함께 침대에 있던 그녀를 떠올리려 했지만 그 장면이 떠오르지 않았다.

"이 여자가 당신이 오늘 만나기로 한 여잡니다. 내가 이 여자를 보여주는 것은 나쁜 기억을 불러일으키려는 게 아니라, 내가 추구하는 궁극적인 진실이 당신의 진실보다 더 중요하다는 점을 알리기 위해섭니다. 당신의 진실을 구하고 싶다면 협조해야 합니다."

갑자기 영안실에 누운 23번의 이미지가 사라졌다. 그 이미지가 스크린에서 사라진 것일까, 아니면 그의 기억에서 사라진 것일까.

"자, 이제 말해봐요. 오늘은 무슨 이유로 만난 겁니까?"

세친은 다른 것을, 무엇이라도 다른 것을 생각하려 애썼다. 그녀의 머리카락은 파랬다. 그래, 그녀의 머리카락은 파랬다.

"오늘? 여러 가지 이유가 있었지."

심문 내내 아무것도 느끼지 못했던 세친은 갑자기 피부가 타는 듯한 느낌을 받았다. 모든 세포가 불에 타는 것 같았다. 살이 타는 냄새가 났다.

"미안하지만, 이쪽에서도 더는 인내심을 발휘할 수 없다는 점을 알아두셔야겠습니다." 치 박사가 말했다.

"당신의 거짓말도, 당신의 고통도 더 참아줄 수 없습니다. 모든 건 그저 당신 뇌 속의 신호에 불과하니 말입니다. 당신이 그 고통을 느끼는 시간, 아니 느낀다고 인지하는 시간을 짧게 만들 수도, 길게 만들 수도 있어요. 자, 말해봐요. 오늘 만남의 주된 이유가 뭐였죠?"

"섹스."

세친이 대답했다.

두개골 아래쪽에서 간질거리는 느낌이 들었다가 다시 불길이 온몸을 휩쓸었다. 왜? 진실을 말했는데! 아니, 정말 말했던가.

치 박사가 고개를 젓다가 멈췄다. 진짜로 멈춘 건지, 누군가 이야기를 한 다음 이 순간으로 되감기를 한 것인지 몰랐다. 이제 시간 감각마저 조작하는 것인가.

"그럼 마지막 질문만 남았습니다. 미국이 북쪽 방어에 대한 정보를 원한 이유가 뭡니까? 미국의 함대가 지금 이동 중인 것과 관련이 있습니까?"

세친의 눈앞에는 파란색만 보였다. 누군가 이야기를 하는 소리가 들렸지만 누군지 알 수 없었다. 뭐라고 했지? 나는 뭐라고 답했지? 보이는 건 파란색뿐이었다.

"고맙습니다 아주 잘했어요."

치 박사가 가능한 한 빨리 제독에게 정보를 전달하라고 지시하는 소리가 들리더니, 조심스레 그의 얼굴을 감싸는 치 박사의 손길이 느껴졌다. 부드럽고 안심이 되는 손길이었다.

"나는 많은 사람이 생각하는 것처럼 괴물이 아닙니다. 이것은 과거 방식보다 훨씬 인간적이고 세련된 방식이죠. 게다가 이렇게 입수한 정보를 저장까지 할 수 있습니다. 그것이

내가 드리는 작별 선물입니다."

치 박사는 세친의 뺨을 가볍게 토닥이고는 시야에서 사라졌다. 세친은 다시 윙 하는 드릴 소리를 들은 것 같았지만, 그 다음 순간 그녀가 보였다. 23번. 정말로 아름다웠다. 세친은 그녀를 애무하기 시작했다. 파란 머리카락을 쓰다듬고 목부터 아래로 어루만져 내려가다, 그가 상상 속 절정에 도달하는 바로 그 순간 그의 몸은 경련하고 또 경련했다.

세르게이 세친이 생각할 수 있는 건 그게 전부였다. 그의 뇌에서 광섬유 와이어가 빠져나갔다.

#하와이 특별행정구역,
호놀룰루, 위원회 사령부

유 장군은 마르코프의 얼굴에 비닐 봉투를 들이댔다. 그 손가락은 후추로 양념을 하고 밀가루에 굴린 것 같았다. 하지만 불에 탄 손가락인 건 분명했다. 캐리신의 왼손 약지였다.

"지문이 일치해. DNA도 마찬가지고. 내가 먼저 그 아가씨를 찾은 것 같군."

"시신은 어디 있습니까?".

"나머지 시신들이랑 섞여 있지."

유 장군은 이렇게 말하며 봉투에 든 손가락을 마르코프에게 던졌다.

"이걸로 목걸이라도 만들게."

마르코프는 장군에게서 눈을 떼지 않은 채 왼손으로 비닐 봉투를 낚아챘다. 오른손은 옆구리에 느슨하게 올려둔 채였는데, 이것은 1초 안에 마카로프 권총을 꺼내 두 발을 발사할 수도 있다는 뜻이었다. 한 손에 연쇄살인범의 잘린 손가락을 들고 다른 한 손에는 두 발이 장전된 권총을 든 마르코프는, 심호흡으로 마음을 가라앉히며 아무 말도 하지 않았다.

"모스크바로 가져가도 좋아."

유 장군이 이어 말했다.

"여기 일은 끝났어. 하지만 내가 자네 생각처럼 지독한 남자가 아니라는 걸 보여주려 하네. 돌아갈 때 내 제트기를 빌려줄 테니 타고 가. 내 제트기에 앉아 마지막으로 하와이의 풍경을 감상하도록 해."

마르코프가 고개를 저었다.

"그렇게 서둘러 나를 치우고 싶은 겁니까, 장군님? 사람들이 그 여자를 뭐라고 부르는지 압니까? 블랙 위도우입니다. 당신네 스파이너붓이 그 여자를 찾았을지는 몰라도, 당신의 그 어리석음이 매일같이 더 많은 블랙 위도우를 만들어내고 있단 말입니다.”

마르코프는 비닐 봉투를 장군에게 던졌고, 봉투가 드럼통 같은 가슴에 튕겨 책상 위로 떨어지자 장군은 흠칫했다. 유 장군은 분노로 몸을 부들부들 떨고 눈을 부릅떴지만, 갓 면도한 머리를 쓰다듬으며 마음을 가라앉혔다.

“대령, 다시 생각해보니 내 비행기는 빌려줄 수가 없겠어. 내일 저녁 양산으로 출발하는 재보급선이 있네. 항해를 하는 동안 지휘관에게 대들면 어떤 벌을 받게 될지 생각할 시간은 충분하겠지. 경비!”

#티엔궁-3 우주정거장

창은 헬멧을 벗자 안도감이 밀려왔다. 아직 갇혀 있다는 사실을 알았지만 그 순간만큼은 그렇게 느껴지지 않았다. 맥박이 점차 안정을 찾아가는 순간, 관측창으로 무언가 쓱 지나가는 것이 보였다. 혀를 쭉 내민 미치광이의 얼굴이 관측창 바깥에 걸려 있었다. 뒤이어 누군가 안전유리를 번쩍거리는 단검으로 두드렸다.

창은 우주의 잔해와 미소 충돌을 모니터하는 카메라 영상을 눌렀다. 카메라를 돌리자 새카만 우주복을 입고, 괴상한 그림을 그린 헬멧과 페이스 플레이트를 쓴 남자 하나가 보였다. 그 우주비행사가 티엔공의 외부 선체에 기기 하나를 부착하고 있었다.

그러더니 계기반에 설치된 무전기 스피커가 다시 치직거리며 살아났다.

"티엔공. 여기는 에릭 경, 아니, 캐번디시 선장이다. 좋다. 내 부하들이 막 당신네 우주정거장에 보조 추진엔진 한 쌍을 부착했다. 이제 항복하고 우주정거장을 우리에게 넘겨라. 그렇게 하면 제네바 협약의 규칙에 따라 여러분을 전쟁 포로로 대우하겠다. 우리의 요구에 응하지 않는다면 우주정거장은 회전을 멈추고, 내 과학자들 말에 따르면 그 안의 온도가 서서히 올라 800도까지 치솟을 거다. 언제나 정의의 편에 서는 우리의 동지, 태양 덕분에 말이지. 이것이 우리가 보내는 마지막 통신이다. 출입을 허락하고 저항하지 마라. 그랬다가는 모두 죽을 거다. 모든 건 여러분 선택에 달렸다."

치직거리는 소리가 스피커를 통해 터져 나왔는데, 어찌나 크던지 창은 재빨리 스피커를 껐다. 후안이 무얼 하고 있는지 모니터를 쳐다보았다. 다른 승무원들이 후안과 말다툼을 벌이고 있는 것 같았고, 우주복은 아직 입지 않은 상태였다.

갑자기 우주정거장이 덜컹거리자 창은 창가로 돌아갔다.

혹시 그 유령이 다시 돌아왔나 보려고 목을 길게 뺐다. 아무것도 보이지 않았다. 우주정거장 뒤편의 별들이 분명하게 일그러지자, 창의 우주복 안에 고여 있던 땀이 차갑게 식었다. 해적들이 부착한 보조 추진엔진 때문에 우주정거장의 회전이 느려지기 시작한 것이다. 계속해서 경보음이 울리면서, 우주정거장의 위치가 사전에 프로그램된 궤도에서 벗어났다고 알렸다.

저자들은 우주비행사들을 공정하게 대우하겠다고 약속했다. 그렇다면 차라리 포로로 잡히는 게 낫지 않을까. 숯덩이가 된 상자 안에서 구운 돼지 꼴이 되어 죽는 것보다는 말이다.

달리 선택지가 없었다. 후안과 다른 승무원들은 무모한 공격 계획을 두고 다투고 있고, 지휘 본부 안에는 창 혼자였다. 그는 티엔공의 에어로크를 열었다. 아들이 아버지를 자랑스러워할지 아닐지는 중요하지 않았다. 그저 다시 한 번 아들을 보고 싶었다.

#하와이 특별행정구역,
호놀룰루, 선다운 라운지

블라디미르 마르코프 대령은 지난 몇 분 동안 보드카로 천천히 녹아들던 얼음 덩어리 하나를 삼켰다. 이렇게 취한 건 몇 년 만에 처음이었다. 얄타에서 대패한 이후로 처음인 건가. 돌이킬 수 없을 정도로 만취했지만 정신은 너무나도 또렷해서 지금처럼 모든 게 명료하게 보인 게 얼마 만인지 궁금할 정도였다.

마르코프는 보물처럼 여기는 푸시킨의 시집을 조심스레 한 장 더 넘기며, 그의 뒤로 가까이 다가오는 발자국 소리와 발가락부터 손가락까지 올라오는 희미한 오한을 무시했다. 자리를 비켜달라고 얘기해뒀던 바텐더가 돌아올 리 없었다.

"지안, 내 그림자. 자네가 그리웠네. 여긴 웬일이지?"

마르코프는 시집에서 눈도 떼지 않은 채 말했다.

푸시킨이 예견한 것처럼 폐허는 점진적인 과정이다. 재정적인 파탄을 겪고 차르에게 수모를 당한 탓에, 그 위대한 시인 푸시킨의 머릿속에서 수많은 단어들과 구절들이 사라졌을 것이다. 아니면 그 반대였을까? 어쩌면 그러한 고난 덕에 푸시킨이 진짜 목소리를 낼 수 있었는지도 모른다. 그렇다면 푸시킨이 이기지 못할 게 뻔한 결투에 응한 것은 용기 때문이었을까? 서서히 죽느냐, 갑작스러운 죽음을 받아들이느냐의 문제인 것이었을까? 지안의 발자국 소리를 들으며, 마르코프는 엉덩이의 텅 빈 권총집에 손을 대고 기지에서 빼앗기지 않았더라면 권총의 금속 슬라이드가 있었을 그곳을 손끝으로 쓰다듬었다.

"대령님! 유 장군님께서 대령님을 찾아내라고 지시하셨습니다."

전 보좌관의 말이었다.

"그래서 날 찾아냈군. 그런데 찾아내서 어쩌려고? 그게 진짜 문제지. 이성적으로 생각해보세, 지안. 장군이 나를 다시 해고할 수는 없을 테고, 배를 태워 보내겠다는 마지막 결정을 뒤집고 사형을 선고할 사람도 아니야. 아, 그거로군. 내게 선고한 자연스러운 과정을 기다릴 인내심이 부족하다는 거."

고개를 들어보니 보좌관이 이미 권총을 꺼내 들고 있었다.

"그래, 마침내 제대로 된 대답을 하는군, 지안. 잘했어. 무슨 뜻인지 알겠어. 유 장군이 이제야 진정하고 확실한 처리를 원하는군. 내가 이곳에서 불운한 사고, 이를 테면 반란군의 공격 같은 걸로 죽는다면 그에게는 훨씬 잘된 일일 테지. 그래야 내가 진실을 털어놓는 걸 막을 수 있을 테니까."

"저는 명령에 복종합니다."

지안이 말했다. 그는 자신이 쏘려는 남자와 어느 정도 거리를 유지해야 하는지 모르겠다는 듯 마그고프에게서 두 발자국 뒤로 물러섰다.

"그 전에 한잔해야지."

마르코프가 술병을 잡았다.

"우리 둘에게 마지막 잔이 될지도 모르니까."

보좌관은 마르코프에게서 한 걸음 더 물러나며, 권총을 든 팔을 쭉 뻗어 마르코프의 몸이 아닌 미간에 정확히 조준했다. 역시나 아마추어다운 자세라고 마르코프는 생각했다. 그는 지안을 보고 미소 지으며 보드카 잔을 들어 올렸다. 지안은 잠시 당황한 표정을 짓다가 눈이 휘둥그레졌다. 칼날이 그의 뒷목을 뚫고 들어온 것이다.

마르코프는 잔뜩 취했지만 모든 게 너무나도 생생하게 보였다. 여자는 허리까지 오는 흑단 같은 머리카락에 녹색 콘택트렌즈를 끼고 있었다. 하지만 지안의 목을 긴 칼로 찌르면서 맨발 주변에 고인 피 웅덩이는 신경도 쓰지 않는 걸 보면 그녀가 분명했다. 권총을 든 가느다란 손에 왼손 약지가 없었다.

여자는 마르코프 옆 바 스툴에 앉았다. 헐렁한 민소매 원피스와 리넨 셔츠 차림이었다. 가까이서 보니 눈썹이 없고 대신 섬세하게 화장이 되어 있었다. 여자는 천천히 머리를 잡아당겨 가발을 벗었다. 면도날로 머리카락이 전부 밀려 있었다. 까칠하게 자란 머리카락 하나 없는 대머리가 바 뒤쪽의 거울 안에서 하얀 도자기처럼 빛났다. 피 묻은 발자국 외에 다른 흔적은 절대 남기지 않는 진정한 유령이었다.

마르코프는 빙그레 웃으며 여자 쪽으로 잔을 들어 올렸다.

"다시 만나서 반가워, 캐리신. 계속 날 놀라게 하는군. 아니면 나도 다른 사람들이 부르는 이름으로 부를까?"

"블랙 위도우."

캐리가 대꾸했다.

"사람들이 생각하는 것보다 더 적절한 이름이지. 내가 왜 여기 왔는지 알아?"

"그래, 짐작이 가. 교회에서 일어난 일은 극악무도한 참사였지. 그런 식으로 살육을 하면 전쟁에서 이길 수 없어. 다른 전쟁에서는 어떨지 몰라도 이 전쟁에선 아니야. 나도 말리려고 했지만 내 말을 듣지 않더군."

"틀렸어!"

캐리가 호통을 치며 칼을 바에 내리꽂았다. 칼날이 마르코프의 손에서 1센티미터 떨어진 곳에 꽂혀 부르르 떨렸다. 타입 98 총검으로 중국인 특공대원들이 소지하는 것이며, 권총은 중국제 QSZ-92였다. 그것이 지안이 데려온 호위대와 관련한 의문을 해소해주었다. 그 보좌관이 여기 혼자 올 리가 없지. 캐리는 여전히 권총을 들고 마르코프의 몸 중앙을 겨냥하고 있었다. 누군가에게 제대로 배운 게 분명했다. 아니면 타고난 것일지도 몰랐다. 이 여자에게 궁금한 것은 그것뿐만이 아니었다.

“그건 이제 중요하지 않아. 계속하기 전에 마시던 술이나 마저 들지.”

마르코프는 바로 돌아가 보드카 잔을 마저 들이켰다. 눈을 감고 싸한 알코올과 입안에 물고 있는 얼음덩어리의 차가움을 만끽했다.

캐리의 손이 마르코프의 목을 잡았다. 불에 탄 손가락의 남은 그루터기가 마르코프의 목에 눌리자 캐리는 숨을 들이켰다. 고통 때문이 아니라는 걸, 마르코프는 깨달았다. 그녀는 고통을 음미하고 있었다.

“내 빗을 돌려줘!”

캐리가 마르코프의 귀에 속삭였다.

그 순간 밀려오는 한기에 보드카의 뜨끈한 기운이 사라져 버렸다.

#티엔공-3 우주정거장

“우수성서상을 손에 넣어 흥분하신 건 알지만, 팀을 먼저 들여보내야 합니다.”

에런 베스트가 아주 골치 아픈 상황에 대처할 때 사용하는 지휘관 특유의 어조로 말했다. 그는 티엔공 메인 에어로크 바깥에서 줄에 매달린 채, 옆에 난 현창에서 떨어지려 애쓰고 있었다. 에어로크 출입 패널이 녹색으로 빛났다. 진공 상태인 우주와 중국 우주정거장 산소실 사이의 연옥에 들어가도 된다는 뜻이었다.

"하지만 이건 내 임무잖아요, 안 그래요?"

캐번디시가 항변했다.

"그렇습니다. 하지만 우주선을 벗어난 순간부터 임무 수행은 제 책임입니다. 사장님은 침투조에 합류하는 훈련을 받지 않으셨으니, 안의 상황이 정리될 때까지 바깥에서 기다리셔야 합니다. 그래야 성공을 보장할 수 있습니다. 더 적은 대원으로는 가능하지만, 더 많은 대원으로는 불가능합니다."

그는 반짝거리는 은색 단검으로 해치를 가리켰고, 태양빛이 단검에 반사되어 캐번디시는 눈이 부셨다.

"하지만 기꺼이 사장님을 침투조 일원으로 모시겠습니다."

베스트의 말이 일리가 있었다. 캐번디시는 알겠다고 고개를 끄덕였다.

"안으로 진입해."

베스트가 명령했다. 틱이라 불리는 특공대원이 제일 먼저 에어로크 안으로 들어갔고, 그 뒤로 네 명이 줄지어 뒤따랐다.

안에 들어간 남자들은 에어로크가 감압하는 동안 멈춰 서서 기다렸다. 감압이 완료되는 즉시 헬멧과 부피가 큰 우주복을 벗고 에어로크의 벽에 줄을 연결했다.

남자들이 입은 머리까지 감싸는 바디수트는 칼에 찢어지지 않는 소재로, 몸의 형태에 꼭 맞으며 회색과 검은색의 호랑이 줄무늬가 새겨져 있었다. 마치 사악한 스피드 스케이터 같아 보였다. 얼굴에 쓴 방탄 마스크는 오토바이 운전자가 쓰는 것과 비슷하게 생겼으며, 9밀리미터 총알까지 막아준다. 또 이 위에는 야만인 같은 그림이 그려져 있었다. 이 역시 캐번디시의 아이디어였는데, 대원들 역시 재미있어 했다. 틱의 검은 마스크에는 마오리족 전사의 얼굴 문신인 '타 모코'가 그려져 있었다. 틱 뒤에 웅크리고 있는 후거는 금색으로 푹 꺼진 눈두덩이 밑에 하이에나 같은 어금니를 그려 넣었다. 후크은 추상화처럼 흰 붓으로 눈과 입만 대충 찍어놓은 검은 마스크를 쓰고 있었는데, 마치 야만인 역할을 맡은 가부키 배우 같았다. 베스트는 1차 침투조의 네 번째이자 마지막 특공대원이었다. 그는 마스크에 과거 하키팀 골키퍼의 헬멧처럼 하얗게 빛나는 뼈다귀 문양을 에어브러시로 그려넣었다. 옛날 공포 영화를 보고 배운 것인데, 킬러의 얼굴에 표정이 없으면 더욱 무시무시해 보인다. 그 기괴한 가면들 덕분에 이들은 분명 사람이지만, 사람의 이성과 감성이 결여된 것처럼 보였다. 각자가 손에 X26 테이저건과 캐번디시의 것인 티타늄 손잡이에 날은 강철이고 놋쇠 너클이 달린 30센티미터짜리 단검을 엉덩이에 꽂고 있어 더욱 그래 보였다.

에어로크가 신음 소리를 내며 열리는 순간 틱이 가장 먼저 감지한 것은 지린내였다. 그는 한 손으로 벽을 밀고 실험실로 들어가 세 명의 중국인 우주비행사를 바라보았다. 우주복을 입으려던 모양이었다.

"항복하겠나?"

틱이 중국어로 물었다.

세 중국인이 틱을 쏘아보았다.

틱이 다시 물었고, 그 순간 다른 특공대원들이 방 안으로 들어와 한 손으로는 벽을 잡고 다른 한 손으로는 테이저건을 겨누었다.

"항복하겠나?"

틱이 다시 한 번 중국어로 물었다.

세 중국인은 아무 말도 하지 않았다. 미동도 없이 눈만 굴리고 마른 입술만 핥을 뿐이었다. 그러다 그쪽 편 해치가 열렸다.

"공격해."

베스트가 말했다.

"앞으로 가, 틱."

틱이 우주정거장의 벽을 밀고 앞으로 나아가며 몸을 회전했다. 하지만 중국인 비행사들은 예상보다 훨씬 더 빠른 속도로 해치 안으로 들어가 문을 닫았다. 틱은 그 이유를 알았다. 우주복의 주황색 해골 부츠를 신은 남자가 소형 로켓을 발사한 것이다. 남자는 등에 티타늄 메시 프레임을 매달고 있었고, 거기에는 우주에서 수리를 하도록 고안된 커다란 로봇 장갑이 달려 있었다. 그 로봇 장갑 중 하나가 거대한 렌치를 휘둘렀다.

틱은 테이저건을 발사했다. 테이저건에서 가느다란 전기선이 날아갔지만, 거대한 장갑에 튕겨나가더니 공중을 둥둥 떠다녔다.

두 남자가 충돌했고, 중국인 비행사에 밀린 틱이 격벽에 부딪쳤다. 그 충격으로 틱의 오른쪽 팔뚝이 부러졌다. 단검을 꺼내려 했는데 나오지가 않았다. 틱은 고함을 지르며 중국인 비행사를 발로 차려고 했지만, 중국인 비행사 하나가 외골격 부츠(보행 효율을 향상시켜주는 부츠—옮긴이)로 그의 왼발을 짓밟아 살과 뼈가 우드득 부서졌다.

하지만 틱은 고통의 신음을 내뱉지 않았다. 복부에 심은 진통제 펌프 덕분이었다. 척수의 센서가 고통을 감지하는 순간, 엄청난 양의 아편을 방출해서 계속 싸울 수 있게 도와주었다. 중국인 우주비행사의 로봇 장갑이 틱을 잡았다. 틱은 있는 힘껏 몸부림을 쳤지만 그 손아귀에서 빠져나가지 못했다. 둘이 엎치락뒤치락하는 동안 다른 특공대원들 또한 적들과 접전을 벌였고, 신음과 칼 소리가 공중을 메웠다. 틱은 자신의 검이 부러지지 않은 팔 가까이에 둥둥 떠다니는 걸 보고 몸을 오른쪽으로 홱 비틀려고 했다. 하지만 마음대로 되지 않자 이번에는 다른 방향으로 몸을 날렸다. 그러다 멀리 있는 격벽에 부딪치며 헬멧 뒤쪽에 금이 갔다. 마지막으로 틱이 본 것은 자신의 페이스 플레이트를 내리치는 렌치였다.

#하와이 특별행정구역,
오아후, 에후카이 해변

네이비실과 도일은 빽빽한 나무숲 더 깊숙이 들어갔다. 대원 한 명이 발치에서 한가롭게 앉아 있는 로봇 로브스터를 집어 들어 자신의 등 위에 올렸다. 로브스터의 발이 끈처럼 남자의 등을 감쌌다.

"버터 저 녀석, 꽤 오싹하죠?"

덩컨이 물었다.

"지금 내게 오싹하게 느껴지는 건 아무것도 없어요."

도일이 대답했다.

"내가 길거리 생활을 시작한 후로 새로운 장비가 더 나왔어요?"

"이거요."

덩컨이 자기 주먹만 한 작은 나일론백을 도일에게 던졌다.

"이게 뭐예요?"

도일이 가방 안에서 판초를 꺼내며 물었다.

"해리포터 기억나요? 걔가 입던 투명 망토예요."

덩컨이 대답했다.

"그걸 입는다고 우리가 투명해지는 건 아니지만, 위원회의 센서를 방해하죠. 이 안에 든 메타 물질이 전자기파 스펙트럼을 교란한대요. 마술사들이 트릭으로 거울을 쓰는 것 같은 원리죠."

"이걸로도 여태껏 잘 버텼어요."

도일은 어깨에 두르고 있던 울 담요를 잡아당기며 대꾸했다. 담요는 땀과 흙에 절어 빳빳한 나머지 갑옷 같았다.

"그래도 이건 죽은 염소 냄새는 안 나잖아요. 그쪽 팀원들것도 더 가져왔어요."

"필요 없어요. 이제 나뿐이니까."

덩컨은 더는 물으면 안 된다는 걸 알았다. 이런 대화를 할 때가 아니었다. 대답을 하는 도일의 목소리가 어두워지자, 덩컨은 그녀가 남은 평생 자신의 전쟁을 이해하려 애쓰게 될 거란 사실을 깨달았다.

바닷가 관목림에서 부스럭 소리가 나자 도일은 담요를 벗어던지고 바닥에 납작 엎드려 어깨에 무기를 올렸다. 덩컨은 도일의 뒤편에 엎드렸다. 그늘 속에 숨은 채로 서서히 다가오는 형체 하나가 보였다. 돌격 소총의 실루엣이 보였다. 무장한 자였다. 도일은 덩컨을 돌아보고 손가락으로 자신의 리드를 따르라고 지시했다. 덩컨이 고개를 저었다.

'웃기지 마, 여기는 내 구역이고 이건 내 전쟁이야.'

도일은 다짜고짜 뛰어나가 소총 개머리로 그자의 얼굴을 있는 힘껏 내리쳤다.

"초 쿠르바, 도 쿠르비 네치!"

남자가 땅바닥에 쓰러져 신음했고, 부러진 코에서 피가 줄줄 흘렀다.

러시아인이다. 러시아가 위원회에 군사 고문들을 보내 돕는다는 사실은 익히 알고 있었다. 도일은 소총을 들어 남자의 이마에 총구를 댔다.

"내 말을 알아듣는지 모르겠지만, 입 닥치지 않으면 이 순간이 네 마지막이 될 거야."

도일이 속삭였다.

그 순간 도일의 목에 차갑고 날카로운 것이 닿았다.

"소령, 진정해요."

자신을 덩컨이라 밝힌 남자가 도일의 목에 칼을 들이대고 있었다.

#북태평양,
줌월트호

마이크는 손등으로 이마를 닦았다. 레일건 포탑 안은 뜨거웠다. 그 안에 구불구불 이어진 케이블들이 목을 졸라 질식할 것 같았다. 하지만 그가 땀을 흘리는 이유는 달리 있었다.

"받아요, 좀."

마이크는 자신이 창피했다. 이렇게 애원해보는 적은 난생처음이었다.

"구명조끼 예요."

이 구명조끼는 다른 승무원들의 것과는 달랐다. 어두운 녹색의 공기주입식 구명조끼로, 뚱뚱하고 환한 주황색이라 상어에게 날 잡아먹으라고 광고하는 조끼가 아니라 해군 조종사들에게 보급되는 조끼였다. 이 조끼에는 야생이나 바다 한가운데 떨어져도 살아남을 수 있도록 12개가 넘는 주머니에 생필품들이 가득 들어 있다. 탈부착이 가능한 주머니들은 벨크로 끈으로 조끼와 연결되어 있으며, 그 끈은 여러 방향으로 펼칠 수 있고 펼칠 때마다 새로운 게 튀어나온다.

"조종사들이 입는 거예요. 그리고 네이비실 요원들도요. 여기 주머니에는,"

버넬리스가 마이크의 말을 가로막았다.

"이거 어디서 났어요? 이런 거 입은 사람은 아무도 없잖아요? 나만, 이런 구속복을 입으라고요?"

"함장이 보낸 거예요. 당신이 이 배에서 제일 중요한 사람이니까."

적어도 그 말은 사실이었다. 그 조끼는 마이크와 함께 베네수엘라 전투에 참전했던 메어섬의 하청업자에게서 얻은 것이다. 그 친구는 마이크가 왜 최고급 구명조끼를 그것도 스몰 사이즈로 원하는지 묻지 않았다.

"이 끈을 먼저 잡아당기지 않으면 자동으로 부풀어요. 자, 이건 방독면이고 이건 위치신호 송신기고, 이건 섬광등."

마이크는 버넬리스에게 이 조끼가 정말로 필요할 때까지, 버넬리스 스스로가 필요성을 깨달을 때까지 이 조끼를 주지 않을 생각이었다. 그 순간이 바로 지금이었다.

버넬리스는 조끼를 입더니 굉장히 무거운 것을 입은 양 조심스럽게 움직였다.

"뭐, 함장님한테 고맙네요. 그리고 당신한테도요."

"고맙단 말은 일러요."

마이크가 눈을 찡긋하며 말했다.

"정부가 보급한 물건이에요. 그 말인즉 과한 월급을 받는 제트기 조종사들한테 해군이 진짜 신경 쓴다는 걸 보여주려고 최저가 입찰인에게 맡겨 만든 조끼란 뜻이죠."

버넬리스가 미소를 지었다.

"진심이에요. 고마워요, 마이크."

버넬리스는 가느다란 팔로 마이크를 꽉 껴안았다. 전원 전투 대기하라는 지시에 둘 다 그 이상은 말을 할 수가 없었다. 둘은 뒤로 물러나 팔 뻗으면 닿는 거리에서 서로를 쳐다보다가, 반대 방향으로 움직였다. 다시 얼굴을 볼 수 있을지 알 수 없었다.

#티엔공-3 우주정거장

창은 모니터 속에서 펼쳐지는 전투 장면을 보며 고함을 질렀지만, 아무도 그의 목소리를 듣지 못했다.

먼저 후안이 미치광이 가면을 쓴 특공대원 위에 떠 있는 걸 보고, 창은 후안의 광기가 효과를 발휘한 건지도 모른다고 생각했다. 하지만 후안 뒤쪽에 있는 다른 비행사 세 명은 상황이 좋지 않았다. 한 명은 특공대원의 테이저건에 맞아 의식을 잃고 둥둥 떠다녔다. 다른 두 명은 벽에 얼굴을 박고 있었고, 그 옆에는 특공대원이 한 명씩 떠 있었으며 이들의 우주복 곁으로 공중에 뜬 빨간 핏방울들이 스쳐 지나갔다.

후안은 의식을 잃은 특공대원을 에어로크 쪽으로 밀었고, 열린 에어로크가 그를 삼켜버릴 듯했다. 하지만 그 순간 다른 특공대원이 우주정거장 안으로 들어왔다. 다른 이들보다 훨씬 작고 여윈 몸에 가면도 쓰지 않은 이 특공대원은 잠시 충격을 받은 듯 눈을 크게 떴다. 그리고 떠다니는 특공대원의 늘어진 몸을 한쪽으로 밀고 옆구리를 매만지는가 싶더니, 에어로크 문을 차고 후안을 향해 발차기 자세로 달려들었다. 남자의 몸 전체가 하나의 창이었고, 발끝은 단검이었다.

후안이 발로 그 특공대원을 차려고 벽을 팔로 밀며 앞으로 나왔다. 커다란 외골격 부츠가 칼날에 부딪쳤고, 그 힘에 두 남자가 서로 반대 방향으로 튕겨 나갔다. 후안은 식량 저장고의 단단한 플라스틱을 들이박으며 외골격 장갑이 찢어졌고, 자그마한 특공대원은 벽에 머리를 박았다.

후안이 식량 저장고 안에서 팔을 꺼내기도 전에, 하얀 가면을 쓴 특공대원이 그를 덮쳤다. 그는 30센티미터짜리 단검을 후안의 다리에 찔러 넣었다. 단검은 후안의 우주복을 관통해 격벽의 단열재까지 뚫고 들어갔다. 후안이 벽에 꽂힌 채 몸부림을 쳤지만 아무 소용이 없었다. 창은 하얀 가면을 쓴 특공대원이 군용 조끼의 탄띠에서 15센티미터짜리 금속 말뚝을 하나 꺼내 후안의 가슴을 찌르는 광경을 지켜보았다.

후안이 모니터를 올려다보며 어떻게든 구해달라는 듯 애원하는 표정을 지었다. 그러다 후안의 머리가 한쪽으로 툭 떨어졌다. 하얀 가면을 쓴 남자가 후안의 시신에서 검과 말뚝을 빼더니, 우주정거장의 대기에 더 많은 핏방울이 떠다니지 않도록 우주복 구멍에 테이프를 붙였다. 나머지 특공대원 역시 다른 시신들을 테이프로 감기 시작했다. 충격으로 의식을 잃었던 성후가 살짝 움찔거리자, 하얀 가면을 쓴 특공대원이 그녀에게 금속 말뚝 하나를 더 박아 넣었다.

저들은 진짜 괴물이라고 창은 생각했다. 하지만 그중에 제일 무시무시한 자는 자그마한 체구에 가면을 쓰지 않은 특공대원이었다. 오른쪽 눈 위에는 작게 베인 상처가 있었지만, 신이 난 얼굴로 방금 끝난 전투 영상을 돌려 보았다. 남자는 이 모든 상황을 즐기는 것 같았다.

남자들은 잠시 무언가를 상의하더니, 하얀 가면을 쓴 남자가 천천히 카메라 앞으로 다가와 피 묻은 말뚝으로 화면을 툭 건드렸다. 손가락 3개를 들고 카운트다운을 시작했다.

3. 2. 1.

혼자 남은 창은 달리 어찌해야 할지 몰라, 괴물들을 안으로 들였다.

#하와이 특별행정구역,
호놀룰루

"손가락이 간지럽지? 절단하면 그렇다더군. 아픈 게 아니라 간지럽다고."

마르코프는 그녀의 말대로 하는 중이었다. 캐리가 보기에 마르코프는 기꺼운 마음으로 명령에 따르는 것 같았다. 남자의 신장 부위에 총구를 들이대지 않더라도 따를 것 같았다. 둘은 녹색과 회색이 얼룩덜룩하게 섞인 지리 SUV를 타고 밤거리를 천천히 달렸고, 마르코프는 일직선 도로가 나올 때마다 캐리를 흘끗거렸다. 욕망이나 두려움 때문이 아니었다. 캐리는 그 눈길이 무슨 뜻인지 잘 알았다. 과학적 호기심에 가까웠다.

둘은 위원회의 차량이 가득한 주차장을 지나 달렸다. 캐리는 그곳이 왠지 익숙했고, 병력 수송 장갑차 안에서 재즈를 듣던 곳이란 사실을 깨달았다.

"왜 먼 길로 돌아가는 거지?"

캐리가 으름장을 놓았다.

"빨리 가지 않으면 내가,"

"어쩌려고? 급하다고 그 총으로 날 죽일 건가?"

마르코프가 대꾸했다. 그는 계속 차를 몰다 알토 카페 바로 맞은편인 퀸 가와 워드 가 모퉁이에 잠시 섰다.

"아직은 날 죽이고 싶지 않을걸. 특히 그 총으로는. 그러고 싶진 않을 거야, 그렇지? 그러니 내게 잠시만 시간을 내주면, 당신이 진정으로 원하는 곳에 데려다줄게. 아니면 당신이 진정으로 원하는 사람에게."

마르코프는 노래를 흥얼거리며 차를 몰았다. 차는 모던 호텔 옆에 붙은 어딕션 나이트클럽을 지나갔다. 모던 호텔은 3주 전 그녀가 욕실에서 해군 장교를 교살한 곳이었다. 다음 교차로에서 마르코프는 고개를 돌려 캐리를 바라보았다.

"다음은 어디로 할 생각이었지? 호텔? 집에서도 죽여본 적 있나?"

마르코프가 웃음을 터뜨렸다.

"그랬더라면 당신 이웃들이 얼마나 놀랄까. 다들 당신이 점령군과 어울리는 배신자라고 생각하니 말이야."

"상관없어. 마음대로 생각하라지."

"반역자가 아니라면 포식자인가? 건강한 자들만 죽이나? 반란군의 망토를 두른 밤의 공주인가?"

"반란군은 나와 아무런 상관도 없어. 나는 모든 게 옛날로 돌아가길 바랄 뿐이야."

"옛날의 당신으로 돌아가고 싶다는 뜻인가? 전쟁 전의 모습으로?"

마르코프가 물었다.

"그땐 어땠지? 내가 아는 거라고는 당신 파일 속의 사진뿐이야. 그곳에는 캐리신의 마음이나 영혼은 없더군."

"제대로 보지 않은 거겠지."

"그럴 리가."

마르코프가 킬킬 웃자 캐리는 무릎 위에 권총을 내려놓고 고개를 살짝 기울인 채 마르코프를 쳐다보았다. 미지 다섯을 가늠하듯이.

“그냥 앉아 있을 거라면 안전장치를 걸어야지. 우리 둘을 위해서.”

“당신은 프로인 것 같아. 철두철미한 프로?”

“무언가를 아주 오랫동안 붙잡고 있으면 프로가 되지. 하지만 당신은 절대 아마추어가 아니야. 이 전쟁은 당신 같은 사람을 기다리고 있었지. 아니면 당신이 전쟁을 기다린 건가? 전쟁으로 그렇게 된 건가, 아니면 당신 안에 숨어 해방되길 기다렸던 건가?”

“말이 너무 많아. 당신 입으로 말했잖아. 우리 모두는 전쟁으로 변했어. 어떤 사람들은 다른 사람보다 더 변했지.”

“그럼 전쟁 때문인가? 전쟁이 당신에게서 중요한 것을 앗아갔나? 그렇게 느끼는 사람은 많아. 어쩌면 당신은 내 생각처럼 특별하지 않은지도 모르겠어.”

미르코프는 술 취한 선원과 해군, 군인들로 넘쳐나는 듀크바를 지나면서 자동차의 속도를 보행자의 속도로 줄였다. 교차로에서 한쪽 무릎을 털썩 꿇고 토하는 땅딸막한 선원을 치지 않으려 급하게 브레이크를 밟았다.

“테스트를 해볼 수도 있지. 당신을 여기에 풀어줘야 하나? 그러면 순식간에 새 친구들을 사귀고, 과거의 유령들을 만나겠지?”

캐리는 대답하지 않았다. 하지만 그의 제안에 약간 귀가 솔깃한 듯 사이드미러를 보며 가발 매무새를 고쳤다. 마르코프는 캐리의 팔뚝에 난 자상 흉터를 가리켰다.

"자해는 전쟁이 일어나기 전부터 시작한 건가, 아니면 그 후로?"

마르코프가 물었다.

"점령군이 모두 집으로 돌아가더라도 굶주림은 멈추지 않을 거야. 그러면 어떻게 할 거지?" 총구가 갈비뼈를 누르자 마르코프는 눈살을 찌푸렸다.

"짧은 여행은 끝났어."

캐리가 말했다.

"다음 장소는 우리가 협의한 곳이어야 할 거야. 안 그랬다간 정말 죽을 테니까. 그러고 싶진 않지만 그렇게 할 거야."

마르코프는 고개를 끄덕이고 계속 운전하며 노래를 흥얼거렸다. 10분이 지나 다시 한 번 방향을 틀더니 길가에 차를 세웠다.

"도착했어."

마르코프는 위원회 본부 단지 바깥에 위치한 첫 번째 보안 검색소를 가리켰다.

"정말 이걸 원해?"

캐리는 고개를 끄덕이며 뒷좌석으로 기어가더니 금속 수갑 하나를 꺼냈다.

"수갑을 채워. 살살."

#하와이 특별행정구역,
오아후, 에후카이 해변

"노박, 도일 소령에게 직접 자기소개를 하는 게 낫겠어요."

덩컨이 도일의 목에 칼을 댄 채 말했다. 도일은 바닥에 넘어진 남자의 이마에 소총 총구를 대고 있었다.

"소령, 나는 예드노스트카 보이스코바 포르모자(폴란드 육군 특수전 여단-옮긴이)의 중위 피에트로 노박입니다."

남자가 악수를 하려 손을 내밀었지만 도일은 총구를 내리지 않았다.

"폴란드 해군 특수부대예요. 우리 편입니다."

덩컨이 말하며 천천히 도일의 목에 댔던 칼을 치웠다.

"소령의 실력이 대단하네요."

바닥에 쓰러진 남자가 말했다.

"자, 이제 그만 총 좀 치워주겠어요?"

"헛소리 집어치워." 도일은 여전히 총구를 치우지 않았다.

"무슨 수작이지? NSM에 남은 사람은 아무도 없어. 그냥 날 죽이고 끝내. 대신 이자도 나와 함께 죽는다."

도일은 총구로 남자를 찔렀다.

덩컨이 다가와 바닥에 쓰러진 남자 옆에 무릎을 꿇고 앉더니, 칼을 칼집에 넣고 도일의 총구 앞을 가로막았다.

"수작 부리는 거 아닙니다, 소령. 많은 게 변했어요. 위원회가 우리 핵잠수함을 찾아내는 법을 알아내서 새 잠수함을 구해야 했습니다. 뭐, 잠수함이라기보다는 디젤 연료를 쓰는 거지같고 낡은 깡통이지만."

"오젤을 놀리면 안 되죠."

바닥에 쓰러진 남자가 말했다.

"훌륭한 배잖아요. 우리를 여기까지 데려왔고, 안 그래요?"

덩컨이 남자를 돌아보았다.

"훌륭한 배라고요? 소령, 여기서 힘든 시간을 보낸 거 다 압니다."

덩컨은 다시 도일을 바라보았다.

"하지만 두 달 동안 낡은 킬로급 잠수함을 타고 볼트해에서 태평양까지 와봐요. 세상에, 그 냄새하며. 디젤 냄새가 아니에요. 보르시와 피에로기, 훈제 치즈만 먹는 승무원들이 내뿜는 냄새죠. 내 생애 최악의 크루즈 여행이었어요. 댐넥에 돌아가면 여행사에 항의 좀 해야겠어요."

"나토가 분열돼서 우리를 돕지 않을 거라고 들었어요. 위원회가 그렇게 떠벌리던데요."

도일이 말했다.

"그랬죠. 하지만 그 상황이 마음에 들지 않았던 폴란드가 우리와 개인적인 협약을 맺어서 거지 같은 작은 배 하나를 빌려줬죠."

"폴란드가 받는 대가는 뭔데요?"

도일이 물었다. 이제야 몸에서 긴장이 풀리고 소총 총구가 내려갔다.

"아주 좋은 걸 받기로 했죠."

노박이 대답했다.

"소령, 이 친구는 신생 핵무장 국가의 장교예요. 폴란드에서 얻은 게 바로 그겁니다. 우리는 우주에서 추적이 불가능하고 수중 음파탐지에는 러시아 배로 나타나는 낡은 디젤 엔진 킬로급 잠수함을 얻었죠. 물론 노박도 덤으로 얹어서요. 대가는 B-831.2 메가톤 핵폭탄 10개예요. 이 계획을 세운 사람들은 '핵무기 대여 작전'이라고 부르죠."

폴란드 장교가 빙그레 웃었다.

"우리 이웃 국가들이 아주 무시무시해요. 하지만 앞으로는 우리를 넘보기 전에 다시 한 번 생각하게 될 겁니다."

"아까 쓰러질 때 뭐라고 한 거죠?"

도일이 물었다.

"깜짝 놀라서 폴란드어로 욕을 했죠. 소령한테 한 게 아니라 혼잣말로요. 덩컨이라면 이런 시발이라고 번역할 겁니다."

도일이 총구를 완전히 내리고 손을 내밀어 폴란드 장교가 일어서도록 부축했다.

"폴란드어로 '고맙습니다'는 뭐예요?"

도일이 물었다.

"지엥쿠예."

"그럼 그거요."

**#하와이 특별행정구역,
호놀룰루, 위원회 사령부**

블랙 위도우와 달리는 내내, 마르코프는 취기가 가시지 않은 상태였다. 하지만 자신에게 질문을 던지는 열아홉 살짜리 중국인 상등병을 내려다보며 마침내 남아있던 술기운이 완전히 가셨다. 그럴 때도 되긴 했다. 이번이 세 번째 검색소니까.

"이 여자가 누군지 아나?"

마르코프가 상등병에게 물었다.

"장군께 바칠 선물이야."

사실 첫 번째 검색소도 통과할 수 있을지 자신이 없었다. 하지만 캐리가 바디스캐너를 통과하고 두 해군의 몸수색을 받자 안으로 들여보내줬다. 두 번째 검색소에서는 캐리보다 자신이 더 걱정스러웠다. ID 배지가 아직 통할까? 통하지 않으면 경비원이 그 자리에서 자신을 쏘지 않을까? 하지만 둘이 기다리는 동안 기지 내 자동 보안 시스템으로 마르코프의 존재를 확인한 유 장군의 부관이 전화를 해 둘을 안으로 들이라고 지시했다. 물론 그 전에 무기를 소지하고 있지 않은지 다시 한 번 확인한 후에 말이다.

세 번째 검색소에서 마르코프는 캐리 옆에 서서 수갑을 잡아당기며, 항복하는 기색을 보이라는 신호를 보냈다. 캐리는 신호를 알아차리고 훌쩍이며 눈을 내리깔았다. 상등병이 좀 더 유심히 캐리를 살펴보았다. 수많은 군인을 살해한 여자가 앞에 선 이 소심한 여자라고는 믿기지 않는 모양이었다.

"이 여자는 장군님 거라고."

마르코프 대령이 말했다.

"자네 같은 어린애들은 실컷 구경이나 해."

수분이 빠진 몸에 숙취의 기운이 밀려오기 시작하자 눈이 따끔거리기 시작했고 방광이 욱신거렸다.

높은 헬멧을 쓴 상등병의 얼굴이 벌게지더니 입을 꾹 다물었다. 그러더니 왼손에 든 무전기를 한입 베어 물기라도 할 듯이 입 가까이에 가져다댔고, 오른쪽 손바닥은 허벅지의 권총집 안에 든 권총 위에 올려놓았다. 위기의 순간에 철저히 혼자인 사람처럼 긴장된 자세였다.

"기다리셔야 합니다."

상등병이 말했다.

"다시 한 번 보안 검색을 해야 합니다."

"좋아. 그리고 여기서 기다리는 동안 장군님에게 전화를 걸어 자네가 특급 배송을 지연시키는 이유를 말해야겠네. 난 이번 일로 훈장을 받게 될 거야. 자넨 이번 일로 총살당하지 않으면 다행일 테고."

총을 잡고 있던 상등병의 손이 목으로 올라가더니, 턱뼈 바로 뒤쪽 각성제 펌프를 심은 곳 바로 옆을 긁었다. 덕분에 긴장이 가라앉았는지, 뒤쪽 기둥에 올라앉은 검은 원형 카메라를 향해 고개를 끄덕였다.

"아닙니다, 대령님. 위에서 대령님이 온 걸 알고 계십니다. 그래서 지금 우릴 지켜보고 계신 겁니다. 제가 아는 바로는 장군님께서도 지켜보고 계십니다."

상등병이 말했다.

"그래야지."

캐리가 잇속으로 중얼거렸다.

"마음의 준비를 하고 있어야지."

"닥쳐!"

마르코프가 고함을 쳤다.

"안 그럼 테이프로 입을 막아버릴 테니까."

캐리는 고개를 숙이고 비틀거리며 보안 검색대를 통과했다. 다시 몸수색을 한 후 경비가 이만 들어가라고 손짓했다.

"저게 마지막 검색소였어. 행동거지 조심해."

마르코프가 말했다.

"가능하다면."

캐리가 대꾸했다.

#상하이,
자오퉁대학

지휘관이 명령이 바뀐 이유를 설명해주지 않자, 후는 그의 AP를 해킹해서 지휘망에 접속했다. 미군이 이동을 하는 중인 것으로 보이는데다 하이난이 놀랄 만한 방식으로 행동했다.

그러니 미국에서 최후의 일격을 가해 본때를 보여줄 때가 온 것이다. 시스템 라이브러리에 타깃 리스트가 떴다. 후는 대학 도서관의 3D 홀로그램에 들어갔다. 그곳의 나무 선반 위에 타깃 파일이 놓여 있었고, 후는 현재 기온을 검색해서 영하인 곳을 찾아보았다. 후의 오른편 나무 선반 위에 파란색으로 빛나는 것이 하나 있었다. 오하이오주, 애크론에 위치한 전력 회사. 그곳이 출발지가 될 것이다.

후의 기술이 아까울 정도로 쉬웠다. 후가 제대로 실력을 발휘하기도 전에 타깃으로 들어가는 뒷문이 생겨났다. 이제는 새 프로그래밍을 삽입하면 끝나는 일이었다. 2007년의 오로라 작전 맬웨어를 본 딴 이 공격 프로그램은 전력 회사의 발전기를 무기로 활용할 것이다. 맬웨어에 감염된 소프트웨어로 인해 발전기들은 전력망에 급격히 연결되었다 끊기고, 결국에는 고장이 난다. 단순한 발전기 고장으로 끝나는 게 아니라, 공장부터 송유관 시설까지 모든 곳의 기계를 작동하는 동기 유도전동기까지 고장이 날 것이다.

후의 손가락이 아주 미세하게 움직이며, 각 손가락에 낀 스마트링이 공격 프로토콜을 개시하라는 명령을 보내는 동시에 개인 사진 앨범을 불러왔다. 후는 스캔 후에 애크런 지역의 이미지에 위치정보를 추가하라는 신호를 보냈다. 후는 미국이 마지막으로 온기를 느끼는 순간을 캡처하고 싶었다.

하지만 그 다음 순간 사진 앨범이 하얗게 변했다. 후가 시스템을 리셋하려 손가락을 움직이자, 앨범의 하얀 커버가 줄어들더니 검은 테두리만 남았다. 오른손의 손가락들이 공격 프로토콜을 지속하는 동안, 그녀는 앨범에 나타나는 이미지를 홀린 듯 쳐다보았다. 검은 바탕에 하얀 가면으로 시작되었다가, 서서히 둥근 눈썹과 양 끝이 올라간 넓은 콧수염, 가느다랗고 끝이 뾰족한 턱수염이 천천히 나타났다. 기괴할 정도로 큰 입으로 미소 짓는 그 얼굴은 어쩐지 잔인해보였다.

후의 겨드랑이가 땀으로 축축하게 젖었고 배 속은 뻐근했다. 환각이 아닌 진짜인지 확인하려고 눈을 깜빡였다. 장난이 분명했다. 교육을 받을 때 이런 장난이 있다고 배웠지만, 이런 게 없어진 지 10년이 넘었다.

후는 바이저를 들어 올려 강당 안을 흘끗 쳐다보았다. 지휘관도 자신과 같은 것을 보았는지 궁금했다. 아니었다. 그는 천천히 껌 종이를 벗기느라 무아지경이었다. 지휘관 주변에 앉은 다른 이들도 역시나 아무것도 모르는 눈치였다. 수많은 헬멧과 손가락들이 사이버 공격을 하느라 위아래, 앞뒤로 움직이고 있었다.

후는 바이저를 다시 내려 쓰고 가상 세계로 돌아갔다. 손가락들이 다시 춤을 추며 앨범의 운영 시스템을 중단하고 프로그램을 강제 종료하는 명령을 내리는 동시에 전체 시스템 검증을 시작했다.

후는 여러 가지 명령을 내리면서 앞의 허공을 격렬하게 치고 당겼다. 화가 났지만 흥분도 되었다. 새로운 명령들을 개시할 때마다 각성제 펌프가 작동했다. 희열이 밀려오며 그 어느 때보다도 강해진 기분이 들었다.

후의 명령으로 앨범이 닫히자, 또 다른 하얀 가면을 쓴 아바타가 나타났다. 이번에는 타깃 도서관에서 꺼낸 애크론 파일 위에 둥둥 떠 있었다. 후의 손가락이 춤추었고, 명령을 내릴 때마다 희열이 밀려왔다.

후의 반격으로 새 가면이 사라지자, 타깃에 대한 정보가 다시 나타났다. 뒤이어 가면이 일그러지며 두 개로 늘어났다. 공중에서 손가락을 움직이며 다시 공격했다. 가면이 넷으로 늘어나자 후는 또다시 각성제가 쏟아지는 게 느껴졌다. 너무나도 강렬한 행복감이 밀려왔다. '아, 바로 이거야.'

후는 자신이 움직일수록 가면은 더 늘어날 뿐이라는 사실을 깨달았다. 멈춰야 한다는 걸 알았지만, 미소 짓는 가면이 계속 그녀를 따라다녔다. 그 뒤에 있는 사람이 누군지 몰라도 따끔하게 본때를 보여주어야 했다. 게다가 명령을 내릴 때마다 쏟아지는 각성제의 기운을 한 번만 더 느끼고 싶었다.

곧 아름다운 디지털 풍경 안에 수천 개의 하얀 가면이 가득 찼다. 가상 세계 전체가 반란을 일으킨 것 같았다. 하지만 후는 이토록 황홀한 기분은 난생처음이었다.

아래쪽에 있던 지휘관은 막 껌을 씹기 시작하는 순간, 위쪽 원형 교실에 늘어선 헬멧들이 움직이는 게 평소와 다르다는 사실을 알아차렸다. 몇 명은 당황한 듯 옆으로 기울어져 있었고, 또 몇 명은 격렬하게 앞뒤로 흔들리고 있었다. 그는 방 안을 훑어보았고 한쪽으로 기울어져 있는 헬멧 하나를 발견했다. 헬멧의 주인은 고개가 축 늘어져 있었다.

후의 몸이 바닥에 풀썩 주저앉아 있었고, 헬멧은 나무 바닥 위에 떨어졌다. 지휘관은 후에게 달려가야 하는지, 아니면 통제실로 달려가야 하는지 고민했다. 그가 결정을 내리기 전에 강당 한가운데 놓인 프로젝트가 켜졌다. 눈부시게 하얀 빛의 결정들이 모이더니, 미소 짓는 하얀 가면 형태를 이루었다.

디지털 음성이 강당 안 스피커와 헬멧 안에서 울려 퍼졌다.

우린 어나니머스다.

우린 군단이다.

우리는 용서하지 않는다.

우리는 잊지 않는다.

그리고 우리는, 다시 돌아온다!

그런 다음 강당 안이 캄캄해졌다.

#하와이 특별행정구역,
호놀룰루, 위원회 사령부

그 러시아인이 진짜 해냈다. 유 장군의 부관은 보안 카메라로 그들을 보고 여자의 신분을 확인했지만, 두 눈으로 직접 보고 나서야 확신이 들었다.

둘을 장군의 사무실로 안내하는 소령은 내심 이 상황이 못마땅했다. 러시아인이 열쇠를 꺼내 장군의 책상 앞에 놓인 나무 의자 하나에 수갑을 채우는 동안, 그는 권총에 손을 얹은 채 지켜보았다. 정말로 이 여자가 맞는지, 그토록 끔찍한 범죄를 저지른 여자가 맞는지 의구심이 들었다. 여자는 의자에 몸을 동그랗게 말아 무릎을 가슴에 대고 있었는데, 잔뜩 겁에 질린 소녀 같았다. 러시아인은 과장된 동작으로 여자의 가발을 벗겨내어 민머리를 드러내더니 가발을 여자 무릎에 던졌다. 여자는 그저 고분고분한 모습으로 바닥만 쳐다보았다.

부관은 이 상황이 걱정스러웠다. 무전으로 러시아인이 갑자기 여자를 데리고 나타났다는 소식을 전달받았을 때, 유 장군은 이들을 자신의 사무실로 데려오라고 명령했다. 하지만 부관은 장군이 이 여자를 보고 어떤 반응을 보일지 불안했다. 여자는 부관이 상상했던, 아니 장군이 상상했던 모습과는 달랐다.

"물 좀 갖다 주겠나?"

러시아인이 물었다. 여자는 의자 위에서 태아 자세로 계속 몸을 말고 있었다. 겁이 나 꼼짝을 못하는 것 같았다.

"대령님, 죄송하지만 그건 불가능합니다. 유 장군님께서 금방 도착하실 겁니다. 시간이 없습니다."

"젠장, 이 여자가 탈수증으로 기절하기 일보직전이야. 물을 가져와서 이 여자한테 각성제를 먹여야 해."

부관은 마르코프를 쳐다보며 곰곰이 생각했다. 벽에 기대선 마르코프는 약간 취한 것 같기도 했고, 숙취에 시달리는 것 같기도 했다. 부관은 계속 고민하다가 복도에서 울리는 요란한 발자국 소리를 듣고 유 장군을 맞이하려 몸을 돌렸다. 장군이 젊은 통신 장교에게 하이난과의 통신을 다시 확인해 보라고 윽박지르는 소리가 들렸다. 오늘 온종일 통신이 말썽이었다. 장군은 부하들의 무능력을 탓했지만, 부관은 이 역시 반란군의 파괴 공작 때문일 거라 추측했다. 또 장군은 젊은 장교의 눈과 귀가 이곳이 아닌 다른 곳을 향하길 원하는 것 같았다.

장군이 들어서자 러시아인이 먼저 말을 걸었다. 실수였다.

"내가 해냈습니다."

마르코프의 목소리는 의기양양하다기보다는 시들한 기색이 깃들어 있었다.

부관이 우려하던 대로 장군은 폭발하기 일보직전이었다.

"네가 해냈다고? 이 여자를 더 일찍 잡지 못해서 얼마나 많은 내 부하들이 죽었는지 아나? 그런데 이 여자를 잡았다고 생색을 내는 건가? 그런다고 우리가 훈장이라도 주고, 자네를 구해줄 줄 아나?"

유 장군이 갑자기 웃음을 터뜨렸다.

"자네가 데려온 살인범을 자세히 살펴본 다음, 어떻게 할지 의논해보지."

장군은 여자 앞에 한쪽 무릎을 꿇고 앉았고, 여자는 여전히 바닥만 쳐다보고 있었다.

"날 쳐다봐."

장군이 몸을 가까이 숙이며 명령했다. 여자가 자세를 조금 고치더니 고개를 들었다. 여자의 얼굴에 부관은 숨이 찼다. 온

순하던 표정이 순식간에 야성적으로 변하더니, 동공이 홍채를 다 가릴 정도로 커졌다. 여자는 코앞에서 재미있다는 듯 자신을 쳐다보는 유 장군을 똑바로 바라보았다.

그러다 무릎 위에 놓인 검은 머리카락 덩어리가 움찔거렸다. 여자가 그 가발로 장군의 목을 감고 의자를 옆으로 넘어뜨려 장군의 몸이 쓰러지지 않도록 막자, 가발에서 빛이 났다. 머리카락은 순식간에 장군의 팔과 다리를 감쌌다. 여자가 발로 장군의 옆구리를 누르고 두 팔로 올가미처럼 장군의 목을 감은 머리카락을 잡아당기자, 유 장군이 몸을 뒤틀었다. 아직 수갑이 연결되어 있는 나무 의자가 추처럼 이리저리 흔들리며 여자의 손길에 무게를 더 실었다.

부관이 장군을 도우려 달려가려는 찰나 그의 관자놀이에 차가운 금속이 와 닿았다. 돌아보니 러시아인이 시그 사우어 권총을 들고 있었다. 캐비닛에 보관되어 있던 장군의 트로피였다.

"아니, 아니. 내버려둬. 어떻게 되는지 보고 싶으니까."

마르코프가 말했다.

#티엔공-3 우주정거장

"거짓말일 수도 있습니다, 사장님."

베스트가 말했다.

"사실이에요."

창이 말했다.

"여기서 떠나야 합니다. 다섯 번 정도 회전하고 나면 궤도에서 벗어나 타버릴 겁니다."

"내가 어마어마한 돈을 잃게 될 거란 말이야?"

캐번디시가 고함을 질렀다.

"왜 그랬지? 왜 내 우주정거장을 망가뜨린 거야?"

10초 동안, 우주정거장 안에서 들리는 소리라고는 마지막 시신 가방의 지퍼를 올리는 소리뿐이었다. 가방들은 이미 잠가 우주정거장의 벽에 테이프로 부착되어 있었다.

"제 임무니까요. 어쩔 수 없었습니다."

창이 조용히 대답했다. 이제는 군인 같아 보이는 베스트를 향해 말했다. 덩치가 크긴 했지만 전투가 끝난 후 한결 편안한 표정으로, 두 눈을 감고 꾸준히 껌을 씹고 있었다. 작은 남자-스스로 밝혔듯이 에릭 경-는 전혀 달랐다. 군인이라기보다는 화난 가게 주인처럼 고함을 질렀다.

"사장님, 목표는 달성했습니다."

베스트가 말했다.

“우주정거장은 안타깝게 됐지만, 아시다시피 다시 시도할 수 있는 일입니다.”

“그래, 어쩌면 러시아인들은 좀 더 이성적일지도 몰라.”

캐번디시가 좀 진정한 듯 대꾸했다.

“항복뿐만 아니라 고용하겠다고 제안해야겠어요. 이번에는 당근과 채찍을 써야지. 어떨까요?”

“시도해볼 만합니다, 사장님.”

베스트가 대답했다.

“하지만 지금 우주정거장에서 내려야 합니다. 미국의 ASAT 미사일들이 중국과 러시아의 위성들을 격추하기 시작하면 이 지역이 불바다가 될 겁니다. 그런 다음 미국은 위성을 쏘아 올리려 할 테고, 위원회도 그럴 겁니다. 우주를 지배하는 자가 없으니 양측은 서로가 위성을 발사하자마자 격추하려 들겠죠. 머지않아 태평양 위의 궤도에는 우주 쓰레기가 잔뜩 모인 구름이 뜨겠군요.”

“난 로켓 연료 산업에 투자를 하는 선견지명이 있는 사람이죠.”

캐번디시가 말하며 새롭게 얻은 이익들을 계산해보기 시작했다.

"그럼 탤리호로 갑시다! 미스터 틱, 괜찮나요?"

"고통은 전혀 느껴지지 않습니다."

이마가 부풀고 두 눈이 충혈된 틱이 대답했다.

"훌륭한 대원이로군요, 틱."

캐번디시가 말하고 이번에는 창을 가만히 쳐다보았다.

"베스트, 팀원들을 데리고 에어로크로 나가요. 나는 마지막으로 떠날 테니까."

"예, 사장님."

베스트가 대답했다.

"그리고 사장님의 콜 사인을 생각해냈습니다. 조로 어떠십니까?"

"멋져요."

캐번디시가 빙그레 웃었다.

"완전 멋져."

창의 얼굴에 안도감이 스쳐 지나갔다. 방 안의 긴장감이 완전히 사라진 것 같았다. 창이 우주복을 입으려 움직이자, 대장으로 보이는 작은 남자가 고개를 저었다. 그의 손에는 테이저 건이 들려 있었다.

"아니, 당신은 말고. 저항하면 모두 죽는다고 경고했잖아요. 나는 약속을 지키는 사람이라 이 자리까지 올라올 수 있었던 겁니다."

창은 상관의 명령을 거스를 수 없었다고, 자신의 잘못이 아니라고 항변할 시간조차 없었다. 테이저건에서 나온 750만 볼트가 그의 몸을 관통했다.

#태평양, 알래스카만,
줌월트호

제이미 시먼스 함장은 헬리콥터 베이 구석에 서서 파란 하늘을 바라보았다. 북쪽으로 갈수록 한기가 더했지만, 리드미컬하게 오르내리는 태평양의 파도 때문인지 이 순간은 상쾌하기만 했다. 전쟁터로 향하는 길에서 뜻밖에 마주한 아름다운 풍경이었다.

"함장님, 피아식별장치 신호를 확인한 결과 비행기는 우리 편입니다."

승무원 에릭 시어가 말했다. 시먼스는 커다란 쌍안경을 받아들었다. 뷰파인더에 뜬 아이콘을 본 시먼스는 좌현 쪽으로 고개를 돌려 5킬로미터 거리에서 빠르게 거리를 좁히며 다가오는 비행기를 올려다보았다. 깜빡거리는 3개의 빛이 피아식별장치 신호였다.

"이게 아니었으면 우린 지금쯤 다 죽었을 거야."

시먼스가 말했다.

"담당 승무원들을 대기시켜."

"이미 대기하고 있습니다."

시어가 대답했다.

빛 뒤로 제너럴 아토믹스 어벤저 사의 회색 스텔스 드론 한 대가 나타났다. 그 드론은 빠르고 낮게 날았다. 인간 조종사라면 절대 불가능할 정도로 낮은 해수면 4미터 위를 날았다. 높은 파도에서 튄 물방울들이 드론의 아랫배에 닿을 정도였다. 이 무인 제트기의 자동 비행이 끝날 때가 가까워졌다. 태평양 사령부가 2,000만 달러짜리 전서구 드론을 다시 사용하기로 한 것은 안전하게 함대와 통신할 다른 방법이 없었기 때문이다. 드론이 줌월트 위를 처음으로 지나가면서 선미에서 15미터 거리로 가로질렀는데, 시먼스가 움찔할 정도로 가까웠다. 드론은 지나가면서 날개를 살짝 흔들었다. 이 작전에 참가하는 프로그래머 중 누군가에게 유머 감각이 있는 모양이었다.

지나가는 드론을 지켜보던 시먼스는 내부 무기실 문이 열려 있는 걸 발견했다. 드론이 속도를 줄이며 샛노란 금속 통 2개를 떨어뜨리더니, 동쪽으로 쌩하니 날아가며 함대의 나머지 배 위에도 금속 통을 떨어뜨렸다. 그런 후 드론은 전속력으로 날아 태평양으로 돌진하다, 이내 격렬한 파도 속으로 자취를 감추었다. 충돌 소리는 희미한 바람 소리에 사라졌다.

줌월트 위로 끌어올려 격납고로 옮긴 그 금속 통에서는 빛이 났다. 기술자 두 명이 잠금 장치를 해제했는데 자칫 잘못된 접속 코드를 입력했다가는 안의 내용물이 화학제를 살포하는 독극물로 변한다.

"이런 우편배달이 올 줄 아셨습니까, 함장님?"

코르테즈가 포일 포장지 더미를 바라보며 말했다.

"전혀. 진짜 편지를 열어본 것이 언제가 마지막이었나, 부함장?"

시먼스가 물으며 포일을 뜯어 이번 작전의 개요를 적은 편지를 읽기 시작했다.

"이번 전쟁이 일어날 줄 알았다면, 의회가 절대 미국 우정공사를 폐쇄하지 않았을 거야."

"여기 있는 애들 중에는 편지를 구경도 못 해본 애들이 태반일걸요. 누군가가 손으로 쓴 편지는요."

코르테즈가 덧붙였다.

"저 친구들을 애들이라고 부르는 게 듣기 좋군. 자네가 어느새 이런 자리에까지 올랐다는 게 실감나니까, 어떤 일이 일어나도 자네가 옳은 일을 할 거라는 사실을 입증해주니까."

시먼스는 입을 다물고 다시 눈길을 내려 편지를 마저 읽었고, 코르테즈는 어색하게 서 있었다. 마침내 시먼스가 종이를 접어 봉투 안에 다시 넣었다.

“격려 연설은 끝났어. 함교로 가야겠어.”

코르테즈가 궁금한 표정으로 쳐다보았다.

“태평양 사령부의 보고에 따르면 위원회의 우주 감시 정찰이 무력화됐어. 그 말은 우리가 그들의 감시망에서 막 벗어났다는 뜻이지. 새로운 명령이 떨어졌고 새로운 목적지가 생겼다. 승무원들에게 벙어리장갑은 벗어도 된다고 알려. 전속력으로 남쪽으로 향한다. 이 배가 소문처럼 스텔스 기능이 대단한지 확인해봐야지.”

#하와이 특별행정구역,
오아후섬, 카후쿠

해변에서 시작된 하이킹은 도일이 NSM과 한 그 어떤 트레킹보다 길었지만, 걸린 시간은 비교할 수 없이 짧았다. 네이비실 팀은 수시로 멈추고 주위를 살피는 반란군과 달리 자신감 있게 움직였다. NSM이 교차로에서 한 시간가량 기다리며 경비가 없는지 확인했던 반면, 네이비실은 버터라고 부르는 작은 로봇 로브스터를 먼저 보내 장애물을 제거한 다음 곧장 나아갔다.

도일은 이들의 잡음통제가 형편없다고 생각했다. 시끄러운 건 아니었다. 포식자치고는 조용했다. 이들은 단 한 번도 먹잇감인 적이 없는 게 분명했다. 이들은 사소한 것들, 이를 테면 벨트를 조이거나 이마의 땀을 손으로 훔치는 소리로 자신을 드러냈다. 또한 너무 많은 위험을 감수했다. 위원회 군인들의 주둔지를 멀리 둘러가는 대신, NSM이 힘든 경험을 통해 파악한 피해야 할 곳을 일부러 찾아다니는 것 같았다.

도일은 첫 번째 목적지인 위원회 보병부대의 숙소로 사용되는 주택가에 도착하고 나서야 그 이유를 이해했다. 도일과 덩컨은 바닥에 엎드려 주택가에서 70미터 정도 떨어진 곳의 작은 개울 가장자리로 기어갔다. 도일은 이들이 매복을 준비하는 줄 알고 불안했다. 이 부대를 없앤다 해도, 위원회가 즉각 그들을 공격할 게 뻔했다. 네이비실이 오만하다는 이야기는 익히 들었으나 이러다가는 모두 죽을 게 뻔했다.

도일이 이들을 두고 몰래 빠져나갈 준비를 하는 순간, 덩컨이 소총을 내려놓았다. 팔뚝에 맨 플렉시블 태블릿을 이용해서 현재 위치를 스크린 위의 지도와 비교한 뒤 디지털 핀으로 표시했다.

"전쟁이 일어나기 전 이 섬의 거의 모든 장소에 대한 GPS 좌표를 가지고 있죠. 물론 그것도 내비게이션으로 사용할 수 있습니다."

덩컨이 속삭였다.

"하지만 이들의 병력이 어디 주둔하고 있는지는 몰랐는데, 이제 알았군요. 다음은 어딥니까, 소령?"

그 하이킹은 온종일이 걸렸고, 덩컨은 서서히 핀으로 디지털 지도를 채워나갔다. 도일은 한적한 푸푸케아 파우말루 산림보호구역의 산책로에 들어서서야 한시름 놓았다. 이들의 여정은 이스트 오히오협곡에서 과거 카후쿠 훈련 센터로 이어지는 개울을 따라 올라가는 것으로 마무리되었다. 40만 제곱미터의 훈련 센터 부지는 관광객의 눈길이 닿지 않는 곳에서 건설 인부들을 훈련하려 지은 것이다. 언덕 뒤쪽에 숨어 있는 이곳에는 서너 개의 건물이 있고, 24만 리터의 물탱크와 굴착기, 트랙터 운전을 연습할 공간도 있다. 지금은 버려졌으며 정글이 그 부지를 빠르게 잠식하고 있었다.

이들에게 중요한 것은 부지의 맞은편이었다. 카후쿠는 번역하면 '돌출'이라는 뜻이다. 언덕 꼭대기가 주위의 풍경보다 90미터는 더 높이 솟아 있다. 그 밑에는 가메하메하 고속도로가 있고 맞은편에는 골프 코스가 있는데, 전쟁이 일어나지 않은 것처럼 여전히 운영 중이었다. 3개의 낮은 건물이 있는 부지 너머에는 바다와 접한 반도가 있다.

"중국인들이 제일 좋은 부동산을 차지하고 있네요."

덩컨이 말했다.

"터틀베이리조트는 노스 쇼어에 있는 유일한 대형 호텔이에요."

도일이 말했다.

"그리고 이젠 위원회의 긴급 대응 부대의 본부가 되었죠."

도일은 리조트 부지 서쪽의 테니스코트에 일렬로 늘어선 헬리콥터들과 작은 드론들을 가리켰다. 이에 덩컨은 팀원들에게 진지를 구축하고 나일론 차단막을 펼치라고 손짓했다. 도일은 여전히 울 담요를 가지고 있었다. 도일은 노박이 로봇 로브스터를 집어 들어 그 위에 작은 원통 하나를 올린 다음 다시 바다에 내려놓고 강아지에게 하듯 부드럽게 토닥거리는 것을 보았다. 덩컨은 플렉시블 태블릿을 보며 터틀베이 부지에 핀을 하나 더 달았다. 작은 로봇이 종종거리며 덤불숲으로 모습을 감췄다.

"그동안 함께 한 세월이 얼만데 작별 인사도 안 하는군."

덩컨이 말했다.

"그럼 경계 순찰을 하러 나간 게 아니에요?"

도일이 물었다.

"네, 버터는 이번에 우리보다 좀 더 멀리 갈 겁니다. 이번 임무에서 가장 중요한 역할을 맡았거든요."

이들이 보는 스크린에는 작은 로봇 아이콘이 터틀베이 부지로 다가가고 있었다. 움직임은 답답할 정도로 느렸지만 꾸준했다. 3차원 영상으로 버터가 고속도로를 잽싸게 건넌 다음, 위원회가 호텔 주위에 설치한 철조망 밑으로 이어지는 15센티미터 너비의 배수관을 통해 메인 호텔 부지로 들어가는 모습이 보였다. 버터는 여러 정원과 길을 지나며, 가능한 한 덤불숲 안에 숨어 움직였다. 과거 수많은 결혼식이 열렸던 호텔 앞의 툭 트인 마당에 도달하자 버터는 걸음을 멈추고 양쪽을 살폈다.

"그렇지, 조심해."

덩컨이 저도 모르게 버터에게 말을 걸었다. 이미 완전 자동 모드로 세팅이 되어 있는데 말이다.

버터가 움직임을 감지했다. 위원회 장교 두 명이 길을 걸어오고 있었다. 버터는 정원 가장자리에 쌓여 있는 잡초 더미에 몸을 숨겼다. 장교들이 지나가자 잡초 더미에서 나와 재빨리 길을 건너더니, 마침내 메인 호텔 건물의 콘크리트 벽 옆에 숨었다. 이 작은 로봇은 네 다리를 펼쳐 벽에 부착했다. 자그마한 다리에 있는 엘라스토머 점착제 덕분에 도마뱀붙이보다 두 배는 더 쉽게 콘크리트에 달라붙을 수 있다. 그 다리가 로봇을 끌어올렸고, 이제 로봇은 한 번에 한 발자국씩 건물 벽을 타고 올라갔다. 1초당 5센티미터 정도의 속도로 말이다. 마침내 버터가 지붕 위에 도착했다. 사람이 있나 확인하더니, 에어컨 가운데 솟아 있는 무선 전송탑으로 종종거리며 걸어갔다. 버터는 이 탑을 올라서 꼭대기에 몸을 부착했다. 그런 다음 기다렸다.

"그렇지, 버터. 잘했어."

덩컨이 쌍안경으로 무선 전송탑 꼭대기에 앉은 로봇을 확인하고 말했다. 그가 노박에게 손짓하자, 노박은 작은 삼각대 위에 보온병 크기만 한 금속 튜브를 설치하기 시작했다.

"레이저 지시기네요? 저기가 타격 지점입니까?"

도일이 물었다.

"나중에는 그럴 수도 있죠. 지금으로서는 위원회의 추적을 받지 않고 통신을 하려는 겁니다. 레이저를 버터한테 쏘면, 버터가 위원회의 무선 송전탑을 이용해 전파를 보낼 겁니다. 그런 식으로 위원회가 설정해놓은 3각 측량법을 피할 수 있어요. 위원회 측에서 스캔을 해봐야 저기에 로컬 신호만 보일 겁니다. 그러다 이 훌륭한 송전탑이 더 이상 필요하지 않은 순간이 오면, 버터가 좀 무서운 짓을 할 수도 있죠."

노박이 금속 튜브 설치를 마치고, 오래된 지도처럼 바닥에 펼쳐놓은 플렉시블 태블릿을 연결했다. 도일은 덩컨 쪽으로 몸을 숙였다.

"각성제 있어요? 우린 떨어진 지 꽤 됐거든요."

"힘들었겠네요. 우리도 신병 교육 때 겪어봤죠. 약을 끊어서 네이비실이 될 자격이 있다는 걸 입증하려고요. 하지만 지금은 하루도 각성제 없이 견딘다는 건 상상이 되지 않습니다. 저기 디거가 필요한 걸 줄 겁니다. 해머, 문제없나?"

도일이 팀의 의무병인 듯한 디거에게서 포장지에 든 알약 한 줌을 받아드는 순간, 덩컨이 물었다.

"벌써 가동됐습니다, 보스."

해머가 대답했다. 해머는 야윈 체구에 짧은 회색 머리를 하고 두피에 흉터가 나 있어 적어도 쉰 살은 되어 보였다.

"모든 주파수가 녹색입니다."

"그럼 연결하지."

네이비실의 자신감은 흔들릴 줄을 몰랐다. 이들은 프로지만 경계심이 부족해서 도일을 더욱 불안하게 만들었다. 도일은 울 담요로 몸을 덮고 경계선 가장자리로 조금 다가갔다. 네이비실의 눈과 귀가 되어주던 작은 로봇이 사라지고 난 지금, 매복 공격을 당할까봐 걱정이 되었다.

도일이 한 번 더 경계선을 살피는 순간, 누군가 부츠 뒤축을 치는 소리에 척추로 아드레날린이 솟았다. 소총을 들고 홱 돌아보니 노박이었다. 폴란드인은 겉으로는 미소를 지었지만, 속으로는 도일에게 총구를 들이대는 상상을 했을 것이다. 그는 자신이 경계선을 지킬 테니 도일에게 뒤로 나오라고 손짓했다.

"자, 그럼 어떤 상황인지 볼 준비가 됐어요?"

다가오는 도일을 보고 덩컨이 물었다.

"어디 보여줘봐요."

덩컨은 도일에게 경량 헬멧을 건넸다. 도일이 몇 년 전 처음 훈련을 받을 때 썼던 것의 업데이트 버전이었다. 하키 헬멧처럼 보이기도 하는데, 새끼손가락만 한 안테나들이 꼭대기에 죽 달려 있고, 골프공 크기만 한 센서 3개가 이마 바로 위에 내장되어 있다. 이 기기의 배터리 팩은 덩컨의 가슴에 맨 벨트에 달려 있었다. 도일은 그걸 끼고 관자놀이에 위치한 전원 버튼을 눌렀다. 헤드업 디스플레이가 주위의 암흑을 대낮으로 바꾸자, 도일의 몸이 반사적으로 움찔했다.

도일의 눈앞에는 섬의 지형이 펼쳐졌고, 그들이 표시한 각 부지와 위원회의 기지라고 알려진 곳에는 밝은 아이콘이 표시되어 있었다. 반짝거리는 아이콘들은 지상 레이더 및 미사일 기지를 표시한 것이었다.

도일의 어깨에 손이 하나 와 닿았다.

"이쪽이 경치가 훨씬 좋아요."

덩컨은 도일의 몸을 바다 쪽으로 향하게 돌려주었다. 수평선 끝에 검은 바다를 배경으로 반짝거리는 파란 점 무리가 보였다. 도일이 그 지점에 집중하자, 시스템이 도일의 눈동자를 자동으로 추적해서 그 지점을 확대하며 도일을 머나먼 바다로 데려갔다. 가까이 다가가자 파란빛 뭉치가 분리되며 수평선을 따라 춤추는 12개의 작은 삼각형 모양 파란 아이콘이 되었다. 우방이었다. 그것도 수가 많았다. 파란 점 무리에 연결된 글자가 도일을 향해 깜빡거렸다. 롱보드 기동부대. 화면이 확대되면서, 그 무리의 300에서 400킬로미터 앞에 위치한 파란 점 하나가 보였다. 그 옆에는 '줌월트'라고 적혀 있었다.

#캄차카 반도에서 남동쪽으로 725킬로미터,
정허호

정허호는 태평양의 파도를 뚫고 있고, 위원회와 러시아의 연합 기동부대의 기함을 찰싹 때리는 파도는 마치 느릿한 박

수 소리 같았다.

이 배의 이름을 따온 주인공 정허는 명나라 때 반란군으로 붙잡힌 자의 둘째 아들로 열한 살에 거세가 되어 환관이 되었다. 후에 군인이 되는 훈련을 받았으며, 위험천만한 왕실 정치에 능해 눈에 띄는 인물이 되었다. 결국에는 왕실의 총괄 관리자인 태감 자리에 올랐는데 정허가 유명한 것은 이 때문이 아니다. 바다를 통해 아시아의 지형을 뒤바꾸고 중국 역사상 가장 위대한 해군 제독이 되었기 때문이다.

1405년부터 정허는 당시 중국이라 불리던 세계를 여행하기 시작했다. 그의 함대에는 배가 300척이 넘었고 군사와 선원은 2만 8,000명이었으며, 그가 탄 돛대 9개의 기함은 항해 시대에 건조된 배 중 가장 큰 배였다. 그의 함대는 아시아에서 아라비아, 아프리카로 여행하면서 몇몇 왕국을 위협해 항복을 받아내기도 했고, 맞서 싸운 왕국을 무찌르기도 했다. 항해가 막바지에 이르렀을 때, 정허는 최초로 대양 너머까지 제국을 확대했다. 중국을 가운데로 30개의 속국이 그 주변을 감싸는 형태였다.

뒤이은 황제들이 바다에 대한 관심을 거두면서 그 이상의 대항해는 없었다. 중국 제국은 점진적으로 약해졌고 결국에는 다른 나라들의 속국이 되는 치욕을 당했다. 정허 제독에

대한 기억이 사라졌듯이, 위대한 중국도 사라졌다. 하지만 더 이상은 아니다.

줌월트만큼이나 긴 183미터의 이 배는 공식적으로는 순양함으로 분류되어 있지만, 과거의 기준으로 볼 때는 전함이다. 이 배가 처음 건조된 것은 공산당 시절이었고, 해변에서 수백 킬로미터 떨어진 내륙 도시 우한의 시험장에서 건조 중인 거대한 실물 크기 모형 사진이 중국 인터넷 채팅방에 유출되면서 미국은 처음 그 사실을 알게 되었다. 그래도 위원회는 이 배를 완성하려 노력했다. 이 배는 스텔스 기능은 전혀 넣지 않아 줌월트처럼 선이 묘하게 매끈하지는 않다. 대신 미사일 셀을 앞에 64개, 뒤에 64개, 총 128개 탑재했다. 21세기의 정허호는 실질적이고 확실한 힘을 발휘하는 데 집중한 것이다.

정허호의 전투정보실 바로 밑에 위치한 개인 전용실에 앉아 있는 왕 제독 또한 이 배의 이름에 담긴 상징성을 인지하고 있었다. 대개 순양함은 도시의 이름을 따서 짓지만, 그는 2차 세계대전 이후 아시아에서 가장 큰 수상함을 중국이 위대하던 시절 바다를 호령한 제독의 이름을 따서 짓도록 로비를 해 성공했다. 그리고 이제 그 배가 그의 기함이 되었으니 이보다 더 좋을 수 없었다. 이 상징성은 다른 이들도 인지하게 될 것이다.

왕은 과거의 제독을 떠올리면서, 멍하니 무릎 위에 놓인 작은 책의 책등을 엄지로 쓸어내렸다. 적어도 이번 회의는 멀리서 진행될 테니, 웨이 장군이 상임 간부회의 간부들에게 브리핑하는 것을 참고 견딜 필요는 없을 것이다. 웨이는 지금까지 육군이 하와이의 반란군을 제압하지 못했다는 사실을 회피하려 애쓰고 있었다.

"장군."

제독이 말했다.

"우리의 반란군 진입이 효율성이 있는가 의문을 품고 있지는 않지만, 지금으로서는 우리 해군에 미치는 영향에 대해 말씀드려야겠습니다. 최근 호놀룰루 외곽에 위치한 전술 비행선 기지가 공격을 받아 장거리 감시 기능을 상실하게 됐습니다. 저희가 공중 순찰을 할 정찰기를 제공해 도와드릴 수 있습니다. 필요하시다면요."

"필요하다면 우릴 돕겠다고요?"

웨이 장군이 말했다.

"아니요, 비행선 하나 잃어버렸다고 걱정하실 필요 없습니다, 제독. 우리가 육지에서 싸우는 진짜 전쟁에서는 당신이 바다에서 기다리고 있는 깨끗한 전쟁과 달리 사상자가 발생할 수밖에 없습니다. 티엔공에 있는 우주 센서가 지속적으로 전역을 탐색하고 있습니다. 육지는 제가 걱정할 테니, 제독께서는 바다에 집중하세요. 낡은 배로 이루어진 미국의 기동부대가 최근 샌프란시스코에서 출항하지 않았습니까."

절대 성급하게 중요한 소식을 전하지 말라. 적이 먼저 스스로의 무지함을 드러내게 두라. 왕의 멘토는 군사 회의 전략에 관해 이렇게 말씀하셨다. 왕은 작은 가죽 양장 책에 두 손을 가만히 올리고 앞으로 몸을 숙였다. 그의 앞에 놓인 스크린에는 정장을 입고 안경을 쓴 열두 명의 남녀가 반원형으로 앉아 있었다. 그들이 그의 말을 진지하게 생각하고 있는 것인지, 아니면 상하이 주식시장의 주가를 보고 있는 것인지 알 수가 없었다.

"고맙습니다, 장군. 네, 미국의 소함대 대부분이 서부 해안의 함대 보관소에서 가져온 낡은 배들로 이루어져 있죠. 미국의 전술 지휘망 정보를 확보했는데, 연료 보급 현황을 분석한 결과 오스트레일리아로 보내는 증강 병력으로 보입니다. 해병 부대인 그들의 제2차 해병 원정 여단은 동해안에서 출항했고, 육군 부대인 제11기병대도 함께 움직였습니다. 아직도 기병대라는 이름을 쓰고 있지만 이제는 탱크 부대죠. 이 사실은 소셜 네트워크 데이터에서 기동부대 장교들의 가족이 적은 글들을 취합한 결과와 일치합니다."

"더 잘됐군요."

웨이가 말했다.

"더 많은 병력을 보내게 두세요. 오스트레일리아가 가봐야 실패할 테니까."

"네, 장군. 그럴 가능성이 가장 높은 같습니다."

이어서 웨이는 여러 사람들 앞에서 그에게 현대 전쟁을 운용하는 법에 관해 훈수를 놓기로 했다.

"오스트레일리아가 미군의 진짜 목적지라면 말이죠. 하지만 함대는 남쪽이 아닌 북쪽으로 움직이고 있습니다. 동시에 최근 감시 위성이 보낸 정보에 따르면, 대서양을 떠난 현대적이고 훌륭한 전함들이 북극해를 향해서 움직이고 있습니다. 이들이 북극해를 항해할 수 있다면, 베링 해협을 순식간에 지나 북태평양으로 내려올 수 있습니다. 특히 체렌코프 센서에 따르면, 이 그룹에는 남아 있는 주력함인 니미츠급 항공모함과 급하게 건조한 마지막 포드급 항공모함 엔터프라이즈호가 포함되어 있습니다. 상하이 '연구소'의 치 박사가 스파이들을 심문해서 미국이 우리의 북방 방어에 관심이 있다고 보고한 것과도 일맥상통합니다."

웨이는 왕이 회의에서 소개한 여러 데이터와 출처들, 그 관계에 잠시 당황한 듯 보였으나 이내 평정심을 되찾았다.

"제독, 그렇다면 드디어 툭 하면 우리에게 강의하던 전쟁을 하게 되겠군요. 이 전쟁을 다른 바다로 확대할 필요도 없겠어요. 우리 러시아 파트너들을 베링 해협에 주둔하게 하면 되는 것 아닙니까. 스톤피시가 포격을 하면, 제독의 함대는 파편들이나 주워 모으면 되겠어요. 아니면 제독이 그토록 존경하는 위대한 장군-웨이는 그 단어를 강조했다- 손자께서는 이렇게 말씀하시겠죠. 강가에서 오래 기다리면 적의 시신들이 떠내려올 것이다."

"웨이 장군, 정말 훌륭한 말씀입니다. 하지만 바다에서의 전쟁은 더 유동적이랍니다. 손자께서 말씀하셨듯이 물은 지속적인 형상을 담지 않기에, 그곳에서의 전쟁에 지속적인 상황이란 없습니다. 변화가 많죠. 그와 더불어,"

왕 제독은 말을 멈추었다. 화면이 갑자기 끊긴 것이다.

왕은 한숨을 쉬며 무릎 위에 올려놓은 책을 펼치고, 무선 신호 안에 돌아다니는 문제점을 찾아내 해결하기를 기다리기로 했다.

몇 분 후 경적이 울리더니 객실 해치가 벌컥 열렸다. 제독의 보좌관이 들어와 헐떡이며 말했다.

"제독님, 위성 통신이 끊겼습니다. 처음에는 티엔공반 연결이 안 되더니 모든 위성이 먹통이 됐습니다. 전부요! 하이난에 연락을 취하려고 했는데 거기마저 전파 방해 때문에 연결이 되지 않습니다."

왕은 무어라 말해야 하는지도 모른 채 입을 열었다.

"그렇다면 전투 대기해. 금방 함교로 나가겠네."

왕은 자신의 예견이 맞아떨어지는 게 싫었지만, 적어도 그는 준비가 되어 있었다. 정말로 나쁜 소식이었다. 웨이 장군이나 상임 간부회의 다른 이들은 아마 아무 말도 못할 것이다. 그리고 그건 왕 제독이 아주 오랫동안 바라던 일이었다. 이제 그는 위대한 전략가라면 모두 열망하는 독립적인 결정권과 행동권을 손에 넣었다.

아주 많은 부대가 이동 중이었고, 그가 필요할 거라 예상한 마지막 대전이 될지도 몰랐다. 하지만 문제는 미국의 계획이 정확히 무엇이냐는 것이었다. 미국은 함대를 두 개로 나누어 어디로 향하는 것일까.

왕은 무릎 위에 놓인 책을 펼쳐서 한 구절을 소리 내어 읽었다.

"적이 선봉을 강화하면 후방이 약화될 것이오, 후방을 강화하면 선봉이 약화될 것이오, 좌측을 강화하면 우측이 약화될 것이오, 우측을 강화하면 좌측이 약화될 것이다. 사방에 증강 병력을 보낸다면 사방이 약화될 것이다."

처음으로 왕은 고대 전략가의 병법서에 화가 났다. 지금 그에게 필요한 것은 며칠 동안 숙고해야 할 모호한 조언이 아니라 확실한 답변이었다.

왕은 자리에서 일어나 탁자 위에 책을 내려놓고 곧장 함교로 향했다. 이번 결정은 홀로 내려야만 한다.

#하와이 특별행정구역,
오아후, 카후쿠

머리는 잠을 자길 원했지만, 몇 주 만에 처음으로 몸이 잠을 거부했다. 오랫동안 복용하지 않은 탓인지 각성제의 효과가 평소보다 더 오래 지속되었다.

정말 미칠 지경이었다. 전에는 몸이 잠을 갈망하고 머리가 허락하지 않았다. 더 불만스러운 것은 덩컨이 그녀에게 잠을 좀 자라고 말했다는 사실이었다. 도일은 그가 친절하려고 노력한다는 것도, 팀원들이 지금까지 반란군으로 살아온 그녀를 존경한다는 점도 잘 알고 있지만, 그건 그들에게 그녀가 필요하지 않다는 것을 다시 한 번 확인해줄 뿐이었다. 전쟁이 일어나고 매시간 매분 매초마다 도일은 필요한 존재였다. 다음 작전 계획을 짜고, 최종 명령을 내리고, 가장 힘든 결정을 해야 했다. 앞으로 평생 잠을 잘 때마다 유령들에게 시달려야 할 정도로 말이다. 하지만 지금의 도일은 아무런 쓸모가 없는 짐일 뿐이었다.

도일은 담요 밑에 웅크리고 앉아 땀을 흘리며, 그저 각성제 껌을 씹는 것 외에 달리 할 일이 없었다.

뭔가 부스럭거리는 소리가 들리자 도일은 소총을 들고 몸을 틀었다. 다시는 선수를 빼앗기지 않을 참이었다. 이번에는 덩컨이었다. 그는 도일에게 덤불 끄트머리 경계선에 설치해 둔 감시 초소로 따라오라고 손짓했다. 시야가 확 틔어 건너편 골프코스와 리조트가 한눈에 보였다. 이들의 존재를 전혀 모르는 세 사람이 파지오가 설계한 코스의 네 번째 홀에서 골프를 치고 있었다. 고위급 장교나 고위 관리인지, 무장한 경비 두 명이 리조트에서 징발한 두 번째 전동차를 타고 뒤따랐다.

"이 부대가 당신네 조직원들을 공격한 부대입니까?"

덩컨이 도일의 헤드업 디스플레이에 접속하며 물었다.

도일은 고개를 끄덕이며 확대된 화면을 바라보았다. 시스템이 화면에 빨간색과 파란색의 아이콘을 띄웠는데, 이번에는 아이콘이 더 많아졌다. 도일이 한가롭게 앉아 있는 동안 네이비실은 바쁘게 움직인 모양이었다.

"어느 부대인지는 알지 못했지만 실력이 대단했어요."

도일이 대답했다.

"너무 대단했죠."

그리고 객관적인 평가를 덧붙였다.

"그러면 되갚아줘야죠."

"언제요?"

"3분 후면 만족하겠어요?"

"네, 그럼요."

도일은 지켜보며 기다렸고, 네이비실 팀은 마침내 무기를 확인하고 또 확인하며 초조함을 드러내기 시작했다. 덩컨은 쌍안경으로 탑에 부착된 작은 로봇을 계속 지켜보았다.

"좋아, 시간 다 됐다. 통신 연결해."

덩컨이 말했다.

디지털 암호로 변경된 목소리가 무전기를 통해 들려왔지만, 약간의 라틴어 억양이 섞여 있다는 걸 알 수 있었다.

"네메시스, 여기는 롱보드다. 줄루, 원, 브라보, 투, 쓰리, 엑스레이, 포, 투, 골프, 골프, 파이브, 세븐, 파파, 델타, 마이크, 식스, 원, 에이트, 마이크. 폴란드어로 암호를 대라."

노박이 폴란드어로 암호를 댔다. 폴란드어는 라틴어와 그리스어 반음부호를 독특하게 조합한 알파벳이 총 32개이며, 상형 문자로 변형되어 있어 컴퓨터 암호해독 알고리즘으로도 해독할 수가 없다.

“Ś, jeden, pi, ą, ź, ztery ńsiedem, ęszesna, cie, pi, ł, dwana, cie, ż.”

“알았다, 네메시스. 암호 확인했다. 지휘관에게 묻겠다. 집 근처에서 제일 맛있는 피자집은 어딘가, 오버?”

“지노스, 뉴욕 스타일 피자집이다, 오버.”

덩컨은 재빨리 무전에 대답했다. 그리고 도일을 돌아봤다.

“5초 안에 대답해야 해요. 좋아하는 멕시코 식당을 묻지 않아 다행이죠. 그랬더라면 통신이 차단됐을 겁니다. 선택지가 너무 많잖아요.”

“확인했다, 네메시스.”

무선기에서 대답하는 목소리가 들렸다.

“주문해주겠다, 오버.”

“오늘 특별 배달이 도착했으면 좋겠다, 오버.”

“알았다. 표적 데이터에 새로운 정보가 있나, 오버?”

“아무 문제없다.”

덩컨이 말했다.

“근처에서 골프를 치는 작은 무리가 하나 있지만, 그쪽에서 신경 쓸 일은 아닌 것 같다. 골프장 팀은 우리가 알아서 해결하겠다, 오버."

"알았다, 네메시스. 대기하고 있겠다, 오버."

덩컨은 도일을 바라보았다. 처음으로 그의 표정과 어조가 진지해졌다.

"소령, 당신이 어떤 일을 겪었는지 난 상상도 안 되지만…… 당신을 존경한다는 점은 꼭 말하고 싶었습니다."

도일의 얼굴은 여전히 무표정했다.

덩컨은 더 이상 하면 안 된다는 걸 깨닫고 전술을 바꿨다.

"왜 네메시스란 콜 사인을 쓰는지 알아요?"

"문제를 일으키는 그리스 신이잖아요."

"비슷하지만 신이 아니라 여신이죠. 정확히 말하자면 복수의 여신이고요. 그 이름을 번역하면 받은 대로 되돌려준다는 뜻입니다. 그게 바로 우리죠. 하지만 이번에는 당신이 명령을 내려야 할 것 같습니다."

도일은 고개를 끄덕이더니 마이크로폰에 대고 말했다.

"롱보드, 여기는 네메시스다. 지금 실행하라. 우리의 적들이 비명을 지르며 죽기를."

덩컨은 미소를 짓다가 도일의 얼굴을 보았다. 더 이상 무표정한 가면을 쓴 것 같은 얼굴이 아니었다. 도일은 네메시스 그 자체였다.

#캄차카 반도 남동쪽 725킬로미터,
정허호

이 순간 왕 제독은 함교의 창이 이 전쟁을 가장 잘 보여주는 곳이라고 생각했다. 그 창으로는 파란 바다의 수평선밖에 보이지 않았다.

모든 일은 그 수평선 너머 보이지 않는 곳에서 벌어지고 있었다. 적들이 수평선 너머에서 그를 기다리고 있었지만 그들을 찾을 확실한 방도가 없었다. 그에겐 수평선 너머로 날아갈 수 있는 무기들이 있지만 적을 확실히 조준할 방도가 없었다.

승무원들이 필수 정보를 얻지 못해 당황해하고 있다는 게 느껴졌다. 별처럼 언제나 그곳에 있을 거라 여겼던 것이었으니 말이다. 위성 신호가 다운되었고, 장거리 무선 통신은 먹통이었고, 네트워크 데이터는 더 심각한 상태였다. 완전히 틀린 승무원 정보와 내비게이션을 제공했다. 따라서 왕은 침착함을 유지해야 했다.

'이게 정상이지.'

왕은 마음 한편으로 생각했다. 이것은 수 세기 동안 이어져 온 해전이었다. 지난 수십 년 동안 상상해왔던 것이었다. 계산한 확률을 바탕으로 한 조직적이며 예측 가능한 연습이 아니라 이것이 진짜 해전이었다. 그가 지은 이 배의 이름에 걸맞은 사람이 되려면, 이런 날이 와야만 했다.

"통신이 끊기기 전 마지막으로 보고된 위치와 예상 위치를 보여줘."

그가 젊은 장교에게 지시했다.

스크린 위에 적군 기동부대의 예상 위치가 떴다. 북극해를 지나면 선택지가 많지 않다. 어느 시점에서는 베링 해협을 지나 내려와야 했다. 그래, 그들은 분명 추크치로 항해하며 북해의 러시아인과 맞붙을 테고, 그렇게 되면 그가 신경 쓸 문제가 아닐 것이다.

"행동하기 전에 깊이 숙고하라."

그는 손자병법의 구절을 소리 내어 암송했다. 함교 승무원들을 위한 것이라기보다는 자기 자신을 위한 것이었으나 사령관이 위대한 스승과 대화를 나누는 것을 보면 승무원들의 사기도 오를 것 같았다. 승무원들은 그의 생각을 방해하지 않도록 가만히 침묵하고 있었다.

진짜 문제는 더 오래된 배들로 이루어진 남부 기동부대였다. 이 시점이면 앵커리지의 항구를 떠났을 것이다. 그들이 그곳에서 기다리고 있을지, 아니면 과감하게 알류샨열도로 내려와 합류를 시도할지 몰랐다.

그는 머릿속으로 우선순위를 정리하며, 다시 한 번 손자병법을 암송했다.

"가장 훌륭한 지휘자는 적의 계획을 방해한다. 그 다음으로 훌륭한 지휘자는 적군의 길목을 막는다."

그것이 바로 하이난이 원할 법한 일이었다. 길목을 막아 두 미국 함대가 합류하지 못하도록 막는다면 위원회의 위상을 높이고 러시아와의 연합을 유지할 수 있을 것이다.

"훌륭한 전사는 먼저 패배할 가능성을 완전히 차단한 다음, 적을 패배시킬 기회를 기다린다."

웨이 장군이 인용한 '강가에서 기다리라'는 조언보다 이 조언이 더 마음에 들었다. 하지만 웨이의 인용 역시 옳았다. 베링 해협은 강이 아니었지만 결과는 같을 테니까. 미국 병력이 해협에 들어서서 자신의 수중에 들어오기를 기다리기만 하면 되는 일이었다.

하지만 인내심은 다른 무기와 마찬가지다. 적절하게 사용하지 않으면 역효과를 불러온다. 그리고 인내심은 적이 사용할 무기가 아니다. 왕은 확신했다. 수평선 너머 어딘가에 있을 미국인들에 대해 확신하는 유일한 부분이었다. 그리고 미국 역시 북쪽으로 향하는 움직임을 위원회 측이 감지하고 있을 거라는 사실을 알고 있을 것이다.

"모든 전쟁은 적을 기만하는 게 기본이다. 가까이에 있을 때는, 적이 우리가 멀리 있다고 믿게 만들어야 하며, 멀리 있을 때에는 우리가 가까이 있다고 믿게 만들어야 한다."

왕은 미국이 선택한 무기가 '기만'이라는 사실을 깨달았다.

왕은 보좌관 쪽으로 얼굴을 돌렸다. 이제 그가 하게 될 말이 보좌관이 쓴 안경에 녹화되어 후세에 남도록 말이다. 이 말이 역사가 기억하게 될 자신의 모습을 결정하게 될 것이다. 직위를 박탈당하고 총살을 당한 머저리로 기억될지, 적의 계략을 예측하고 그들의 동선을 막아 전쟁을 끝낸 위대한 제독으로 기억될지를 말이다.

"우린 전속력으로 남쪽으로 향한다. 수상함 기동부대는 반원형 대열로 진행하며, 항공모함들을 보호한다. 그리고 수동 센서만 사용한다. 우리가 그들의 존재를 파악할 수 없다면, 그들도 우리의 존재를 파악할 수 없어야 한다. 하와이 인근에 도착하면 타깃이 확보되지 않더라도 항공모함의 공격전대는 대함 공습 전술을 개시하라."

왕은 이것이 도박임을 알고 있으면서도, 자신감을 보이려 미소를 지었다.

"손자께서 말씀하셨지. 모험하지 않으면 이길 수 없다."

그는 이 위대한 전략가의 조언이 마지막으로 한 번만 더 사실로 드러나길 바랐다.

#하와이 특별행정구역,
오아후, 카후쿠

도일이 쓴 안경 스크린에 파란 '줌월트' 아이콘 위로 노란 불이 반짝인 이후 삼사 분쯤 지났을 때였다.

머리 위에서 갑자기 굉음이 났다. 마치 하늘 위로 기관차가 지나가는 것 같은 소리였다. 뒤이어 몇 킬로미터 거리에서 거대한 폭발이 일어났는데, 예전의 휠러 육군 비행장이 분명했다. 현재는 위원회의 모바일 수색 레이더가 있는 곳으로, 네이비실이 지도에 표시한 곳이었다. 도일의 안경 스크린에 뜬 빨간 아이콘 중 하나가 노란색으로 반짝거렸다. 그런 다음 또 다른 아이콘 하나가 깜빡거리더니 또다시 폭발음이 울렸다. 서쪽 와이아루아에 있는 이동식 스톤피시 탄도미사일 발사장이었다. 미사일은 고정된 타깃보다 이동식 타깃을 우선 처리했다.

아래쪽에서 골프를 치던 사람들이 당황한 듯 멈춰 섰다. 한 명은 골프채를 휘두르다 멈추고 바닥에 엎드렸다. 그 미사일이 자신들을 겨냥한 게 아니란 사실을 깨달은 그들은 전동카트에 우르르 올라타고 리조트 쪽으로 달렸다.

"그래, 짐 싸야지. 골프 실력도 엉망이던데."

해머가 한마디 했다.

미사일이 60초마다 쉭 소리를 내며 머리 위로 날아가면 뒤이어 폭발음이 가까이에서, 혹은 멀리에서 울렸다. 점점 더 많은 빨간 아이콘이 노란색으로 깜빡거렸다. 그들의 아래쪽에 위치한 기지가 바빠졌다. 테니스 코트에 있던 헬리콥터 두 대의 회전 날개가 돌아가기 시작했다.

"어서, 어서."

덩컨은 안달하며 속삭였다.

"네메시스, 여기는 롱보드다."

통신이 치직거렸다.

"아군 진지를 확인해달라, 오버."

"알았다, 롱보드."

덩컨이 답했다.

"그리고 통신탑에는 흠집 하나 내지 마라. 그랬다간 큰 대가를 치르게 될 거다, 아웃."

또다시 60초를 기다렸다. 레일건의 탄환은 초당 8,200피트로 날지만, 그래도 320킬로미터를 날아가야 하니 당연한 일이었다. 또다시 쉭 하는 소리가 났다. 이번에는 머리 위로 떨어질 것처럼 가까웠고, 테니스 코트가 사라지며 거대한 먼지 구름과 불기둥만 남았다. 좀 더 작은 폭발이 서너 번 정도 이어지면서 폭발 지역에서 가까스로 벗어나 있던 헬리콥터들과 차량들이 불에 타기 시작했다. 그러다 또다시 쉭 소리가 났고, 골프 코스의 클럽 회관 주변에 서 있던 지휘 사령부 텐트들이 사라졌다. 60초가 지나자 세 번째 레일건 탄환이 주차장을 때리면서, 위원회 부대의 주차장이 있던 곳에는 분화구 하나만 남았다. 네이비실 팀은 타격 지대에서 꽤 벗어나 있는데도, 폭발이 있을 때마다 귀가 울리고 배 속이 울렁거렸다.

덩컨은 쌍안경으로 리조트 부지를 쭉 훑어보았다. 탑은 아직 서 있었고 작은 로봇 로브스터 역시 아직 그곳에 매달려 있었다.

"롱보드, 네메시스 식스다. 확인된 타깃들은 처리되었고, 통신탑은 건재하다. 잘 쐈다, 오버."

"고맙다, 네메시스. 도움이 되었다니 다행이다."

공격이 다시 시작되었고, 기관차 같은 굉음이 정확히 60초마다 들려왔다. 어떨 때는 바로 머리 위에서 울리기도 했고, 어떨 때는 멀리서 울리기도 했다. 그러다 공격 간격이 변해, 1초에서 12초로, 그러다 18초까지 늘어났다. 도일이 스크린을 훑어보는데 이웃 섬들에 뜬 아이콘들이 반짝거리기 시작했다. 마우이, 그 다음에는 빅아일랜드, 그리고 라나이까지. 도일은 자신의 전투에만 너무 집중한 나머지 다른 섬에서는 어떤 일이 벌어지고 있는지까지 깊게 신경 쓸 겨를이 없었다.

덩컨이 도일에게 말을 걸었다.

"해변에서 불꽃놀이를 할 시간입니다."

그가 해안을 가리키는 순간, 8킬로미터 거리의 바닷속에서 튀어나온 섬광이 구름 속으로 솟아올랐다. 그로부터 다시 삼사 초가 지나자 상공에서 섬광이 번쩍하더니 먼 폭발음이 뒤따랐고 잔해가 비 오듯 쏟아지기 시작했다.

도일의 바이저에 뜬 정보에 따르면, 해군이 연안 전투 무기 프로그램으로 개발한 시스템을 이용해 오젤에서 발사한 AIM-9X 사이드와인더 미사일이었다. 이 시스템을 이용하면 원래는 전투기가 싣고 다니는 열 추적 미사일을 수중의 잠수함 어뢰에서 가스 압력과 방수 캡슐을 이용해 공중으로 쏘아 올릴 수 있다.

"그렇지."

덩컨이 말했다.

"200년 동안 한 번도 전쟁에서 이긴 적이 없어서 화가 나 있는 폴란드인들이 가득한데, 그들의 잠수정을 건드리면 안 되지."

노박 중위가 몇 미터 떨어진 곳의 흙바닥에 엎드린 채 도일을 보고 미소를 지으며 엄지손가락을 들어 올리더니, 덩컨에게는 가운데 손가락을 들어 올렸다.

수중에서 두 발이 더 발사되었고, 구름 뒤편에서 화염과 불꽃이 다시 쏟아져 내렸다. 바이저 스크린에는 그것들이 청두 J-20 전투기라는 설명이 떴다.

공격을 시작하고 한 시간 가까이 흘렀다. 위원회 군인들이 잔해를 헤치고 시신을 끌어내기 시작했다.

"너무 편해지면 안 되지."

덩컨이 속삭였다.

"노박, 버터에게 통신탑은 더 이상 필요 없다고 전해요."

"네?"

노박 중위가 물었다.

"로브스터를 전파 방해 모드로 변경해요."

아래쪽 군인들의 모습에 즉각적인 변화는 없었지만, 곧 위원회 군인들이 멈추더니 오지 않는 지시를 기다리고 섰다.

다시 한 번 스크린 속의 수평선에 파란 덩어리가 나타났다. 가까이 다가가자 여러 개의 아이콘으로 나뉘었다.

"소령, 드디어 이 낙원의 섬에 남은 유일한 해군 노릇은 그만둬도 되겠네요."

덩컨이 말하자 도일은 한 마디 쏘아붙이고 싶었지만 그럴 수가 없었다. 그저 그들이 보고 싶었다. 아이콘이 점점 커지자 바이저를 머리 위로 올렸다. 덩컨은 도일이 울거나 다른 어떤 반응을 보이길 기다렸으나 도일의 얼굴은 평소처럼 무표정했다.

육안으로 보면 멀리에 있는 작은 점에 불과했다. 그러다 희미한 날개 소리가 들렸다. 저공 비행하는 오스프레이 틸트로터 여섯 대가 천천히 시야에 들어왔다. 그 비행기들은 바다에 닿을 정도로 낮게 날았는데, 도일이 훈련생 시절 배운 것보다 훨씬 낮았다. 레이더를 피하려는 게 분명했다.

이제 위원회가 진정한 두려움을 느끼게 되겠지. 도일은 핀이 이 장면을 봤다면 무슨 생각을 했을까 생각하다, 머릿속에서 그 생각을 떨쳐버렸다.

"젠장, 드론이 떴어."

덩컨이 말했다.

호텔 건물의 뒤에 숨어 있다가 최초의 레일건 공격에서 살아남은 게 분명한 작은 쿼드콥터 한 대가 쿠일리마만에서 이륙하고 있었다.

"긴급, 긴급!"

덩컨은 무전에 대고 말하며, 그 주파수에 있는 모두에게 긴급 메시지를 전달했다.

"아레스 비행기, 아레스 비행기, 여기는 네메시스 식스나. 조심해라, 공중에 위원회의 쿼드드론 한 대가 있다."

하지만 무전기에서는 치직거리는 소리뿐이었다.

"롱보드, 여기는 네메시스다. 아레스 비행기와 교신이 되지 않는다."

덩컨이 보안 통신망을 통해 수백 킬로미터 떨어진 배에 무전을 보냈다.

"쿼드드론 한 대가 동쪽에서 그들을 향해 가고 있다고 알려줄 수 있겠나, 오버?"

"알았다, 네메시스."

양측 모두 임시방편인 통신망은 전쟁이 한창일 때 비효율적이라는 사실을 알고 있었다.

오스프레이 한 대가 해변에서 60에서 90미터 정도 떨어진 터틀만에 떨어지더니, 물 위를 몇 번 튕기며 산산이 부서졌다.

"공격을 받은 건 아니에요."

도일이 말했다.

"프로펠러가 그냥 멈췄어요. 연료나 엔진 문제 같아요."

나머지 오스프레이는 계속해서 날아가더니 골프 코스 페어웨이 위를 맴돌기 시작했다. 아놀드 파머가 디자인한 구역이었다.

"젠장, 아직도 드론의 존재를 모르고 있어요."

도일이 말했다.

선두에 선 오스프레이가 첫 번째 홀에 착륙하는 순간, 파괴된 테니스 코트의 연기 기둥 뒤에서 중국의 쿼드콥터가 튀어나와 미사일 하나를 발사했다. 오스프레이가 재빨리 날아오르며 미사일을 피하려 했다. 해군 한 명이 12미터 높이의 후미 램프에서 뛰어내리더니, 소총을 움켜쥐고 달려가 두 번째 홀의 티박스 위에 엎드렸다. 쿼드콥터의 미사일이 오스프레이의 꼬리날개 근처 후방 동체에 맞았고, 비행기는 거칠게 흔들리다 페어웨이가 내려다보이는 콘도 한군데로 추락했다.

바로 뒤에서 맴돌던 두 번째 오스프레이가 방향을 돌렸다. 오스프레이가 쿼드콥터를 등지는 순간, 포수가 오스프레이의 후미 램프에 탑재된 50구경 기관총을 발사했다. 오스프레이는 다시 방향을 돌려 쿼드콥터를 향해 빨간 예광탄을 쏟아부은 다음, 다시 방향을 돌려 골프 코스 위에 착륙했다. 램프에서 해군들이 쏟아져 나왔다. 이들은 위원회 부대의 임시 숙소였던 타운하우스의 현관에서 소형 화기를 챙겼다. 오스프레이의 프로펠러가 앞으로 기울며 자리에서 벗어나려는 순간, 메인 리조트 쪽에서 발사된 미사일 하나가 포물선을 그리며 날아들었다. 오스프레이가 방어용 신호탄을 발사해 미사일의 탐색기를 유인하고 근접신관을 작동시키자, 수십 미터 떨어진 곳에서 미사일이 터졌으나 파편이 오른쪽 엔진에 박히고 말았다. 거대한 회전 날개 하나가 부러지며 조종석 바로 뒤쪽의 동체에 박혔고, 폭발로 비행기는 두 동강이가 났다.

도일은 미사일이 날아온 길을 따라갔다. 메인 리조트의 수영장 가장자리에서 FN-8 휴대용 미사일을 재장전하는 위원회 군인 두 명이 보였다.

"이제 우리가 내려가서 도울 때예요."

도일이 소총과 헬멧을 확인하며 말했다.

사정거리 안에 있던 네 번째 오스프레이가 폭발했다. 또 다른 타운하우스에서 기관총을 발사해 연료 탱크를 맞혔다. 지상에 있는 해군들은 연막탄을 터트렸다. 휘몰아치는 하얀 연기가 혼란을 가중시켰다.

덩컨은 고개를 저었다.

"아니요, 소령. 저건 우리의 싸움이 아닙니다. 우린 이 자리에 남아 사격 좌표를 불러줘야 해요. 당신이 듣고 싶은 말이 아니란 거 알지만, 이건 명령입니다. 임무가 먼저예요."

"이번에는 아니에요. 나한테는 아니에요."

도일이 말했다.

도일은 리조트를 향해 달려갔다. 덩컨은 도일이 가게 내버려두었다. 도일은 이제 이 임무에 꼭 필요한 존재가 아니었다.

#오아후 북쪽 해안에서 290킬로미터,
줌월트호 지휘 센터

한편으로는 대단한 장관이었다. 와이아나에 산봉우리들이 멀리 보이는 온통 푸른 섬 위로 검은 연기 기둥들이 치솟고 있었다. 그러더니 영상이 흐려지다가, 지휘 센터의 스크린이 나가버렸다.

시먼스 함장은 입속으로 욕설을 내뱉었다. 네메시스라는 네이비실 팀이 전송하는 라이브 영상은 필수가 아닌 사치품으로 간주해야 했다.

"그들을 잃은 건가, 아니면 통신만 끊어진 건가?"

"통신이 끊어졌습니다, 지금 수리 중입니다."

통신 장교가 대답했다.

시먼스는 주위 광경을 바라보았다. 전투 중에 함장이 있어야 할 곳이 함교임에도 창문 하나 없는 방 안이라는 게 너무나도 생소했다. 지휘 센터 2층에서 내려다보았다. 각 벽에 붙은 LCD 스크린이 다양한 시스템의 상황을 알려주었고, 방 한가운데 뜬 오아후섬의 홀로그램 지형도에는 다양한 타깃과 적군의 대형이 빨간 점과 삼각형으로 지속적으로 업데이트되었다.

시먼스는 네이비실 공격조가 보내는 영상 스크린을 확인

했지만 여전히 먹통이었다. 영상은 뜨지 않아도 임무는 순조롭게 진행되고 있었다. 단 하나의 데이터가 사라졌다고 불안감이 들다니, 그동안 정보의 바다에서 떠다니는 걸 얼마나 당연하게 생각했던가. 시먼스는 지금까지 정보를 독점하며 전쟁에서 승승장구하던 위원회의 장군들과 제독들이 암흑 속에서 한층 더 당황하길 바랐다.

"아테나, 기동부대가 B지점에 언제 도착하는지 예상 시간을 알려줘."

홀로그램 지도가 나오며, 섬의 지도가 사라지고 줌월트 뒤쪽으로 오육백 킬로미터 떨어진 나머지 기동부대의 영상이 떴다. 이 시스템은 기동부대들이 합류하기 두세 시간 동안만 가동되지만, 그 짧은 시간에 모든 게 달려 있다. 공습의 성공 여부뿐만 아니라, 줌월트가 다시 방공 우산 아래로 돌아갈 수 있느냐 여부도 달려 있다. 창끝이 되는 건 영광스러운 일이지만, 아주 외로운 일이었다.

"통신이 다시 연결됐습니다, 함장님."

터틀베이리조트에 있는 네이비실 팀이 보낸 영상이 다시 화면에 떴다. 팀이 삽입한 섬의 이미지가 차례로 떴다.

"정확도는?"

시먼스가 물었다.

"40퍼센트입니다."

통신 장교가 대답했다.

"아직 부족해. 가능하면 민간인을 위험에 빠뜨리고 싶지 않아."

시먼스는 어쩔 수 없이 사상자가 발생하리란 사실을 잘 알고 있었다.

"마구잡이로 포격해버릴 거라면 이 이상 출력을 낮추고 기다릴 이유가 없지."

그것이 더 불안한 부분이었다. 배의 움직임을 감지하지 못하도록 엔진을 최소한으로만 회전하고 있었다. '표류 작전'이라 불리는 이 작전은 레일건으로 가는 전력을 최대화하는 동시에, 줌월트를 더더욱 탐지하기 어렵게 만들려는 속셈이었다. 배들은 항상 움직인다고 가정하기에, 파도에 떠다니는 소형 보트마저 자동 센서에 잡힌다. 움직이지 않음으로써 센서를 피하려는 것이다.

"함장님! 휠러 육군 비행장 외곽에 있는 정찰팀 에리니에스가 한 번 더 일제 사격해달라고 요청하고 있습니다."

아래쪽에서 무기 통제 장교가 말했다.

"격납고들은 계획대로 제거했지만, 활주로 공격은 200여 미터 빗나갔습니다."

시먼스는 눈살을 찌푸렸다. 레일건 탄환이 전쟁 포로수용소를 기지로 착각하고 폭격한 게 아닐까 걱정이 되었다.

"아테나가 사격 통제 장치를 업데이트했습니다."

코르테즈가 그를 바라봤고, 시먼스는 고개를 끄덕였다.

"주포, 발사 준비."

시먼스가 말했다.

무기 통제 장교의 양손이 앞의 터치스크린을 눌러서 아테나에게 레일건 표적을 맡겼다. 이 지능화 시스템은 단순히 레일건의 포구가 타깃을 조준하도록 만들 뿐만 아니라, 배의 추진 시스템 및 항해 시스템과 상호작용하며 포구가 계속 타깃을 조준할 수 있도록 돕는다.

"전력 전환 시작한다."

코르테즈가 말했다.

"5, 4, 3, 2, 1,"

그때 전술 장교가 끼어들었다.

"미사일이 날아옵니다. 아테나의 보고에 따르면 공중에 YJ-12 순항 미사일이 2개, 아니 3개 있습니다."

YJ-12 초음속 대함 미사일에는 450파운드의 탄두가 들어 있으며 4마하의 속도로 날아갈 수 있다. 레이더와 영상 탐색기가 있어서 일단 발사만 하면 반경 400킬로미터 이내의 타깃은 알아서 찾아간다. 사거리는 레일건의 사거리와 얼추 비슷하다.

"발사 중지."

코르테즈가 말했다.

"아니, 발사 계획 그대로 진행해, 부함장."

시먼스가 단호하게 말했다.

"그들이 우릴 찾아내거나 찾지 못하거나 둘 중 하나야. 그 사이에 우리는 가능한 한 많이 맞혀야 해."

"예, 함장님."

코르테즈가 대답했다. 그는 저도 모르는 사이에 의족의 뒤꿈치를 툭툭 쳤다. 긴장할 때 나오는 버릇이었다. 코르테즈의 목소리가 배 안에 울려 퍼졌다. "여기는 부함장. 발사 준비. 보조 동력 장치로 전환한다. 3, 2, 1. 실시."

경고 사이렌이 배에 울려 퍼졌다.

"전원 들으라. 보조 전력으로 전환한다."

방 안의 LED 전등이 두 번 깜빡거리다 보조 배터리의 전력을 공급받고선 다시 돌아왔다. 하지만 배의 주요 시스템이 차단되면서 지휘 센터 내의 스크린은 전부 꺼졌다. 배의 출력이 낮아지면서 엔진이 낮은 신음소리를 내뱉자 승무원들은 디긱섭이 났다.

"아테나, 방공 전술 영상을 띄워."

홀로그램이 위쪽으로 움직이면서, 타깃을 탐색하는 3개의 미사일 아이콘을 보여주었다. 이 아이콘은 섬에서 더 멀리 벗어나며 앞뒤로 움직이고 있었다.

"1번 미사일과 2번 미사일이 줌월트에서 모두 멀어지고 있습니다."

전술 장교가 말했다. 시먼스와 코르테즈는 눈을 감았다. 미사일이 이들을 찾아내기 전까지 얼마나 많은 연료를 소진할 것인가, 이는 둘이 마음속에 품고 있는 질문이었다.

"3번 미사일이 돌아오고 있습니다, 함장님. 저희를 쫓고 있는 것 같습니다." 미사일의 움직임이 곡선에서 직선으로 바뀌며 곧장 줌월트를 향해 날아오고 있었다.

아테나가 미사일의 접근을 확인하고 사격 통제 장치를 가동하기 시작했다. 아래층의 책상 앞에 앉은 승무원들은 서로를 흘끗거리며, 언제쯤 함장이 전력을 되살려 방어 시스템을 활성화할 건지 궁금해하는 눈치였다.

시먼스가 그 질문에 대답을 했지만, 그들이 바라는 대답은 아니었다.

"마지막 레일건 발사를 한 직후에, 전력을 레이저 방어 시스템으로 전환한다."

"발사 시작합니다. 10, 9……"

무기 통제 장교가 카운트다운을 시작했다. 그러다 의자에서 벌떡 일어나며 정신없이 두드리던 계기판에 살짝 몸을 기대었다.

"3번 미사일이 추락했습니다!"

전술 장교가 외쳤다.

"바다로 떨어졌습니다. 연료가 떨어진 것 같습니다."

그가 말하는 동시에 배가 웅웅 소리를 내며 울리기 시작했다. 기차가 나타나기 직전 선로에 손을 댔을 때처럼 인지하기도 어려운 떨림이었다.

어두운 방 안에서 무언가 홱 움직이는 게 시먼스의 눈길을 사로잡았다. 버넬리스였다. 그녀는 지휘 센터 안으로 들어와 줌월트의 선수 부분과 해변을 향한 레일건 포탑의 열 영상이 뜬 스크린을 정신없이 쳐다보았다. 날카로운 파열음이 60초마다 연달아 나며, 포탄 여섯 발이 타깃들을 향해 날아갔다. 발사를 할 때마다 배의 앞부분의 온도가 595도로 치솟았다.

모두의 눈이 휠러 비행장 영상으로 옮겨갔다. 비행장에서는 전투기 두 대가 활주로를 달리고 있었다. 쌍발 엔진에 쌍발 꼬리가 달린 디자인으로 보아 J-31 팰콘 호크 스트라이크 전투기인 것 같았고, 각 날개에는 YJ-12 대함 미사일을 탑재하고 있었다. 레일건의 포탄은 얼마나 빨리 움직이는지 카메라가 포착할 수 없을 정도였지만, 레일건의 포탄이 도착하는 순간의 위력은 어마어마했다. 그 전투기들이 이륙에 성공했다 하더라도, 폭발의 충격파로 인해 활주로로 다시 내동댕이쳐지며 산산조각 나고 말았을 것이다.

"함장님, 에리니에스 정찰팀의 보고에 따르면 타깃이 파괴되었습니다."

승무원 한 명이 말했다.

"명중했답니다. 토리 파인스 지역으로 움직여 다시 보고할 겁니다."

"이제부터가 진짜예요."

버넬리스가 말했다.

비즈 안경에 뜬 정보에 빠져 있던 코르테즈가 버넬리스를 의아한 표정으로 흘끗 쳐다보았다.

"시스템을 끄는 건 쉬워요."

버넬리스가 미소 지으며 말했다.

"시스템을 다시 켜는 게 항상 걱정스러운 부분이었죠."

#하와이 특별행정구역,
오아후, 99번 고속도로

준장 게일린 애덤스는 입안에 감도는 맛에 집중하려 했다. 담즙과 흙, 피가 뒤섞인 익숙한 맛이었다. 케냐 이후로 처음 느껴보는 맛이었다.

"거의 다 됐습니다, 준장님. 이거 하나가 말썽이네요."

제이컵슨 중위가 말했다. 이들은 콘크리트 도로 바로 옆의 지하 배수로에 웅크리고 숨어 있었다. 젊은 장교는 신참으로, 애덤스의 선임 참모가 추락 사고로 사망한 뒤에 새로 부임했다. 그가 애덤스의 상처에 뿌린 액체 밴드가 60초면 굳어 단단한 다공성 막을 형성할 것이다. 또한 지속성이 있는 국부 마취 효과도 있다. 하지만 스프레이가 고정되거나 상처에 흙이 들어가기 전에 재빨리 상처를 세정해야 한다.

애덤스는 아무 말도 하지 않았다. 속으로는 육지에 내린 최초의 해군이 되고 싶었던 자신을 탓하는 동시에, 추락을 하고도 살아남아 운이 좋다며 스스로를 위로했다.

제이컵슨은 응급 상자에서 꺼낸 핀셋으로 장군의 입술 아래 박힌 마지막 파편을 빼냈다.

"됐습니다."

보좌관이 성냥 크기만 한 골프티 조각을 집은 핀셋을 자랑스럽게 들어 보였다. 그 모습을 보니 안 그래도 젊은 장교가 더 어려 보였다. 보드게임을 하는 자신의 아들 같아 보일 정도였다.

다행히 마취제의 효과가 돌기 시작했다. 장군이 턱을 매만지는 순간, 헬멧을 쓰지 않은 해군이 도로에서 배수로로 뛰어 내렸다.

"준장님, 포라 대령님께서 적군의 기갑 부대가 오고 있다고 전하라 하셨습니다."

해군은 숨을 헐떡이며 말했다. 애덤스는 그의 이름을 읽을 수가 없었다. 방탄복 위로 붉은 핏줄기 하나가 그어져 있어, 직함인 상등병만 보였다.

"기가 무대가 어는가, 산능명?"

애덤스가 물었으나 마취제 때문에 발음이 불분명했다. 그는 하가 나 제이컵슨을 바라보았다.

"기갑 부대가 어디에 있지, 상등병?"

부관이 통역했다.

"정찰기가 추적한 바에 따르면 현재 우리 위치에서 1킬로미터 정도 떨어져 있으며, 스코필드 육군기지에서 출발했다고 합니다."

상등병은 당황하지 않고 침착하게 대답했다. 상등병은 장군과 이렇게 가까이에서 이야기하는 게 처음이었다. 아는 거라고는 장군들의 말은 언제나 부관이 통역을 해준다는 사실뿐이었다. 그는 장군에게 진흙투성이가 된 지도를 하나 건넸다. 가능한 한 네트워크를 연결하지 말라는 지시를 받았기 때문이었다.

"우리 우니 드디어 다한 모야이군."

애덤스는 혼잣말을 하듯 중얼거렸다. 오스프레이 뒤편으로 추락해서 골프 코스 위로 떨어진 것을 제외하면, 이번 작전은 예상대로 잘 진행되었다. 러시아를 속이고 하와이에서 640킬로미터 떨어진 곳에서 함대를 떠났는데, 그건 다시 급유를 하지 않고 날 수 있는 최대 거리였다.

한 대만 빼놓고는 다들 아슬아슬하게 성공했다. 줌월트호와 폴란드 배가 도와준 덕분에 안전하게 날 수 있었고, 지상 방어군의 초기 대응은 격렬했지만 국소적이었다. 마치 위원회의 여러 부대들이 상부의 통솔을 받지 않고 제각각 움직이는 것 같았다. 애덤스는 그것이 통신 방해 때문인지, 아니면 해안 폭격으로 운 좋게 위원회 장군이 죽은 덕분인지 알 수 없었다. 애초에 이유가 뭐든 상관없었다. 혼란에 빠진 적군을 하나씩 처리할 테니까.

장거리 침투 방법의 단점은 평소보다 비행기의 무게를 줄여야 한다는 점이었다. 노스 쇼어의 여러 지역에 착륙한 오스프레이는 스물네 명의 전투 해군을 실을 수 있지만, 대포나 차량은 실을 수가 없었다. 해군은 이동성을 위해 민간인의 차량들을 징발했지만, 상륙용 주정이 무기를 갖다 줄 때까지 기다려야 한다.

"포라 대령님께서 그들을 포격해서 시간을 끌 수 있다고 하셨습니다."

상등병이 말했다.

"대신 마을 북쪽 다리 두 개를 폭파해달라 하셨습니다."

애덤스는 금이 간 태블릿의 스크린을 유심히 살펴보며, 지도 위의 장소들을 그가 알고 있는 장소들과 비교했다. 아나후루강의 다리들을 폭파할 수 있지만, 그렇게 되면 그의 병력은 할레이바의 작은 항구 맞은편에 갇히게 될 것이다. 그리고 그는 그 항구를 원했다. 작고 보잘 것 없는 항구라 전쟁 전에는 원양 어선만 들어오던 할레이바는 하와이섬 북부 전체의 유일한 항구였다. 부하들과 함께 바다를 건널 수도 있지만, 저 작은 항구만 있으면 제11기병대의 진입이 훨씬 쉬워질 것이다. 게다가 이 기세를 몰아 승리를 굳히고 싶었다. 절대 적에게 숨을 돌릴 기회를 주어선 안 된다. 오히려 이 기회에 적의 목을 군홧발로 짓눌러야 한다.

애덤스는 지도 위의 83번 고속도로와 99번 고속도로의 교차로, 그리고 할레이바 바로 위쪽을 가리켰다. 그곳의 주도로는 습지와 작은 개울 위에 콘크리트를 채워 만든 것이었다.

"주얼트하테 저해. 여기, 여기, 그리오 여기."

그는 해산 명령을 기다리는 젊은 해군 상등병을 바라봤다.

"이르이 머지?"

애덤스 장군이 물었다.

"이름이 뭔가, 상등병?"

부관이 물었다.

"스나이더입니다, 준장님."

상등병이 대답했다.

"자해써, 스나이드."

애덤스는 천천히, 또박또박 발음하려 애썼다. 그리고 부관에게 작업에 착수하라고 고개를 끄덕였다.

제이컵슨은 야구방망이 크기만 한 안테나를 기동부대가 있는 바다 쪽으로 향하게 했다. 마이크로파 통신 안테나로 보낸 무선 주파수가 위원회가 보내는 방해 전파 사이를 빠져 나갔다.

"롱보드, 롱보드, 여기는 아레스, 다음 좌표에 발사하라. 포어, 퀘벡, 델타, 킬로, 제로, 트리, 나이너, 에이트, 트리, 트리,

제로, 제로 식스, 투, 나이너. 그리고 포어, 퀘벡, 델타, 킬로, 제로, 포어, 원, 투, 포어, 트리, 제로, 투, 나이너, 제로. 확인 바란다, 롱보드."

부관이 군대식 포네틱 코드를 사용해서 격좌식 좌표를 불렀다.

"아레스, 여기는 롱보드 액추얼. 알았다. 그런데 어떤 상황인가? 아레스 액추얼은 어디 있나? 오버."

애덤스는 그 목소리가 머리 중장의 목소리라는 걸 알아차렸다.

"롱보드 액추얼, 아레스 액추얼은 바로 옆에 있지만 현재 말을 하기 힘든 상황이다. 내가 대신 전하겠다, 기다려라."

제이컵슨이 말했다.

"머리 준잔에게……"

애덤스가 말을 마치기도 전에 젊은 장교가 전달하기 시작했다.

"롱보드 액추얼, 현재로서는 문제없지만 언제 어떻게 될지 모른다. 적의 기갑 부대가 99번 도로로 진격하는 중이다. 위협을 막아낼 화력 지원이 필요한데 아직은 아니다. 우리가 희생될 수 있지만 최대의 효과를 낼 수 있을 때까지 기다리고 싶다. 위원회 부대가 헬레마노 개울을 건너는 바로 그 시점에 사격 지시를 내리겠다."

애덤스는 새삼 감탄한 눈빛으로 젊은 중위를 응시했다. 응급 처치 솜씨는 형편없었지만, 콴티코에서 제대로 배운 냉정한 킬러였다.

#하와이 특별행정구역,
오아후, 99번 고속도로

"스나이더, 장군이 정말 이렇게 하라고 했어?"

라모나 베터 일병이 M240 기관총에서 다시 열 발을 발사했다. 총알은 선두에 선 탱크를 맞고 튕겨 나왔다. 그 탱크는 타입 99로 갈색과 녹색이 섞인 위장색이 고속도로의 검은 아스팔트 위에서 두드러졌다. 재블린 견착식 로켓포가 발사한 로켓에 명중을 당한 후, 탱크의 엔진이 있던 곳에서 연기가 풀풀 나고 있었다. 이들이 쏘는 기관총은 탱크에 아무런 손상도 입히지 않겠지만, 군인들이 탱크에서 내리는 걸 막을 수는 있다.

"뭐, 정확히 이렇게 하라고는 안 하셨지."

스나이더가 대꾸하며, 로켓포에 맞은 탱크를 도로 밖으로 몰아낸 다음 탱크를 향해 M4 소총을 조준했다. 헬멧 스크린으로 위원회의 탱크를 감싼 밝은 녹색 원형이 보였다. 도로가 정리되자 탱크가 다시 그들을 향해 전진하기 시작했다. 한 번 더 재블린 로켓포를 발사했지만, 탱크의 방어 시스템 때문에 50미터 거리에서 격추됐다.

탱크가 마침내 작은 개울에 도달하자 스나이더는 중위가 지시한 대로 했다. 평소라면 중위가 하는 말을 무시하기 일쑤였으나 그의 옆에 있는 장군이 고개를 끄덕여 그렇게 하라고 지시했다.

스나이더는 M4 소총의 레일에 부착된 조종기로 스크린 메뉴를 선택했다. 젊은 중위가 바다로 무선을 보냈고, 몇 초 후에 시스템은 스나이더의 헬멧에 데이터를 전송하기 시작했다. 날아오는 미사일의 예상 폭발 반경 정보도 떴다.

"젠장. 이것 좀 봐, 베터."

스나이더가 말했다. 그는 고개를 왼쪽으로 돌렸다가 오른쪽으로 돌렸다. 위험. 탄착점인 탱크에서부터 수백 미터 반경은 모조리 붉은 색이었고, 경고 신호가 굵은 글자로 적혀 있었다.

"뭘 발사하는지 시스템에 안 떠. 13센티미터짜리인 줄 알았는데 다른 건가봐."

"13센티미터보다 더 크다고? 확실해?"

베터가 물었으나 스나이더는 대꾸하지 않고 나머지 부대원들에게 도로를 따라 한 줄로 늘어서라고 외쳤다.

"미사일이 날아온다. 위험해. 당장 엎드려!"

"똑바로 쏠 수가 없는 모양이야. 해군이 그렇지 뭐."

베터가 말했다. 둘은 진흙투성이 개울에 엎드렸다.

"그래, 이번 일로 우리가 다 죽으면 대령님이 누굴 탓할지 알아? 나야."

스나이더가 말했다.

그가 말을 채 끝맺기도 전에 앞의 도로에서 주황색과 흰색의 화염이 일었다. 폭풍파에 스나이더와 베터는 땅 위로 10센티미터 정도 붕 떴다가 다시 개울로 떨어졌다. 귀가 왕왕 울려서 아무것도 들리지 않았다. 둘은 개울 가장자리로 다시 기어 올라갔다. 이제 도로 위의 선두 탱크 두 대가 있던 자리에는 거대한 분화구만이 남아 있었다. 대열에서 멀리 떨어져 있던 탱크들마저 거북이처럼 뒤집힌 상태였다.

두 번째 레일건 탄환이 떨어지면서 스나이더와 베터는 다시 한 번 공중으로 떠올랐다. 포탄에 맞은 도로는 뜨거운 석탄을 커다란 망치로 내려친 것 같은 모습이었다. 이삼 초 후에 포탄 두 발이 서쪽의 원형 교차로에 떨어졌다. 이제 마을로 향하는 도로 2개가 막혔다.

베터가 무슨 말을 했지만, 스나이더의 귀가 울려서 들리지 않았다. 스나이더는 헬멧 스크린으로 파괴 현장을 둘러보았다. 그을린 분화구와 연기가 피어오르는 잔해에는 빨간색 동그라미가 쳐져 있었다. 줌월트 아테나 시스템의 메시지는 간단했다.

타깃 파괴 완료.

#줌월트호, 지휘 센터

전투는 순조롭게 진행되었고, 승무원들은 육지에 화력 지원 임무를 수행하며 단조로운 질문과 답을 끊임없이 주고받았다. 이들이 전쟁 중이라는 것을 나타내는 유일한 지표는 평소보다 힘들게 돌아가는 듯한 선풍기 소리뿐이었다.

이제 홀로그램 지도에 따르면 줌월트는 나머지 기동부대와 합류했으며, 포물선을 그리며 수송선을 둘러싼 호위함들은 점점 해안으로 가까이 다가가고 있었다. 거의 180킬로미터가량 뻗어 있는 위쪽의 파란 동그라미 하나는 기동부대를 따라온 이지스 구축함 포트 로열호가 제공하는 방공 범위를 표시한 것이었다. 그 너머로 움직이는 작은 아이콘들은 수중의 위협을 탐지하는 마코급 배들과 상공을 정찰하는 F-35B 여섯 대를 나타냈다. 이들은 기동부대의 중심인 강습상륙함 아메리카호에서 출발했다. 아메리카호는 또한 머리 중장의 기함 역할을 수행하고 있기에 더 굵은 아이콘으로 표시되어 있었다.

아메리카호는 비행기 이륙을 돕는 캐터펄트 장치와 착함 제동 장치가 없어 F-35B와 헬리콥터, 오스프레이처럼 수직으로 이륙하고 착륙하는 비행기만 실을 수 있다. 그 외의 다른 모든 부분에 있어서는 4만 5,000톤급 항공모함이며 2만 5,000명의 해군을 실을 수 있는데다 핵추진 엔진을 사용하지 않는다. 전략가들은 평소의 무거운 헬리콥터를 치우고 대신 오스프레이를 채워 넣었다. 유령함대에 있던 샌안토니오-그리고 오스틴-급 상륙함정들에도 역시 오스프레이를 실었다. 커다랗고 느린데다 스텔스 기능이 없는 배들이 그토록 많이 도착했으니 롱보드 기동부대의 존재가 위원회의 센서에 감지될 위험이 훨씬 더 높아졌지만, 다른 배들에게 둘러싸여 있다는 점이 줌월트에게는 안도감을 주었다.

"함장님, 북쪽에서 드론 한 대가 날아오고 있습니다."

선원이 보고했다.

"드론의 트랜스폰더(항공기의 정보를 알리는 신호-옮긴이)에 따르면 출발 지점이 셈야인 것 같습니다."

코르테즈는 안경에 뜬 정보를 읽기 시작했다.

"셈야…… 알류샨열도입니다. 비상착륙장이 있는 오래된 공군 기상 관측소가 하나 있습니다. 좋은 장소는 아닙니다. 바람이 시속 60킬로미터 이하로 떨어지지가 않고 1년 중 300일 동안은 가시거리가 3미터밖에 안 될 정도로 안개가 짙습니다. 그래서인 것 같습니다. 로봇은 날씨에 구애를 받지 않으니까요. 사령부가 그곳을 드론 통신 중계국으로 사용하고 있습니다. 조랑말로 속달 우편을 전달하는 식이죠."

"다운로드 해. 북쪽에서 무슨 일이 일어나고 있는지 소식을 받아볼 때가 됐어."

함장이 말했다.

1분도 채 지나지 않아 코르테즈가 시먼스에게 다가와 태블릿을 내밀었다. 화면에는 북극해를 지나오는 미국 함대의 현재 위치와 예측 경로를 나타낸 지도가 떠 있었다. 북쪽으로 향하고 있어야 할 위원회의 전투 함대가 보이지 않았다.

"젠장."

시먼스였다.

코르테즈는 고개를 끄덕이고, 메시지를 소리 내어 읽으며 눈살을 살짝 찌푸렸다.

"위원회 전투 함대와 마주치지 않았다. 베링 해와 알류샨 열도에서도 탐지되지 않았다. 더 이상의 정보가 없으니, 상당수의 전투 함대가 그쪽 작전 지역으로 향하는 것으로 추정된다. 작전 계획 29-49가 할당한 임무를 수행하는 동안 위험이 예상되니, 적에게 더 큰 손해를 입힐 수 있다는 전망이 나오지 않는다면 우세한 적군에게 공격받지 않도록 노출을 피하라. 통신 링크가 지연되고 불확실하니, 지금부터 결정 권한은 기동부대 사령관에게 넘긴다. 태평양 사령부가 지원하겠지만, 우선순위는 함대를 보호하는 것이다."

"함장님, 머리 중장님이 로컬 네트로 함장님을 찾습니다."

코르테즈가 말하자마자 비디오 링크가 열리고 중장이 나타났다.

"메시지 받았나?"

"네, 중장님."

"그렇다면 무슨 뜻인지 알겠지?"

"네. 태평양 사령부는 아무 말 않겠지만, 상황이 너무 위험해진다면 철수해도 된다는 뜻입니다."

시먼스가 대답했다.

"하지만 그렇게 되면 해군들을 육지에 버리는 셈입니다."

"바로 그런 뜻이야, 함장. 그게 반대급부지. 지난 전쟁처럼 멀리 있는 조종자에게 조종당하는 꼭두각시가 아니라 우리 전임자들이 꿈꾸던 지휘권을 갖게 됐네. 달리 말하면 우리가 어려운 결정을 내려야 한다는 뜻이기도 해."

시먼스는 시스템 업데이트 현황과 해군의 전투 영상이 나오는 모니터들을 바라보며 눈을 번득였다. 바다를 본 지 얼마나 되었는지 기억도 나지 않았다. 그는 전쟁을 직접 겪지 않고 이 바다 위의 상자 안에서 비디오 게임을 하고 있는 것이나 마찬가지였기 때문에 냉정하고 계산된 명령을 내리는 게 익숙해야만 했다. 하지만 쉽지가 않았다.

"계획대로 진행한다."

중장이 말했다.

"하지만 필요하다면 그 옵션도 생각해야 해. 나쁜 소식은 애덤스 장군에게 내가 직접 전할 테니까."

중장과 통신을 한지 10분도 채 지나지 않아 또 다른 긴급 무전이 들어왔다.

"북서쪽에 나가 있는 정찰기입니다."

코르테즈가 말하며 홀로그램의 아이콘 하나를 가리켰다.

"들어보지."

시먼스가 말했다.

"여기는 더블다운 4."

여성 파일럿이 말했다.

"육십 대 이상의 적군 제트기가 그쪽으로 날아가고 있다. 반복한다. 육십 대 이상의 적군 제트기가 북서쪽에서 날아가고 있다. 어딘가에 항공모함이 있는 것으로 보인다. 더블다운 4가 교전 중이지만,"

파일럿의 말이 뚝 끊겼다. 모두 어떻게 된 건지 알았지만, 아무 말도 하지 않았다. 그녀의 F-35B는 기동부대의 공중전투 초계 임무를 위해 아메리카호에 끼워 넣은 몇 대 안 되는 수직 이착륙 제트기 중 하나였다. 전임자들이 어떤 운명을 맞이했는지 알면서도 모든 파일럿이 자원했다. 이들의 비행기를 점검하고 또 점검해서 의심스러운 칩들은 가능한 한 전부 빼낸 다음, 기부로 받은 전자 제품에서 빼낸 칩으로 교체했다. 하지만 '트로이의 목마'를 전부 다 제거했다고 확신할 순 없었다. 기술자들은 이 작업이 바늘 더미에서 특정한 바늘 하나를 찾는 것과 같다고 했다. 하지만 나쁜 칩을 찾는 것은 바늘 찾기보다 훨씬 더 어려웠다. 그 칩들은 알 수 없는 주파수와 암호화된 메시지가 조합될 때만 활성화되기 때문이다.

교신 중이던 파일럿은 북서쪽의 적기를 피해 급선회하면서 증가한 기압을 참느라 이를 악물고 있는 목소리였다. 파일럿의 비행복은 물리적인 한계까지 버틸 수 있도록 고안되었으나 이길 수 없는 싸움이었다.

"우리도 최선을 다하겠지만, 15분 이내에 도착할 것으로 예상된다. 더블다운 4 아웃."

더블다운 4는 통신을 중단하고 방어 구역에 진입한 중국 선양 J-31 전투기 대대를 향해 합동 이중목적 항공제압 미사일을 퍼부었다. 중국 전투기들은 그녀가 탄 제트기의 쌍둥이나 다름없었다. 2009년 해커가 훔친 F-35의 청사진을 바탕으로 개발을 한 것이기 때문이다. 미사일 경고 시스템이 가장 가까운 중국 전투기가 PL-21D를 응사했다고 경고했다. 램제트 엔진을 동력으로 한 위원회의 전투기가 빠르게 다가오자 그녀는 더 높이 올라가기 위해 제트기를 급격히 기울였다가 고도를 높였다. 그런 다음 브로드캐스트 프로토콜을 활성화했다. 컴퓨터 전문가들은 나쁜 칩이 신호를 보낼 위험을 차단하기 위해 모든 주파수를 전송하자는 아이디어를 냈다. 스텔스 기능은 전부 사라지지만, 미사일이 자동 유도 표시를 감지하려 해도 다른 신호들 때문에 교란될 거라는 게 이들의 이론이었다.

그녀는 제트기를 회전해 뒤집으며 자신에게 곧장 다가오는 미사일을 흘끗 보았다. F-35는 자동으로 12개의 미사일 유도 신호탄을 발사했고, 전투기는 급강하하며 음속보다 더 빨리 날았다. 한순간 당황한 것 같던 미사일이 계속 그녀의 뒤를 쫓았다. 더블다운 4는 다시 방향을 틀어 다른 타깃을 노리려 했으나 수색 레이더는 적과 그녀가 전송한 방해 전파가 섞이는 바람에 무용지물이 되었다. 그래도 그녀의 눈에는 멀리서 폭발이 이는 게 보였다. 적어도 그녀가 발사한 미사일 중 하나가 명중한 것이다.

줌월트의 승무원들은 이 모든 상황을 보지 못했지만, 여자 파일럿이 보낸 무전 속의 딱딱 끊기던 어조가 아직도 머릿속에서 맴돌고 있었다. 전파 교란 때문에 더 이상 듣는 것도 불가능했다. 덕분에 줌월트의 승무원들은 러시아의 수호이-33이 발사한 30밀리미터 기관포가 더블다운 4의 전투기 배를 가르는 순간, 그녀가 내지른 막힌 비명 소리를 듣지 못했다. 모든 전파 교란이 멈추고, 아테나가 F-35의 아이콘을 파란색에서 회색으로 바꾼 다음 화면에서 삭제하는 순간에야 그녀가 맞이한 운명을 알 수 있었다.

"신사 숙녀 여러분, 적군 함대의 나머지를 찾은 것 같습니다."

시먼스가 말했다.

"어떻게 해야 할지 잘 알고 있겠죠?"

#태평양,
울프 편대

줌월트에서 190킬로미터 정도 떨어진 곳에서 알렉세이 데니소프 소령은 하늘을 다시 훑어보며 미그-35K의 쌍발 꼬리를 보려 목을 길게 뺐다. 조종석 스크린에 뜨는 내용과 통신으로 들은 내용을 직접 확인하고 싶었다. 마지막 남은 미국의 초계기를 격추했다. 그는 자신의 비행기를 둘러보았다. 남은 것은 공중전이 남긴 희미한 한 줄기 연기뿐이었다.

이건 완벽한 코다라고 그는 믿었다. 시작부터 그곳에 있었고 끝나는 순간까지 그곳에 있게 될 것이다. 미국이 몇 십 년 동안 세계의 하늘을 호령했으나 호시절도 이젠 막을 내렸다.

"화이트 대대와 레드 대대, 여기는 대거 3304다. 하늘에 적군의 비행기는 보이지 않는다."

그는 다시 레이더 화면을 확인했다. 여전히 아무런 타깃도 잡히지 않았다. 양측이 서로의 통신을 방해했고, 상황이 종료되고 나서야 데니소프가 말했다.

"공격을 시작하라, 늑대 사냥 대형으로."

데니소프는 조종간을 잡아당겨 다시 공격 대형으로 위치를 바꾸었다. 몇 초 지나지 않아 러시아의 미그-35K와 화이트 대대의 수호이-33과 레드 대대의 중국 J-31이 200킬로미터 되는 줄로 나란히 정렬했다. 몇 주 동안 시뮬레이터로 훈련한 결과였다. 시베리아의 늑대처럼 일렬로 죽 나아가다가 적군을 발견하는 순간 원형으로 적을 감쌀 작정이었다. 간단하지만 그 효과는 어마어마할 것이다.

#줌월트호,
지휘 센터

"미치겠네, 진짜."

그녀는 참지 못하고 짜증스럽게 말을 내뱉었다. 그 선원은 시먼스의 시야 밖에 있었지만, 그 좌절감은 분명히 전달되었다. 시먼스는 계단을 내려가서 그 선원의 워크스테이션으로 다가갔다.

"인내심을 가져, 릭터. 인내심을 가져."

시먼스가 차분한 목소리로 말했다.

"네, 함장님."

레이더 시스템을 담당하는 운영 요원 앤젤리크 릭터는 자신의 어깨 위로 몸을 숙이고, 그녀가 사용하는 스크린 3개를 쳐다보는 함장을 발견하고는 조금 놀랐다. 자그마한 체구에 스물다섯 살 된 그녀는 많은 여성 해군들과 마찬가지로 검은색 눈썹 피어싱를 하고 있었다.

"차라리 꺼버리는 게 낫겠습니다, 함장님. 전파 교란이 더 심해지기만 합니다."

"모든 일에는 부침이 있기 마련이야, 릭터."

시먼스가 말했다.

"보이는 것만 활용하면 돼. 잊지 마. 적들도 우리만큼이나 당황하고 있다는 걸."

릭터는 고개를 끄덕이며 빡빡 민 머리를 긁적였다.

"릭터, 입대한 지 3년 됐지?"

"두 달 후면 4년 됩니다, 함장님."

"그러면 진짜 해군이 다 됐군. 오늘 내가 의지하는 선원 중에 자네도 있어. 여기서 자네가 못하는 건 아무것도 없어. 우리가 아는 게, 지금 이 전투의 전부야. 알겠나?"

"예, 함장님."

시먼스가 다시 계단을 올라가는데 레이더 요원이 그를 불렀다.

"함장님! 북서쪽에서 적기들이 다가오고 있습니다. 긴 대열로 펼치고 있습니다."

그런 후 낮은 목소리로 덧붙였다.

"아테나에 따르면 총 육십이 대입니다."

레이더 요원은 계속 말을 이었다.

“아니, 그보다 더 심각한 상황입니다. 지금 막 아테나에 뜬 바로는 동쪽에서 무언가가 다가오고 있습니다. 드문드문하긴 하지만 적어도 백 대의 적기입니다. 저희는 한가운데 갇혀 있습니다.”

레이더 요원의 스크린에 뜬 정보가 모두가 볼 수 있는 중앙의 홀로그램에 뜨자, 방 안이 더 조용해졌다. 배의 엔진에서 나는 짧은 신음 소리가 선체를 통해 울려 퍼졌다. 마치 줌월트가 운명을 받아들이는 것 같았다.

그 순간 방 안에 죽 늘어선 스피커에서 목소리가 흘러 나왔다. 걸걸한 남부 억양이었다. “롱보드, 여기는 본야드 64다. 그쪽으로 불청객이 가고 있는 것 같다. 우리가 지원해도 되겠나? 오버.”

#태평양,
본야드 편대

미 공군 대령 로스코 콜턴은 통신을 마치고 자신의 위치를 다시 확인했다. 가로 30, 세로 50센티미터의 유리판인 기민 에어로스크린이 F-15C 제트기의 기존 비행 기계의 완충 마운트 위에 고정되어 있었다. 추가로 스크린의 테두리를 강력 접착테이프로 감았는데, 이건 콜턴이 최신 기술을 이해하는 수준이 어느 정도인지를 보여주는 것이었다. 효과적이긴 하지만 비정상적이랄까, 사실 이번 작전 또한 비정상적인 건 마찬가지였다.

로스코의 제트기는 2014년에 조기 퇴역한 256 F-15와 F-16 중 한 대였다. 4세대 전투기는 21세기의 위협에 대처할 수 없다는 게 그 이유였지만, 진짜 이유는 이 전투기들을 퇴역시키면 어마어마한 비용이 드는 5세대 전투기인 F-35에 지속적인 투자를 할 수 있기 때문이었다. 오래됐지만 아직 날 수 있는 비행기들이 지난 몇 년간 본야드라 불리는 애리조나 사막의 데이비스 몬탄 공군기지에 보관되어 있었다. 전투기 버전의 유령함대라고 할 수 있는 곳이다. 2차 세계대전까지 거슬러 올라가는 퇴역한 전투기 4,000여 대와 함께, 로스코의 제트기 역시 고물로 처리될 차례를 기다리고 있었다.

하지만 지금, 본야드 편대의 낡은 비행기들이 오히려 유리했다. 조악하지만 믿을 수 있기 때문이었다. 1970년대에 처음 등장한 F-15기는 기본적인 전자 장비만 갖추고 있다. 로스코의 손자가 가지고 노는 말하는 곰 인형보다도 연산 능력이 떨어지며, F-35에 비해 2,000만 개나 적은 코드로 조작된다. 가장 중요한 점은 이 전투기의 비행 시스템에 사용된 칩은 하드웨어 해킹이 일어나기 전, 아니 위원회가 그런 계획을 생각해내기 훨씬 전에 생산된 것이라는 점이었다.

연료계를 보니 천천히 날기만 한다면 남은 비행시간은 2시간 정도였다. 하지만 공중전이 벌어진다면 비행시간은 급격히 줄어들 게 분명했다.

본야드 편대에는 사막에서 활동하다 퇴역한 스물네 대의 KC-135도 포함되었다. 이 전투기들은 바퀴벌레보다 더 질긴 생명력을 자랑했다. 아이젠하워 때 처음 등장한 707 여객기를 본뜬 이 전투기는 현대적인 칩은 전혀 사용되지 않았다. 반면에 신형인 KC-46은 중국제 칩을 심은 다른 전투기와 마찬가지로 미사일을 끌어당기는 자석이었다.

계획은 이랬다. 공중 급유기인 스트라토 탱커가 돌아오는 길목에서 기다리고 있으면 거기서 재급유를 하는 것이다. 그는 물결이 이는 해수면을 내려다보았다. 하얀 물거품이 이는 깊고 푸른 바다를 보니 고향 노스캐롤라이나의 나뭇가지에 앉은 보송보송한 눈이 떠올랐다. 상부가 약속한 대로 공중 급유기들이 기다리고 있을 테고, 만약 그렇지 않다면 불시착할 수 있는 아군의 배들만 있길 바랄 뿐이었다.

이혼을 두 번하고 공군에서 24년을 보낸 로스코는 허튼소리를 들으면 바로 알아챘다. 또한 신경 쓰지 말아야 할 때를 안다.

"오스카, 여기는 로스코. 그쪽에서도 함대 정보를 받았나?"

"물론이다, 로스코."

호위대에서 F-16을 모는 파일럿 오스카가 대답했다. 파일럿의 콜 사인은 신입 시절 비행 학교에서 묘기를 부린 후에 얻은 별명이다.

"오아후의 하늘은 맑지만 오징어들이 곧 큰 비를 맞을 것 같다, 오버."

"안 그래도 우산을 씌워주어야겠다고 생각하던 참이었다. 이글과 월이를 데려가 합류하겠다. 그쪽은 미사일을 처리하고 지상군을 지원해라, 오버."

"알았다, 로스코. 이글 편대가 모든 공을 다 뺏어가는군."

오스카가 대꾸했다.

"우리가 처리하겠다. 즐거운 사냥이 되길, 오버."

"이글 편대, 통신 내용 다 엿들은 거 안다. 내 뒤로 따라붙어라."

그런 다음 그는 잠시 말을 멈췄고, 다시 말을 할 때는 한 단어 한 단어 또박또박 말했다. 목소리 인식 소프트웨어는 어떻게 말하든 작동될 거라고 했지만 더 확실하게 하고 싶었다.

"윌이 편대. 여기는 로스코다. 좌표는 이글, 투, 에이트, 알파, 델타. 새로운 임무를 지시한다. 공대공미사일을 발사하라."

그는 고개를 돌려 그들이 지시를 따르고 있는지, 아니면 끔찍한 영화처럼 가까이에 있는 미국 제트기를 전부 격추시켜 버리는 건 아닌지 확인했다. 하지만 호위대에 있던 열두 대의 F-40A 슈라이크가 비행 교관을 감동에 빠뜨릴 만큼 매끄럽고 완벽하게 방향을 틀더니 이글 편대의 F-15 전투기들 측면에 붙어 대열을 형성했다.

로스코에게는 이들의 존재야말로 이번 전쟁의 수많은 아이러니 중 하나였다. 오늘 가장 중요한 역할을 맡게 되는 게 그동안 공군 지휘부가 격렬하게 반대해왔던 이 무인 비행기, 드론이라는 점이었다. 무인 비행기들은 아프간 전쟁부터 파키스탄에서 나이지리아에 이르기까지 다양한 반테러 전투에서 그 가치를 입증했다. 하지만 초기 모델들은 지상에 있는 파일럿들이 원격 조정했고, 스노모빌에서 취한 4기통 엔진을 사용하고 프로펠러 추진력에 의존했다. 즉 이들의 수행 능력은 1차 세계대전의 파일럿조차 비웃을 정도라는 뜻이었다. 장군들은 언제나 대중에게 드론은 테러리스트를 죽이는 데에는 괜찮지만, 전투에서는 살아남을 수 없을 거라고 단언했다. 그것은 사실이었다. 그런데 이상하게도 그 이면에서는 미래의 모델 역시 같은 결함을 가지도록 만드는 데 갖은 노력을 다했다. 펜타곤의 관료들은 CIA가 개입한 후에야 마지못해 무인비행기를 사용하기 시작했으며, 차세대 드론을 더 빠르고 더 은밀하고 더 치명적으로 만들기 위한 노력을 지속했지만, 느렸다.

아프간 전쟁이 끝나고 불황기가 오자, 무인 항공기 시스템 연구 예산은 다른 프로그램보다 네 배 이상 삭감되었다. 이 연구를 반대하는 사람들의 논리는 파일럿이 직장을 잃을 수 있다는 걱정부터 더 나은 신기술이 생기면 이미 계약한 수조 달러의 무기 계약이 위태로워질 수 있다는 방위산업 하청업체의 우려까지 각양각색이었다. 2013년에 테스트 드론이 성공적으로 이륙해서 스스로 항공모함에 착륙하자, 해군항공시스템 사령부는 이 최신 기술을 함대에 보내는 게 아니라 스미소니언 박물관으로 보내려 했다. 박물관으로 간다면 지구상에서 가장 진보한 비행기로 '칭송'을 받을 수 있을 것이며, 게다가 기존의 관례를 깰지도 모르는 그 이상의 테스트를 수행하지 않게 될 것이기 때문이었다.

F-40 슈라이크 프로그램을 제안한 것은 대령 중 하나로, 그는 자신의 직위를 걸고 미국 공군의 학술지에 이 프로그램과 관련한 논문을 기고했다. 그는 열심히 일하는 F-16 파이팅

팰콘 전투기를 무겁고 값비싼 F-35로 대체하는 대신, 비슷한 경량에 저렴하고 내구성이 좋은 비행기를 개발해야 한다고 주장했다. 단 그 전투기는 무인이어야 했다. 레이더 반사면적을 적게 만들려면 조종실이 없어야 가능하기 때문에 몸통이 얇고 꼬리가 없고 박쥐 날개 같은 모양이어야 했다. 소프트웨어는 이미 민간시장에서 효력이 입증된 자동 비행 및 내비게이션, 그리고 미사일과 같은 피아식별 프로토콜을 따르는 무기 소프트웨어만 갖추면 되었다.

당시 지도부는 이 아이디어를 결사반대했지만, 저렴하고 유용한 전투용 드론이라는 아이디어는 미국 방위고등연구계획국의 관심을 끌었다. 기금을 조성해서 제작한 시제품은 로스코가 두 번째 결혼을 할 무렵 시범 비행을 했다. 하지만 한 세대 전 프레데터 드론과 마찬가지로 슈라이크는 '죽음의 계곡'이라고 알려진 벨트웨이에 유폐되었고, 공군이나 주요 방위산업체에게 다시는 선보이지 못했다.

이 프로그램이 새 생명을 얻은 것은 과거에 생산한 시제품들이 새로운 전쟁에서 유용하게 사용될 수 있다고 재평가 받은 순간부터였다. 슈라이크의 컴퓨터 칩이 주요 방위산업체들이 애용하던 중국제 칩이 아니라 신뢰할 수 있는 국내 공장에서 제조한 것이었기 때문이다. 초기에 공군의 고위 장성들은 그 칩들을 빼내어 하와이 공습 당시 실패한 것과 같은 유인 전투기 생산에 사용하길 원했다. 하지만 클레이번 국방부 장관이 그 계획을 제안한 공군 전투 사령관을 해고하고, 누구든 다시 그런 고지식한 아이디어를 가져온다면 앞으로의 임무에는 해군 전투기만 사용할 거라고 선언하자 다들 입을 다물었다. 장군이 해고된 이유는 그 제안 때문만이 아니었다. 클레이번은 이미 그를 해고할 계획을 세우고 있었지만 '효과적인 본보기'를 보여주려 미뤄두었던 것뿐이었다.

"로스코, 마지막으로 하나만 더."

오스카가 낡은 F-15기 뒤편으로 대열을 형성하는 드론들을 바라보며 말했다.

"저 염병할 로봇들보다 더 많은 적기를 격추하는 게 좋을 거야. 안 그랬다간 자네나 나나 영영 퇴물이 되고 말 테니까."

#하와이 특별행정구역,
푸에나 포인트 비치 파크

과거 무선탑의 토대였던 콘크리트 판 위에 올라선 애덤스 장군은 하늘에 펼쳐진 장관을 바라보았다. 아마 그가 이곳에서 '활발한 움직임'을 마지막으로 목격한 건 하와이 '치욕의

날'이었을 것이다.

1941년에 할레이바 비행장은 휠러 육군 비행장에서 한참 떨어져 있는 위성 착륙장이었다. 공습이 시작되자마자 두 명의 젊은 전투기 조종사 조지 웰치와 케네스 테일러는 지시가 떨어지지도 않았음에도 자동차에 뛰어올라 이 비행장으로 달려갔다. 구불거리는 길 25킬로미터를 15분 만에 달렸다. 이들이 도착하자 정비사들은 전투기를 몰고 나가는 대신 지상 위의 비행기들을 대피시켜야 한다고 했다. 웰치는 이렇게 대꾸했다.

"헛소리 집어치워요."

두 조종사는 평상시처럼 이륙 전 체크리스트를 확인하지도 않은 채 P-40 워호크 전투기에 올라 이륙했다. 공중에 이륙해서야 둘은 삼백 대가 넘는 적군의 비행기를 상대해야 한다는 사실을 깨달았다. 하지만 웰치와 테일러는 침착하게 제2차 일본군 공격대를 향해 날아갔다. 둘의 기세는 대단했지만, 겨우 적기 여섯 대를 격추시킨 후에 탄약이 동나고 말았다. 하지만 이 두 조종사가 얼마나 대단한 전투를 벌였는지, 일본의 군사 전략가들이 공중을 방어하는 미국인 전투기가 훨씬 많은 줄 착각할 정도였다. 일본은 마지막이사 세 번째 공격이 되서야 진주만의 연료 저장고와 선박 유지보수 및 수리 작업장을 폭격해서 미국의 전쟁 능력을 적어도 1년 더 퇴보시키기로 했다.

그 비행장은 1960년대까지 사용되다가 지역 사회로 반환되었다. 결국 카메하메하학교 재단의 소유가 되어 푸에나 포인트로 개명되었으나 개발이 되지 않은 상태로 남아 아스팔트에는 금이 가고 서서히 정글에 잠식되었다. 지난 몇십 년간 이곳에 온 인간이라고는 몰래 들어와 캠핑을 하거나 이따금씩 파티를 하러 온 사람들뿐이었다.

이제 이 부동산은 애덤스에게는 가치를 따질 수 없이 귀중했다. 하와이섬의 다른 비행장은 아무리 작은 민간인 비행장이라도 위원회의 기지와 드론 착륙장으로 사용되었고, 죄다 줌월트의 폭격으로 파괴되었다. 그의 휘하에 있는 해군 한 부대는 이 오래된 비행장을 최대한 정비하라는 임무를 받아 불법으로 세운 판잣집들과 덤불, 활주로를 막고 있는 콘크리트 조각들을 열심히 치웠다. 이들이 하고 있는 일에 대한 소문이 퍼지자 민간인들이 돕겠다고 나서기 시작했다. 퇴직자들은 정원 도구들을 가지고, 서퍼들은 맨손으로 아스팔트의 구멍을 메우고 마구잡이로 자란 풀들을 베어냈다. 예상치 못한 행운이었다. 상등병 한 명이 이제 팔십 명을 지휘하며 격납고들이 있던 곳 뒤편의 헬리콥터 착륙지를 정리하고 있었다. 그렇게 되면 활주로를 깨끗하게 유지할 수도 있고, 또 공격헬기를 예정보다 일찍 배에서 이륙시킬 수도 있다. 게다가 네이비실 공격조가 불도저 두 대를 끌고, 폴란드 해군 장교는 거대한 노란색 롤러를 끌고 정글에서 나타났다. 전투가 벌어지는 한복판에서 어떻게 중장비를 구했는지 상상도 되지 않았지만, 어쨌든 고마웠다.

"준장님, 도착했습니다."

그의 부관인 제이컵슨 중위가 말했다.

"고마네, 증이."

애덤스는 아직도 턱에 감각이 없었다.

"나오다고 해."

제이컵슨은 F-16이 윙윙 낮게 날며 날개를 흔드는 걸 보고, 아직 활주로를 정리하고 있던 사람들에게 이만 나오라고 지시했다. 애덤스는 그 꼴이 전형적인 전투기 조종사들의 허세라고 생각했다.

그렇게 노력했는데도 활주로는 여전히 비행기가 착륙하기에는 너무 거칠었다. 그런 활주로로 내려앉는 F-16을 보니 조종사의 허세쯤은 용서할 수 있을 것 같았다.

애덤스가 가장 신경 쓰는 것은 하늘에 나타난 육중한 비행기들로, 27만 파운드의 화물을 실을 수 있는 거대한 C-5 갤

럭시와 군인들을 베트남과 1차 걸프전으로 실어 나른 매끈한 C-141 스타리프터, 좀 더 현대적인 C-17 글로브마스터였다. 전자기기에 완전히 의지하기 전에 생산된 초기 모델이었다.

그때 미사일 3개가 동쪽의 적진 뒤쪽 어딘가에서 포물선을 그리며 비행기를 향해 날아왔다. 미사일 회피용 조명탄이 미사일 하나를 따돌리긴 했지만, 다른 2개 미사일은 C-5를 바다로 격추시켰다. F-16기들이 자신의 무리에 해를 가하는 죄를 저지른 자는 누구든 가만두지 않겠다는 듯이 20밀리미터 벌컨포를 발사했다.

다른 대형 비행기들은 침착하게 활주로 가까이로 다가왔고, 공중을 채운 작은 점들이 만개하며 낙하산이 되었다. 각 C-141은 상공을 날면서 백이십삼 명의 낙하산 부대원을 내려놓았다.

그들이 비행장에 착륙하는 걸 보며, 애덤스는 다시 한 번 도움을 준 민간인들에게 고마운 마음이 솟아났다. 아스팔트의 구멍을 전부 메운 덕분에 부대원들은 발목을 삐끗하거나 무릎을 다치지 않을 것이다. 해군들은 뛰어나가 낙하산 부대원들이 낙하산을 집어넣고 작전 집결지를 찾아갈 수 있도록 도와주었다.

각 부대의 집결지에는 민간인 차량이 일렬로 대기하고 있었다. 1차 세계대전 때 프랑스 군대가 파리의 시내버스를 타고 마른 전투를 하러 갔던 것처럼, 82 공수사단의 제3전투여단은 픽업트럭과 SUV, 그리고 지역 여행사에서 쓰던 미니버스 몇 대에 나눠 타고 카메하메하 고속도로 전투에 합류하게 될 것이다.

뒤이어 화물 수송기들이 줄을 지어 낮게, 거의 해수면에 가까울 정도로 낮게 하강했다. 각 수송기가 뒷문을 연 채로 활주로에 내려앉는 순간, 감속용 낙하산이 펼쳐지며 부풀어 오르더니 커다란 화물 운반대 하나가 튀어나왔다. 수송기의 바퀴는 땅에 닿지도 않았고, 시속 160킬로미터 속도를 유지했는데 그 상태에서 나온 화물 운반대가 활주로 위로 떨어지면서 생긴 마찰로 수송기가 서서히 멈췄다. 낙하산 부대원의 지휘를 받는 민간인 팀들이 화물 운반대로 몰려가서 두꺼운 벨트를 풀고 항공 연료 주머니부터 전투차량까지 모든 물건을 끌어내렸다. 민간인들까지 총동원한 덕분에, 짐을 내리는 일은 예상보다 적어도 두 배는 더 빨리 진행되었고, 더 많은 병력이 전선으로 향할 수 있었다.

애덤스는 제이컵슨이 M1128 스트라이커 이동식 포를 우선 처리하라고 고함을 지르는 소리를 들었다. 정말이지 훌륭한 군인이었다. 8륜 장갑차들은 각각 105밀리미터 전차포를 탑재하고 있었다. 애덤스가 곧 제대로 되갚아줄 수 있다는 의미였다.

화물 운반대에 실린 물품 중 가장 치명적인 것은 평범한 연료탱크 트럭 두 대였다. 사실 그 탱크는 연료로 채워진 게 아니라 합성수지 바인더로 채워져 있었다. 낡은 활주로 바닥에 이 물질을 살포하고 문질러주면 폴리우레탄 폴리머 콘크리트가 된다. 30분만 말려주면 이 섬에서 유일한 비행장을 갖게 되는 것이다.

애덤스는 빙그레 웃었다. 몇 달 만에 처음 웃는 것이었다. 하지만 여전히 마비된 장군의 입가에서 흘러내리는 침을 닦으려 제이컵슨이 손수건을 갖다 대는 순간 웃음은 사라졌다.

#태평양,
본야드 편대

로스코는 적군의 비행기를 보기 전에 한 쌍의 AIM-120E 공대공미사일을 발사했다. 3.5미터 길이의 미사일은 비행기 동체를 매끈하게 빠져나가 저 멀리 파란 하늘로 사라졌다. 레이더와 통신 간섭이 너무 심해서 거의 승산이 없었다. 두 발을 쐈으니 적어도 하나는 맞았으면 좋겠고, 그의 제트기들 뒤에서 대열을 이루며 쫓아오는 적들을 막아주면 더할 나위 없이 좋을 것 같았다.

F-15C의 속도가 2마하를 넘어서면서 사출 좌석에서 희미한 진동이 느껴지자 후부 연소기를 작동했다. 스텔스 기능이 전혀 없는 오래된 비행기들은 당장은 불리해 보일지라도, 전면전이 벌어지면 상황은 달라질 것이다. 게다가 F-15C는 속도가 빨라서 슈라이크 드론들이 도착하기 전에 공격을 시작할 수 있다.

모든 일은 순식간에 벌어졌다. 멀리와 가까이에서 서너 번의 폭발이 일어나는 동시에 이글 편대의 전투기 몇 대가 적군의 포탄에 맞았고, 세 국적의 전투기들이 뒤섞이면서 연기와 비행운이 소용돌이쳤다.

로스코는 자신이 맡은 전투에만 집중하며, 1.5킬로미터가 채 안 되는 거리에 있는 러시아의 미그-35K 두 대를 향해 한 쌍의 AIM-9X 사이드와인더 미사일을 발사했다. 미그기 두 대는 또 다른 F-15기가 선회하는 데 끼어들려고 동체를 기울이고 있었다. 미사일 하나는 빗나갔으나 두 번째 미사일은 미그기 꼬리에 부딪치며 폭발했다. 미그기의 선수가 하늘로 들리더니 허공에 연기를 남겼다. 나머지 미그기들이 도망치려고 방향을 돌리자 로스코가 그 뒤를 쫓았다. 로스코가 방향을 돌리는 순간, 그의 앞으로 희미한 예광탄 연기가 스쳐 지나갔다. 중국 J-31 전투기가 혼돈의 한복판을 뚫고 로스코의 F-15를 향해 날아오고 있었다. 로스코가 피하기도 전에 날아온 탄환들이 F-15의 좌측 수직 꼬리 날개의 윗부분을 날려버렸다.

J-31이 로스코를 끈질기게 뒤따라오는 동안 F-15는 마구 뒤흔들렸다. 이 노련한 조종사는 본능적으로 제트기의 연료를 버렸다. 속도를 높이면서 엔진출력을 최대화하기 위해서 가장 효과적인 방법이었다. 로스코는 조종간을 앞으로 밀어 제트기를 10도 정도 하강했다. 제트기가 살짝 아래쪽을 향하며 무중력 상태가 되면서 비행기의 무게가 사라졌다. 자전거를 타고 작은 언덕을 넘으면서 좌석에서 일어날 때와 비슷하다. 가속은 추진력과 무게에 달려 있으니 그 무중력 순간에 로스코의 F-15는 순식간에 앞으로 나아가며 적기를 멀찍이 따돌렸다.

로스코가 항공 속도계를 보고 전투기의 구조상 한계에 다다르는 것을 확인한 순간, 전투기가 날카롭게 흔들렸다. 손상을 입은 꼬리 날개에 균열이 생기기 시작한 것이다. 이 제트기의 설계자들은 30밀리미터 포에 맞았을 경우를 계산하지 않았다. 로스코가 속력을 줄이려 조종간을 잡아당기자, 레이

더 경보 수신기가 울렸다. J-31이 그를 끝장내려 쫓아오고 있었다.

로스코는 최대 속력으로 앞으로 밀고 나가다 거꾸로 뒤집고, 조종간을 잡아당겼다. 위원회 조종사가 욕심을 내서 로스코 앞으로 끼어들어 역전할 기회를 주길 바랐다. 하지만 그건 전형적인 수였고, J-31 조종사도 그에 반격하는 훈련을 받았을 게 분명했다. 로스코는 어깨 너머를 흘끗 쳐다보았다. 위원회 비행기가 그의 꼬리 날개 사이로부터 6시 방향에서 기다리고 있었다.

로스코는 제트기를 급선회하며 J-31의 사격 통제 장치를 무력화하려 애썼으나 더 이상 방법이 없었다. 방향을 바꿀 때마다 제트기가 신음했다. 요행으로 중국제 미사일을 피한다 해도 제트기가 버텨내지 못할 것이다.

다시 한 번 급선회를 하며 관성력과 싸웠다. 몸에 가해지는 거대한 압력 때문에 시야가 좁아지면서 시계의 가장자리가 점점 어두워지기 시작했다. 로스코의 오른쪽 덮개 위쪽으로 회색 형체 하나가 보였지만, 시야가 점점 좁아지면서 사라졌다. 의식도 점점 희미해졌다.

간신히 선회에서 빠져나오자 시야가 넓어지며 몸을 짓누르던 무게가 사라졌다. 비행기의 레이더 경보 수신기가 갑자기 조용해졌다. 목을 길게 빼고 J-31이 어디 있나 둘러보았다. 처음에는 찾지 못했지만 이내 무광 회색과 파란색이 섞인 중국제 전투기가 바다로 추락하며 두꺼운 연기와 화염을 내뿜는 게 보였다. 슈라이크가 날아가고 있었다. 쐐기 모양 드론이 인간 조종사라면 기절을 했을 법한 급선회를 하면서 그 와중에 미그-35K를 향해 미사일 한 대를 발사했다. 미그기가 폭발하기도 전에 슈라이크는 이미 다음 타깃을 뒤쫓았다. 슈라이크는 지극히 효율적으로 움직이도록 자동 프로그래밍되어 있었다.

"저 망할 놈은 내가 괜찮나 확인도 안 하는군."

로스코는 이렇게 말하면서 속으로는 드론의 설계자들에게 감사 인사를 건넸다.

그는 다시 레이더 화면을 확인했다. 일시적으로 전파 교란에서 벗어난 상태였다. 비행기 한 대도 없이 텅 빈 하늘을 보자 속이 메스꺼웠다. 1분도 채 되지 않아 적어도 백여 명이 목숨을 잃은 것이다.

"롱보드, 롱보드. 여기는 본야드 리더다. 그쪽 손님들을 거의 다 처리했지만 여덟 대가 우리 수비를 빠져나갔다. 미그-35K다."

비행기가 걷잡을 수 없이 흔들리는데도 차분한 목소리를

내려고 애썼다.

"우리가 쫓아가겠지만 적기가 먼저 도착할 것 같다, 오버."

이글 편대에 남아 있던 F-15기 네 대가 거의 시속 1,450킬로미터의 속도로 뒤를 쫓았는데, 저고도에서 낼 수 있는 최대한의 속도였다. 로스코의 조종실에서 연료 부족 경고등이 깜빡거렸다. 후부 연소기를 켠다면 집에 돌아갈 가능성이 희박해지겠지만, 이 시점에서 그건 중요하지 않았다.

로스코는 미그기의 뚜렷한 미사일 발사 흔적으로 그들의 위치를 파악했다. 이글 편대의 나머지 전투기들이 뒤늦게 도착했다.

"아이쿠, 저거 크게 다치겠는데."

로스코가 다른 세 명의 조종사에게 말했다.

"적어도 미사일이 스물네 발은 되겠어."

"적어도 서른 발입니다."

로스코의 오른쪽에서 F-15C를 모는 조종사 스퀴글이 대답했다.

"남은 탄환 전부 발사해. 지금 쓰지 않으면 못 쓸 테니까!"

로스코가 지시하며 남은 AIM-9X를 발사했다. 그것이 미그기를 향해 날아가는 모습을 지켜보았다. 미그기가 대함 미사일을 발사한 후 고도를 높이며 상공으로 올라가는 순간, 사이드와인더 미사일이 꼬리 날개에 부딪치며 폭발했다.

로스코는 수평 나선형 하강을 하며 아래의 바닷속으로 떨어지는 미그기 곁을 지났고, 가속을 내기 시작한 순항 미사일을 격추시키려고 전속력으로 날았다. 위쪽으로는 러시아와 미국의 제트기들이 마지막으로 격렬한 접전을 벌이고 있었고, 6개의 러시아 미사일과 미그기 두 대가 추가로 하늘에서 사라졌으나 미국의 F-15기 네 대 중 세 대 역시 격추되었다.

로스코는 운 좋게 미사일 하나를 잡길 바랐지만 그의 운 역시 끝이었다. F-15기의 고장 난 수직 꼬리 날개가 허리케인을 만난 판자 지붕처럼 날아가버렸다.

"이젠 내 차례군."

로스코는 중얼거리며 흔들리는 비행기의 조종대를 잡고 고군분투했다.

그는 아래의 바다를 바라보며 그나마 물이 가장 얕은 곳을 찾아보았다. 왼쪽 엔진이 털털거리기 시작했다. 이제 그의 전쟁이 끝날 것이다. 로스코는 왼손을 조종간에서 떼고, 정비사가 장난으로 '만지지 마시오'라고 적어놓은 노란 금속 막대기를 무릎으로 더듬어 찾았다. 비행기가 워낙 격렬하게 흔들려 사출 핸들을 잡는 것이 예상보다 훨씬 더 어려웠다.

#줌월트호,
지휘 센터

“미사일 26개가 다가오고 있습니다, 함장님.”

릭터는 극도의 두려움을 느낄 때 종종 그렇듯 무심한 어투로 말했다.

“아테나에 따르면 포트 로열이 응사하고 있습니다.”

디자인이 똑같진 않지만 포트 로열은 줌월트의 자매함 같은 존재다. 타이콘데로가급 순양함 중에서 가장 최근에 건조한 배고, 해군의 라인배커 프로그램의 일환으로 탄도 미사일을 격추할 수 있는 능력을 갖춘 최초의 배이기도 했다. 하지만 2009년도에 호놀룰루 공항에서 800미터 떨어진 지점에서 산호초에 부딪치면서, 이 배는 새롭고 잔인한 별명을 얻게 되었다. 바로 포트 코럴이다. 침몰하지는 않았지만 선체와 프로펠러, 그리고 소나 돔에 심각한 손상을 입자 미 해군은 이 순양함을 유령함대로 조기 퇴역시킬 전함 목록에 올렸다.

포트 로열이 발사한 SM-6 방공 미사일이 갑판에 내장된 수직 발사대에서 상공으로 솟아올랐다. 미사일들은 포물선을 그리며 위로 올라가다가 거꾸로 떨어지며 저공비행하는 순항 미사일 쪽으로 다가갔다. RIM-162 이볼브드 시스패로 미사일들이 뒤따랐다.

곧장 충돌이 일어나며 해수면 위로 화염과 연료, 금속 파편들이 쏟아졌다.

"함장님, 14개를 격추했지만, 아직 12개가 다가오고 있습니다."

"전면적인 대항조치를 하고 유타를 발사해."

선원의 말에 시먼스가 바로 지시했다.

줌월트의 선미에 고정되어 있던 커다란 금속 통이 요란한 소리를 내며 배에서 분리되었다. 그 금속 통은 공중으로 10미터를 날아오르더니 요란하게 물방울을 튀기며 바닷속으로 떨어졌다가 수면 위로 둥둥 떠올랐다.

레일건의 사격이 중단된 동안 전력 케이블 연결 상태를 점검하러 갑판 위에 나와 있던 버넬리스는 줌월트에서 떨어진 거대한 회색 형체가 부풀어 오르는 것을 보았다.

마이크가 뛰어오며 고함을 질렀다.

"안으로 들어갑시다!"

버넬리스는 무슨 소리냐는 표정으로 마이크를 바라보다가, 다시 부풀어 오르는 형체를 돌아보았다. 그 형체의 옆구리에는 흰색 페인트로 유타호라고 적혀 있었다.

"저게 뭐예요?"

"버넬리스, 피해요, 당장!"

마이크는 강제로 버넬리스를 끌고가 갑판 아래로 데리고 내려가며 상황을 설명했다. 숨을 고르느라 이따금씩 말을 멈췄다.

"유타호는 옛날 1차 세계대전 때 전함입니다. 최초의 진주만 공습이 일어났을 때쯤에는 포수들의 사격 연습용 표적함이 되었죠. 하지만 1941년도에 진주만을 공격할 당시 일본군 조종사들은 그게 진짜 전함인줄 알았답니다. 유타호는 결국 침몰했지만 덕분에 일본군이 다른 타깃을 공격하는 데 쓸 수 있었던 어마어마한 폭탄을 대신 맞았어요. 우리의 유타도 같은 역할을 담당할 겁니다."

둘이 더 깊숙이 내려가는 사이에, 줌월트 뒤편에 남은 회색 자루는 계속 부풀어서 작은 전함 모양을 갖추었다. 그 자루에는 레이더 반사 면적을 늘리려고 붙인 금속 반사판이 여러 개 부착되어 있었다. 홱 당기는 소리와 함께 견인 밧줄이 마침내 배 뒤쪽으로 400미터 떨어진 곳에 자리를 잡았고, 유타는 줌월트의 뒤를 따라왔다.

"함장님, 아테나에 따르면 다가오는 미사일들이 타깃을 선택하고 있답니다. 20초 남았습니다."

지휘 센터의 선원이 말했다.

"아테나, 완전 자동 모드! 포, 세븐, 로미오, 탱고, 델타."

시먼스가 재빨리 말했다.

레이저 방어체계가 먼저 가동되었다. 고체의 고에너지 레이저가 발사되는 순간에는 소음이나 눈에 띄는 빛은 전혀 없었고, 그저 느껴지지 않을 정도로 미약한 진동이 전부였다. 승무원들은 가슴을 졸였다. 이 무기는 화약처럼 확실하지가 않기 때문이다. 줌월트의 레이저건 카메라 화면에 100킬로와트의 빔이 타깃과 충돌하는 순간, 작은 화염 불꽃이 이는 게 포착되었다. 미사일이 불에 타며 바다로 가라앉았다. 그런 다음 아테나는 자동으로 두 번째 미사일을 추적해서 발사했다.

동시에 줌월트 좌현과 우현에 탑재된 메탈스톰 기관총 포탑 두 기가 절전 모드에서 깨어났다. 포대가 앞뒤로 움직이며 포식자처럼 인내심 있게 다가오는 순항 미사일들을 추적하더니, 이윽고 타깃을 포착하고 발사했다. 포대가 발사를 하는 순간에 전자음이 핑 하고 울리면서 수천 발의 포탄이 순식간에 날아갔다.

러시아의 즈베즈다 KH-31 미사일은 상대방의 방어 시스템의 사격 통제 장치를 교란시키려고 해수면 바로 위를 날며 페인트 모션을 취하도록 프로그램되어 있다. 하지만 이런 전략도 메탈스톰에게는 아무런 소용이 없다.

“미사일 7개가 남았습니다.”

전술 장교가 보고했다.

"유타호의 레이더 비컨을 활성화해."

시먼스가 지시했다.

남은 7개 미사일의 램제트 엔진이 활성화하더니, 음속보다 거의 세 배 가깝게 가속하며 기동부대를 향해 날아왔다. 일렁이는 해수면 위에서 고작 15미터 높이로 말이다.

또 다른 미사일이 레이저에 맞아 격추되자, 미사일들은 놀란 새 떼처럼 뿔뿔이 흩어졌다. 미사일의 표적 프로그램이 기동부대 중 큰 배들을 잡아냈다. 미사일 2개는 줌월트를 향해 날아왔고, 2개는 2만 5,000톤 상륙 선거함인 뉴욕호를 향해 날아갔으며, 2개는 아메리카호를 향해 곧장 날아갔다. 줌월트의 메탈 스톰 포탑이 다시 한 번 발사하자, 아메리카호 쪽으로 향하던 미사일 하나가 파편을 날리며 사라졌다.

시먼스는 헤드셋 마이크를 입 가까이에 대고 지휘 센터 2층 난간에 몸을 기댄 채 아래에 있는 선원들을 바라보았다.

"전원 들으라, 전원 들으라. 미사일이 다가온다. 충돌에 대비하라."

미사일 2개가 줌월트를 향해 속도를 높이다가 그중 하나가 유타호에 부딪쳤다. 인간의 두뇌와 비슷한 미사일의 전자두뇌는 타깃을 발견한 만족감을 느꼈을 것이다. 유인용 배 유타호는 공기가 터지는 어마어마하게 큰 소리와 함께 폭발했다.

두 번째 순항 미사일은 표적 프로그램 설계자의 의도에 따라 진로를 바꾸지 않았다. 미사일은 마지막 진로 수정을 한 다음 줌월트를 주황색 화염으로 뒤덮었다. 폭발로 인해 줌월트가 흔들렸고, 지휘 센터에도 충격파가 전해지면서 함장은 발코니 난간 너머로 떨어졌다.

정신을 차려보니 시먼스는 지휘 센터의 아래층에 있었다. 그는 레이더 요원의 의자 팔걸이를 잡고 몸을 일으켰다. 릭터가 손을 내밀어 도와준 다음 다시 스크린을 바라보았다. 시먼스는 등이 아픈 것 외에는 멀쩡한 것 같았다. 하지만 방 안의 모습은 그렇지 못했다. 벽의 스크린 2개가 떨어졌는데 그중 하나가 전술 장교를 덮쳐서 쇄골이 부러진 것 같았다. 매캐한 연기에 눈물이 났다.

"누가 공기 정화기 좀 켜!"

시먼스는 곧바로 코르테즈를 찾았다. 1초 전만 해도 옆에 있었는데 어디 갔는지 보이지 않았다.

"부함장! 피해 상황 보고해!"

팬이 켜지고 방 안의 공기가 정화되기 시작했지만, 플라스틱 탄내는 여전했다. 아마도 이 냄새는 몇 주도 갈 수 있겠다고 생각했다.

"EV 시스템이 다시 연결됐습니다, 함장님."

코르테즈가 말했다. 그는 안경으로 줌월트의 자가진단 상황을 살펴보았다.

"피해 상황 보고 준비 중입니다."

위층에서 목소리가 들렸다. 시먼스가 계단을 뛰어올라가 보니, 코르테즈가 무릎을 꿇고 승무원 한 명을 자신의 의자에 앉히고 있었다.

코르테즈가 일어나 안경을 고쳐 쓰고, 시먼스에게 전투 피해 상황을 아는 대로 보고했다. 미사일 탄두가 선루 바로 앞에서 폭발했다. 다행히 화재는 충돌 지점에서만 발생했고, 아테나와 추진력, 레이더는 전부 무사했다.

그러나 그 외의 상황은 나빴다. 유일하게 작동하는 외부 카메라가 찍은 영상에 따르면 줌월트의 연기와 불길이 선루 앞쪽을 뒤덮었고 선체 표면 전체가 검게 그을리고 있었다. 그쪽에 탑재되어 있던 레이저 포탑이 갑자기 튀어나왔다가 제자리로 돌아갔다. 폭발의 충격으로 줌월트 곳곳에 연결된 전력 케이블이 끊어진 것이다.

"피해 통제팀이 오는 중입니다."

코르테즈가 말했다.

"소방 로봇이 바로 출동했고 화재 진압 시스템이 작동 중입니다."

외부 카메라들이 재부팅되면서 모니터 2개가 더 깜빡거리다 켜졌다. 두 장교의 얼굴이 그 영상 위에 겹쳐졌다.

뉴욕호는 좌현으로 거의 45도 정도 기울어 있었다. 영상을 확대해보자 선체 측면의 연기가 나는 구멍 2개로 바닷물이 계속 들어가 점점 가라앉고 있었다. 선루에 있던 승무원들이 불타는 바닷물로 뛰어들었지만, 배는 그 위로 점점 기울었다.

아메리카호의 상황은 뉴욕호보다는 나았으나 피차일반이었다. 미사일이 승강기 입구를 관통한 모양이었다. 섬세한 버섯 모양 구름이 갑판에 난 구멍 위에 걸려 있었다. 아래에 보관되어 있던 항공 연료에서 2차 폭발이 일어나 공중으로 화염이 치솟았다. 하지만 그 모든 연기와 불길에도 불구하고, 아메리카호는 안정적으로 떠 있었다.

"사상자가 몇이지?"

"뉴욕호는 이미 대부분이 내린 상태라, 아테나에 따르면 전사자나 실종자가 500명 이상입니다. 아메리카호는 825명입니다. 데이터가 업데이트되면 그 숫자는 바뀔 겁니다."

코르테즈가 조용히 대답했다.

"우리 배 말이야."

"사망자는 일곱 명이고 부상자는 스물 둘입니다. 실종자는 넷이고요."

"우리 아버지는?"

시먼스는 목소리를 낮춰 물었다. 지금, 아니 앞으로도 영원히 느끼고 싶지 않은 감정을 억누르느라 눈을 찌푸렸다.

"무사합니다, 함장님. 지금 갑판 아래서 피해 통제팀으로 활약하고 계십니다."

코르테즈는 대답하며 안경을 머리 위로 올리고, 뒤집힌 뉴욕호의 선체가 파도 아래로 미끄러지는 광경을 바라보았다.

시먼스는 그 소식에 안도감을 느끼고 싶지 않았다. 손의 힘줄이 아프도록 난간을 꽉 잡았다. 그 고통에 머릿속이 맑아지고 집중력이 돌아왔다.

"조타수, 우리 배를 아메리카호 옆으로 대."

다시 함장으로 돌아온 시먼스가 말했다.

"저 불길들을 진압하려면 우리 도움이 필요할 거야."

#줌월트호,
선내

마이크는 애벌레처럼 생긴 수방 로봇을 앞세워 연기가 산 복도를 따라 내려갔다. 그래야 그를 가장 필요로 하는 곳에

갈 수 있다.

"저쪽에 맞았어."

데이비드슨의 목소리가 들렸다. 방독면을 쓰고 있어 웅얼거렸다. 이미 불은 거의 다 잡힌 상태였다. 브룩스가 소화기를 휘두르며 그을리고 녹아내린 선체에 소방 약제와 냉각수를 뿌렸다. 데이비드슨은 모호크 머리를 한 어린 친구에게 엄지손가락을 들어올렸다. 젊은 친구들에게는 거의 다 통하는 칭찬법이었다. 소방 로봇이 서둘러 앞으로 나아가 러시아 미사일이 떨어진 지점 근처에 화학 약품을 터트렸다.

연기가 가시자 위쪽 갑판에 난 불규칙한 타원형 구멍으로 대낮의 햇살이 쏟아졌다. 마치 스포트라이트처럼 강렬했다. 마이크는 브룩스에게 벽에 다시 소화기를 뿌리라고 지시한 뒤, 갑판 쪽의 피해 상황을 확인하려고 조심스레 위로 올라가 머리를 내밀었다. 미사일은 배가 한쪽으로 기울 때 부딪쳐서 선체 안이 아닌 상공으로 폭발한 것 같았다. 물론 그 열기에 선루 전체가 그을렸고, 녹아내린 복합 재료는 용암 같았다. 마이크는 그 너머를 바라보았다. 줌월트가 불타는 아메리카호로 다가가며 소방 호스 하나로 물을 뿌리고 있었다. 그러다 눈길을 내리니, 쓰레기 더미 위에 뻗어 있던 한 명이 다른 선원과 위생병에게 부축을 받아 끌려가는 게 보였다. 바로 파커였다. 덩치 큰 선원은 까맣게 그을린 팔을 붙잡고 울고 있었다. 마이크는 갑자기 밀려오는 피로감에 팔에 잠시 머리를 기댔다가 아래로 내려가기 시작했다.

"선루는 전부 녹아서 엉망진창이야."

마이크는 방독면을 벗으며 말했다. 데이비드슨 역시 방독면을 벗으며 잔기침을 했다. 브룩스는 방독면을 벗지 않았다.

"방독면 벗어, 브룩스. 주치의의 명령이야. 연기 좀 맡는다고 당장 죽지 않아."

마이크는 숨을 깊이 들이마시며 말했고, 브룩스는 마지못해 방독면을 벗으며 충혈된 눈을 깜빡거렸다.

마이크는 데이비드슨을 바라보았다.

"저 위의 선루를 정리하고 보강 작업을 해야 해. 이 상태로 두면 이 아래쪽까지 바닷물에 젖을 거야"

"지금 그게 중요해?"

데이비드슨이 되물었다.

"언제 중국 미사일이 날아올지 모르는 상황이잖아."

"그렇지. 하지만 난 신경 써. 우리가 배를 보살피면, 배는 우리를 보살펴줘. 지금쯤이면 알 때도 됐잖아."

"에폭시와 케블러를 바르면 버틸 수 있을 거야. 그거면 되겠어?"

데이비드슨이 물으며, 오른쪽 귀를 후볐다.

"그거면 돼. 귀 괜찮아?"

데이비드슨이 고개를 끄덕였다.

"귀가 아직도 먹먹해. 뭐, 걱정 마. 자네 잔소리는 아직 잘 들리니까."

마이크의 오른쪽 어깨에 걸려 있던 무전기가 치직거리기 시작했다.

"아버지? 함장입니다."

아들은 아버지에게도 신분을 밝혀야 하는 듯이 말했다.

"상태는 어떻습니까? 오버."

"난 괜찮지만 부상자가 많아. 주로 화상 환자, 골절 환자, 고막 파열 환자지. 3.5미터 정도 너비의 구멍이 하나 났고 화재와 열기로 인한 피해도 있어. 그동안의 스텔스 기능과는 작별이야. 그래도 다행히 미사일이 깊이 파고들진 않았어. 내가 확인했을 때 구조적인 손상은 전혀 없어. 레이저 포탑은 다시 가동하려면 몇 시간 동안 대대적으로 수리해야겠지만, 레일건은 아직 괜찮은 것 같다. 피해 통제팀이 구멍 수리 작업을 하고 있어. 해수면 위지만 그래도 메우는 게 좋을 것 같아."

"고맙습니다. 건재하신 줄 알았어요."

마이크는 아들의 목소리에서 안도감을 느꼈다. 그게 자신

때문인지 자신이 메우고 있는 구멍 때문인지는 확실치 않았다. 하지만 어느 쪽이라도 좋았다.

#줌월트호,
지휘 센터

누군가 시먼스 함장의 어깨를 두드렸다. 코르테즈였다. 마침내 기동부대 지휘망에 다시 연결이 되었다는 소식을 알리러 온 것이다.

스크린에 영상이 뜨자 시먼스는 어두운 표정의 알렉산더 앤더슨 중령을 바라보았다. 오래전 그와 제이미가 막 ROTC에서 제대했을 때 함께 채피호에서 복무했다. 앤더슨은 이제 포트 로열의 함장이 되어 아메리카호의 반대편에서 소방 호스로 물을 뿌리며 불길을 잡는 걸 돕고 있었다.

"제이미, 사지 멀쩡하게 다시 만나니 반가워."

앤더슨이 말했다. 앤더슨은 얼굴이 갸름하고 어깨가 좁아 제복을 입으면 항상 남의 옷을 얻어 입은 것 같았다. 몸에 있는 여분의 칼로리는 모조리 전설적인 두뇌로만 가는 모양이었다.

"나도 마찬가지야."

시먼스가 대답했다.

"배도 잘 버티고 있고, 승무원들도 그래. 우린 아직 전투 중이야. 머리 중장한테서 소식 없어?"

"머리 중장은 전사했습니다, 함장님."

앤더슨은 오랜 친구의 안위를 확인한 이후 다시 격식을 차려 말했다.

"아메리카호 갑판수에게 확인했는데, 그곳에 남은 지휘관은 하사관 하나가 전부인 것 같습니다. 보고에 따르면 전원이 아예 나가서 휴대용 확성기에 대고 소리를 질러야 했답니다."

그리고 잠시 말을 멈추었다.

"시먼스 함장님, 이게 무슨 뜻인지 알 겁니다. 그 하사관의 말이 맞다면, 지금 시점에서 중장님은, 머리 중장님께서는 사망한 것으로 추정해야 합니다. 그리고 아메리카호의 브루킹스 함장도……"

"내가 기동부대 사령관이로군……."

시먼스는 앤더슨이 하려는 말을 알아챘다.

"네, 롱보드는 함장님 겁니다. 함장님이 잘해내실 거라 믿습니다."

둘은 몇 초 동안 침묵하다가 일 이야기로 넘어갔다.

"허락하신다면 아메리카호의 승무원들을 대피시키고 싶습

니다."

시먼스는 아직 마음을 정하지 못한 상태에서 고개를 끄덕였다.

"아직 떠 있는 배를 고의로 침몰시키는 건 마음에 들지 않지만."

앤더슨이 말을 이었다.

"적군의 함대가 뒤를 쫓아오는 상황에서 4,000톤의 배를 끌고 가는 아이디어는 마음에 듭니다."

시먼스는 앤더슨이 다음 방책까지 이미 구상 중이라는 사실을 깨달았다.

"우린 아메리카호도, 육지의 해군들도 버리지 않는다."

시먼스가 말했다.

"부상자들을 배에서 대피시키되, 우리의 주 함대나 적군의 함대가 도착할 때까지 이 대열을 유지한다."

앤더슨은 자신이 보고 들은 것을 완전히 믿을 수 없다는 듯, 몸을 좌우로 살짝 움직였다. 눈살을 잔뜩 찌푸리고 있는 폼이 유창한 반대 의견을 생각해내고 있는 모양이었다. 젊은 장교 시절 채피호의 사관실에서 말다툼을 할 때 자주 보던 표정이었다. 그러다 그 표정이 사라지고 과장되게 고개를 끄덕이며 말했다.

"예, 사령관님."

"적군의 위치를 찾아야 해."

시먼스가 말했다.

"아주 간단하지. 오젤에게 전방 순찰 임무를 맡기고 파이어 스카우트 무인헬기를 최대 범위로 배치한다. 그리고 나머지는 하늘에 맡기는 거야."

#태평양,
아메리카호 인근

위대한 전쟁 영웅이 될 수 있었다고, 데니소프는 생각했다. 그런 그가 지금은 이곳에서 부력을 높이려 부츠를 벗어야 할지 말아야 할지 고민 중이었다. 데니소프는 천천히 다리를 찼다. 해안에서 너무 멀리 떨어져 있어 바다를 표류하다가 상어에게 잡아먹히거나, 아니면 근처에 있던 미국 전함 중 하나에게 발견되어 잡힐 게 뻔했다.

그는 부푼 구명조끼의 깃에 기대어 상공 높이에서 맴도는 매끈한 쐐기 모양의 미국 드론들을 바라보았다. 이 드론들은 오지 않을 공습에 대비해서 전투 항공 통제를 하는 중이었다.

"바로 나다, 이 멍청한 기계 덩어리야. 내가 마지막이었어!"

데니소프는 고함을 질렀다. 이성이라곤 없는 기계 덩어리지만 치명적이다. 그 점만은 인정해야 했다.

목덜미가 간지러운 느낌에 그는 뒤를 홱 돌아보았다. 몇 천 피트 공중에서 본 태평양은 매혹적이었지만, 그 위에 떠 있으니 최악의 악몽처럼 검고 불길하게 느껴졌다. 무언가가 근처에 있는 것 같았다.

거대한 검은 형체 하나가 그의 뒤쪽 30미터 정도 거리에서 천천히 움직였다. 그 형체는 60에서 90미터 거리에서 수면 위로 올라오며 공기를 뿜더니 다시 아래로 내려갔다. 상어라면 그렇게 클 리가 없다. 데니소프는 안도의 한숨을 쉬었다. 러시아 조종사가 아닌 크릴새우나 먹는 혹등고래인 것 같았다.

데니소프는 혼자였다. 아직도 연기가 나는 아메리카호가 보일 정도로 가까운 거리에 있었고, 그는 자신이 발사한 미사일이 이 작은 항공모함을 맞힌 거라 확신했다. 그는 항공모함 옆으로 다가오는 끌 모양의 거대한 구축함을 바라보았다. 선원들이 두 배를 서로 연결하고 있는 것 같았다. 데니소프는 그 구축함이 줌월트급 전함이라는 걸 알아보고, 미사일로 저걸 공격해야 했다고 후회했다. 마지막 남은 미사일로 더 이국적인 생명체를 맞혔어야 했다.

데니소프는 소금기와 햇살에 따가운 눈으로 부상자들이

두 배 사이에 걸린 집라인을 통해 불타는 아메리카호에서 줌월트로 이동하는 모습을 지켜보았다. 죽어가는 배에서 미래가 불확실한 배로 이동하는 선원들은 미라처럼 몸을 동여매고 있었다.

이상하게 생긴 배의 선미에서 작은 형체 3개가 떠올랐다. 이들이 공중에서 대열을 이루자, 데니소프는 그것들이 MQ-8 파이어 스카우트 드론임을 알아보았다. 파이어 스카우트 드론은 장난감처럼 작고 코가 뾰족한 소형 헬리콥터다. 아메리카호의 반대편에 연결된 배에서 드론 두 대가 더 떴다. 그 배는 순양함이나 구축함 같은데, 확실하진 않았다.

드론 헬리콥터들이 대열을 형성하느라 멈췄다가 각자 다른 방향으로 날아갔다. 먹이를 찾아 떠나는 강철 말벌 같았다. 이들은 파도에 닿을 정도로 낮게 날았다. 파이어 스카우트 한 대가 바로 데니소프의 머리 위를 날아갔다. 회전 날개의 힘에 데니소프가 파도에 떠밀려 내려가는데도 그냥 지나쳐 갔다. 그 순간 데니소프는 깨달았다. 미국인들이 자신을 잡으러 오지 않을 것이란 사실을.

#줌월트호,
지휘 센터

전술 홀로그램이 아직 돌아오지 않아서 벽에 설치된 전체 모니터 위로 뜬 흐릿한 영상이 전부였다. 전투를 치를 때마다 홀로그램 프로젝터의 연결이 끊기는데 왜 굳이 까다로운 최첨단 기기를 쓰느라 고생인지 시먼스는 이해할 수가 없었다. 이들이 보는 선명하지 못한 영상은 옛날 유투브에 뜨던 저화질 영상 같았다.

"함장님, 적의 기동부대에는 중국과 러시아 배가 섞여 있습니다."

줌월트의 정보 장교가 말했다.

"그리고 아테나 역시 파이어 스카우트가 수집한 전자 신호에 기초해서 같은 결론을 내리고 있습니다."

라이브 영상은 누군가 드론을 때리고 있는 것처럼 계속 흔들렸지만, 그 흔들림은 드론의 자동 비행 소프트웨어가 가능한 파도에 가깝게 낮은 고도를 유지하려다보니 발생하는 현상이었다.

"잠깐 멈춰봐."

시먼스가 말했다. 스크린의 영상이 멈추었고, 정보 장교가 장거리 카메라가 파도 너머에서 발견해낸 커다란 배의 선루를 확대했다.

"괴물 같군. 저건 정허가 분명해."

"네, 함장님. 그런 것 같습니다."

정보 장교가 대답했다. 그는 거대한 중국 주력함의 이미지를 다른 스크린으로 옮긴 다음, 라이브 카메라 영상을 다시 틀었다. 비디오 영상이 흔들리며 치직거리기 시작했다. 바람이 방향을 바꾸며 파도의 높이가 점점 잠잠해지자 파이어 스카우트가 숨는 걸 포기하고 속도를 낸 것이다. 로봇의 알고리즘에서 탐지를 피하는 옵션이 떨어진 듯이 어쩔 줄 모르는 움직임이었다.

그러다 흔들리던 영상에 기동부대에서 솟아오른 연기들이 카메라 쪽으로 날아오는 게 보였다.

"아, 이런."

정보 장교의 탄식을 끝으로 영상은 꺼졌다. 코르테즈가 나서서 안경에 뜬 내용을 읽었고, 시먼스는 파이어 스카우트의 마지막 몸부림을 재생해보았다.

"아테나는 수집한 영상 정보와 신호 정보를 기반으로 수상함이 일곱 척이라고 파악하고 있습니다. 소브르메니급 구축함이 세 척이고, 타입 54 프리깃함이 두 척, 유도탄 장착 구축함인 루양급이 한 척, 그리고 순양전함 한 척은 정허호일 가능성이 아주 높습니다. 이들은 지금 25노트로 항해 중입니다. 공습을 받아 전열이 흐트러진 우리 함대를 향해 오는 것 같습니다."

시먼스는 보고를 들으며, 이제는 제독으로서 배뿐만 아니라 전체 롱보드 기동부대를 생각해야 한다는 사실을 다시 깨달았다.

"그런데 저들의 함공모함은 어딨지?"

시먼스는 소리 내어 물었지만 혼자 중얼거리는 것에 가까웠다.

"들어온 정보는 그게 전부입니다, 함장님."

코르테즈가 대답했다.

"아테나가 몇몇 모델을 돌려 그들의 위치를 추정할 수 있긴 하지만, 정확도는 벽에 다트를 던지는 정도밖에 되지 않을 겁니다."

"할 수 있을 때 그 기동부대를 쳐야 해. 퍼핀 발사 준비해."

시먼스가 지시하자 다시 코르테즈가 큰 소리로 명령을 내렸다. 아메리카호에 연결된 선은 두 배 사이에 어느 정도 공간이 있도록 여유를 두었다. 그런 다음 수직 발사대 셀의 갑판 해치를 동시에 활짝 열자 너비가 70센티미터쯤 되는 검은 구멍이 드러났다. 그 구멍에서 4미터 길이의 순항 미사일 도함 80기가 상자 속에 담긴 깜짝 인형처럼 불쑥 튀어나왔다.

원래 명칭은 NSM(Naval Strike Missile)인 퍼핀 대함 미사일은 과거 펭귄 대함 미사일에 스텔스 기능이 추가된 것이다. 노르웨이에서 설계한 미사일로 음속 이하로 날지만, 레이더 탐지를 피할 수 있으며 사정거리가 290킬로미터를 넘어 한꺼번에 많이 발사하면 특히 치명적이다.

고체연료 로켓 부스터가 점화되는 동안 이 미사일들은 공중에 떠 있는 것 같더니, 갑자기 포물선을 그리며 하늘로 날아갔다. 연소된 부스터가 분리되자 금속 조각들이 아래의 바다 위로 비 오듯 쏟아졌다. 미사일들은 터보제트 엔진의 동력으로 파이어 스카우트의 마지막 지점을 향해 시속 8,050킬로미터가 넘는 속도로 하늘을 날아갔다. 미사일은 자동 추적 모드로 들어가서 적외선 영상 탐색기로 지정된 타깃을 찾기 시작했다.

함대의 위치를 알려준 것은 배가 지나간 흔적이었다. 가장 끝에 있던 퍼핀 미사일 하나가 해수면에서 희미하게 V자 형태를 그리는 하얀 포말을 탐지하고 그 위를 맴돌기 시작했다. FL-3000 레드 배너 단거리 방공 미사일이 가동되었지만, 그 전에 퍼핀 미사일이 나머지 무리와 정보를 공유해서 미사일들을 끌어모았다.

하나씩 다른 미사일들이 이 지역으로 모여들었다. 방공 미사일에 퍼핀 미사일 3개가 더 희생되며 기동부대의 방어선을 구축했다. 이 미사일 무리는 사정거리 바로 바깥에서 맴돌며, 더 많은 미사일이 모일 때까지 끈기 있게 기다렸다. 하지만 미사일들이 집합하는 동안 아래쪽의 기동부대는 퍼핀 미사일의 출발 지점을 향해서 순항 미사일을 발사했다.

#정허호의 함교

왕 제독의 추측이 옳았다. 미국의 전파 교란을 뚫고 하와이에서 알아들을 수 있는 무전이 들어온 순간, 부하들은 왕을 새삼 존경하는 눈빛으로 우러러보았다. 왕 제독은 고대 전략가의 현신이나 다름없었다.

왕은 역사가 이 순간을 어떻게 기억하느냐는, 현재 우리의 전략 영역을 넘어선 힘과 도구에 달려 있다는 사실 또한 알고 있었다. 아무리 고대의 뛰어난 지도자라도 현 시대를 이해할 수는 없는 노릇이다.

"우리 순항 미사일 중 몇 개를 그쪽으로 발사할 수 있지?"

"69개입니다, 함장님."

부관이 대답하며 수평선에서 기동부대 주위를 맴도는 미

국의 미사일 무리를 초조한 표정으로 바라보았다. 그 미사일 무리는 마음을 결정하기라도 한 듯 일제히 수면을 스치듯 저공비행을 하며 가운데를 향해 날아오기 시작했다. 미사일들은 안쪽으로 방향을 바꾸었으나 각자 타깃을 조준하기 위해 약간씩 위아래로 움직였다.

“저거면 충분하지.”

왕이 차분하게 말했다.

“우리를 끝장내고도 남을 정도야.”

이제 반경 내로 들어오고 있는 퍼핀 미사일들을 향해 다시 레드 배너 미사일을 발사하고, 뒤이어 기관포를 발사했다. 정허호는 타입 1170 근접방어 무기체계 3기를 탑재하고 있는데 여기에는 각각 11총열 30밀리미터 기관포가 달려 있다. 33개의 총열에서 귀청을 찢을 것 같은 소음과 함께 발사되어 하늘로 솟아오른 포탄들은 서로 구분이 되지 않았다.

왕은 차분한 표정으로 부관의 어깨에 손을 올리고 이 장면을 바라보았다.

성난 붉은 손가락 3개가 배 바깥으로 뻗어나갔고, 그 뒤로 수십 발이 뒤따랐다. 전함 곳곳에 설치된 다른 30밀리미터 포대에서 발사된 예광탄들은 환한 대낮에도 눈에 띄었다. 예광탄의 선들이 방어 미사일들이 남긴 하얀 연기구름 사이를 누비며 움직이는 광경을 보자, 왕은 캄캄한 밤에 플래시로 장난을 치던 손주들이 떠올랐다. 굳이 스크린을 보지 않아도 냉엄한 현실을 알았다. 적군의 미사일 무리가 타깃에 달려들기 전에 전부 격추시키는 건 불가능하다는 현실 말이다.

퍼핀 미사일은 275파운드의 탄두로 타깃의 흘수선을 타격하기 위해 저공비행을 했다. 끔찍한 연쇄 폭발이 발생했다. 왕은 미사일 두 대가 시야에서 사라지더니 타입 54A 프리깃함 황스를 타격해서 선수를 산산조각 내는 광경을 지켜보았다. 커다란 구멍이 난 선수에 물이 차면서 배가 앞으로 점점 기울었다. 이대로 가면 순식간에 침몰할 게 뻔했다. 선수가 점점 바닷속으로 깊이 잠기면서 선미가 위로 들리고 회전하는 프로펠러가 햇살에 빛났다. 황스의 강철 선체가 내부 폭발로 부르르 떨렸다. 엔진룸이 폭발한 모양이었다.

"전쟁을 유발하는 악을 제대로 인지하지 못하는 자는, 그 악을 유리하게 이용하는 법도 알지 못한다."

왕은 손자의 격언을 소리 내어 읊었지만, 소음 때문에 아무도 그의 말을 듣지 못했다.

그 순간 그의 눈에 어렴풋이 무언가 스쳐 지나가더니, 정허호 전체가 마구 흔들리며 경보음이 울렸다. 피해 통제 상황을 알리는 스크린에는 선미에 타격을 입었다는 정보가 떴다. 왕은 상황을 파악하려 함교 갑판으로 나갔지만 연기 때문에 아무것도 보이지 않았다. 그러다 바람의 방향이 바뀌면서 연기를 끌어가자, 금속이 우그러져 생긴 10미터의 구멍과 갑판 아래에 난 작은 불이 드러났다. 움직이지 못할 정도는 아니었다.

왕은 몸을 돌려 함대의 다른 배들의 상황을 살펴보았다. 그의 역할은 다른 사람들이 상황에 압도되어 우왕좌왕할 때도, 평정심을 잃지 않고 상황을 객관적으로 판단하는 것이다.

왕은 쌍안경으로 주변을 둘러보았다. 러시아가 보낸 거대한 소브르메니급 구축함 우샤코프호가 물속으로 가라앉고 있었는데, 좌현의 흘수선을 따라 구멍이 4개가 나 있었다. 그 배는 살아남기 힘들었다.

하지만 그 배의 미사일 포대는 이미 텅 비었으며, 8개의 순항 미사일이 이미 미국 함대를 향해 날아가고 있었다. 왕은 상황실로 돌아갔다. 인간으로서 할 수 있는 결정은 이미 다 내렸다. 이제 그가 할 수 있는 일은 차분하게 기다리는 것뿐이었다.

#줌월트호,
지휘 센터

시먼스는 벽에 달린 모니터를 조용히 지켜보았다. 아버지가 이끄는 피해 통제팀이 선루에 밴드 비슷한 것을 서둘러 바르고, 레이저 포탑 근처의 미사일 타격 지점을 에폭시로 덮고 있었다. 무슨 생각인지 알 것 같았다. 코를 찌르는 화학 약품 냄새가 아메리카호에서 밀려오는 서글픈 냄새를 덮어주었다.

"함장님 60개 이상의 타깃이 다가오고 있습니다. 순항 미사일의 비행로입니다. 2분 내에 도착합니다."

레이더 담당 장교의 말을 들은 시먼스는 다른 모니터로 두 전함 사이를 이동하던 부상당한 선원 한 명이 고함을 지르며 두 팔을 흔드는 모습을 보았다. 집라인이 멈추더니 방향을 바꾸어 다시 아메리카호로 돌아갔다. 시먼스는 그들을 탓할 수가 없었다. 그들은 무엇이 다가오고 있는지 알았고, 마지막은 자신의 배와 함께 맞이하고 싶었을 것이다.

포트 로열은 줄을 던지고 전속력으로 아메리카호 곁에서 벗어나기 시작했다.

"아메리카호에 연결된 선을 끊을까요?"

코르테즈가 물었다.

"아니, 우린 여기 머문다. 아메리카호는 한 발만 더 맞으면 끝장이야. 아메리카호를 지키는 게 지금 우리 임무야."

시먼스가 말했다.

"그래서 줌월트가 피해입었던 쪽을 안쪽으로 배치한 거야."

스크린 속 영상에서는 포트 로열이 SM-6 미사일을 연속으로 발사한 다음, 갈색 연기에 가려 더 이상 모습이 보이지 않았다.

"함장님, 포트 로열이 미사일을 전부 발사했습니다."

줌월트의 전술 장교가 보고했다.

"25초 후에 첫 번째 요격이 있을 겁니다."

"처음으로 되돌아간 것 같군."

시먼스가 코르테즈에게 말했다. 부함장은 시먼스가 말하는 것이 진주만에서 함께 겪은 공습이라는 걸 알았다.

"다음엔 또 다른 배를 타게 될지도 모르겠습니다, 함장님."

코르테즈가 미소를 지으며 말했다.

"내가 장담하지. 다음번에는 자네가 직접 배를 지휘하게 될 거야."

"적의 미사일 7개를 격추했습니다."

레이더 장교가 포트 로열이 격추한 적군의 순항 미사일 수를 보고했다. 그는 보고를 하면서 오른팔을 살짝 웨이브하듯 움직였는데, 팔뚝의 커프스를 이용해 시스템의 레이더 대역에서 들어오는 데이터 전부를 커버하도록 변경한 것이다.

적군의 미사일이 더 가까이 다가오자 조금이라도 더 격추시키려고 다양한 강습상륙함들이 중단거리 시스패로 미사일과 롤링 에어프레임 미사일을 발사했다.

"적군의 미사일이 11개 남았습니다."

"아테나, 완전 자동 모드! 포, 세븐, 로미오, 탱고, 델타."

시먼스가 말했다.

가장 작은 무기가 다시 한 번 가장 중요한 무기가 되었다. 포트 로열에 탑재된 근접방어 무기체계인 회전식 20밀리미터 개틀링포가 금속을 자르는 전기톱 같은 굉음을 더했다.

줌월트는 손상을 입지 않은 레이저포를 꾸준히 발사했다. 메탈 스톰포 두 기는 날아오는 미사일을 추적해서 또 다른 탄환 벽을 발사했고, 손뼉을 한 번 칠 아주 짧은 순간에 회전하며 재가동해서 수천 발을 다시 발사했다.

"메탈 스톰포가 비었습니다. 이제 끝입니다."

무기 통제 장교가 말했다.

"아직 5개의 미사일이 날아오고 있습니다. 2개는 우리를, 2개는 포트 로열을, 그리고 하나는 샌안토니오를 향하고 있습니다."

그는 여태껏 보호하려 노력했던 강습상륙함 중 가장 가까이에 있는 배를 가리키며 말했다.

"함장님 아버님더러 갑판으로 올라와 욕이라도 한바탕 퍼부으시라고 할까요?"

코르테즈가 말했다.

시먼스는 한결 편안해진 모습의 코르테즈를 바라보았다. 부함장은 상황이 악화될수록 더 침착해졌다. 시먼스는 코르테즈야말로 자신이 항상 되고 싶었던 장교라는 사실을 깨달았다.

시먼스는 손을 뻗어 젊은 장교의 의수를 잡았다.

"자네와 함께해 영광이었어."

#태평양,
오아후 북쪽

로스코 콜턴은 배들을 좀 더 잘 보려고 무릎으로 딛고 일어서려고 하기만 하면 뒤집힐 것처럼 휘청거리는 뗏목 때문에 연신 욕설을 퍼부었다. 삐죽삐죽한 금속판같이 생긴 커다란 배가 함대의 미운 오리새끼, 줌월트인 모양이었다. 줌월트는 공중으로 연기를 뿜어대는 작은 항공모함과 줄로 연결되어 있었다.

멀리서 엔진이 쉭 하는 소리가 낮게 들려왔다. 순항 미사일이었다. 개틀링포 비슷한 것이 이지스 구축함으로 보이는 다른 배에서 발사되는 순간, 빛이 번쩍했다. 그러더니 그의 주변 바다가 물결치며 요동쳤다. 응원을 해야 하나, 욕설을 퍼부어야 하나 고민하던 중 미사일 하나가 폭발했다.

"하나 격추!"

로스코는 응원을 하기로 했다.

그는 조용한 줌월트를 노려보며, 이 배가 어떻게든 함대를 방어하길 바랐다.

"어서, 형제들. 어떻게 좀 해봐!"

갑자기 줌월트의 선미와 선수에서 동시에 두 번의 폭발음이 울렸다. 그 두 번의 폭발음은 잠시 후 로스코에게까지 들려왔다.

이지스 구축함 쪽에서도 또 한 번의 천둥 같은 폭발음이 울렸다.

그 전함들에서 연기가 뿜어져 나오는 걸 바라보는 건, 그가 탈출한 후 빙글빙글 돌며 바다로 떨어지는 제트기를 보는 것처럼 고통스러웠다. 눈에 눈물이 차오르자 두 손에 머리를 묻었다. 본야드 편대가 전멸했다. 그의 휘하에는 아무도 남지 않았다. 그리고 이제 그들이 목숨을 걸고 지킨 전함들이 침몰하기 일보 직전이었다. 그는 혼자였다.

아니, 혼자가 아니다. 로스코는 헬멧을 벗어 정수리를 따라 난 빨간색과 검은색의 번개 표시를 손가락으로 쓸었다.

그런 다음 마음을 다잡고 뗏목 측면으로 몸을 숙여 헬멧을 노 삼아 물을 저었다. 그리고 다시. 그리고 또다시.

노질은 느렸지만, 줌월트에 도착할 때까지 멈추지 않을 작정이었다. 해군은 아직 그의 도움이 필요한 게 분명했다.

#줌월트호,
선내

의식을 잃은 선원은 버넬리스보다 최소 45킬로그램은 더 나갔지만, 버넬리스는 불꽃이 이는 복도 끝에서 그의 발목을 잡고 계속 끌고 갔다. 고작 1.5미터 걸어간 다음 멈추어 서서 숨을 골랐다. 매운 연기 때문에 구역질을 하면서도, 불에서 조금이라도 더 멀리 떨어지려고 애를 썼다. 조금이라도 더 안전한 곳으로 가고 싶었지만 상황은 전혀 나아질 기미가 보이지 않았다.

버넬리스가 콜록거리며 힘들게 한 걸음씩 나아가는데 소방 로봇 두 대가 그녀의 옆을 지나 불길이 소용돌이치고 유독 가스가 가득 찬 방으로 향했다. 로봇들은 화재 억제제를 살포한 후 섬광등으로 발견한 시신들을 끌고 갔다. 방 안은 무질서한 천체 같았다.

"리 박사님."

브룩스가 버넬리스의 뒤쪽에서 다가왔다.

"같이 들죠."

버넬리스는 고개를 끄덕이고, 축 늘어진 몸을 끄느라 다시 힘을 주었다.

"셋에 드는 겁니다."

브룩스가 말하며 두 팔로 남자를 들어올렸다.

"발만 계속 들어주세요."

섬광등 불빛으로 의식을 잃은 남자가 작업복을 입고 있으며, 군데군데 검게 그을린 탓에 천이 녹아 창백한 다리에 눌어붙어 있는 게 보였다. 아직 얼굴은 보이지 않았다.

"젠장, 이 사람 중사님 아니야?"

브룩스가 말했다.

버넬리스는 털썩 무릎을 꿇었다. 플라스틱과 머리카락 타는 냄새 사이로 가죽과 베이럼 냄새를 맡는 순간, 버넬리스의 눈에서 눈물 한 방울이 뚝 떨어졌다.

#줌월트호,
지휘 센터

시먼스는 벽 스크린에서 자신을 쳐다보고 있는 얼굴에 집중하려 애썼다. 앞에서 말하는 남자는 그의 이름을 기억하고 있었다.

"맙소사, 제이미. 지금 줌월트 보고 있는데, 배의 절반이 불에 타고 있어!"

"그래도 아직 떠 있지."

시먼스는 아직 그가 누군지 확신이 들지 않아 천천히 대답했다.

"그쪽 상황은 어때?"

"우리는 선체 중앙부에 한 발 맞았어. 불길은 잡았지만 최대 속력이 15노트로 줄었어. 게다가 탄환도 다 썼지."

남자가 말을 이었다.

"미사일을 다 소진했어. CIWS(근접방어 무기 체계)가 있긴 하지만 두세 발밖에 안 남았고. 그거 말고는 미사일을 격추할 방법이 없어."

안개가 걷혔다. 포트 로열호의 앤더슨이었다.

"어쨌든 수고했어. 승무원들에게 오늘 많은 배를 구했다고 전해줘."

시먼스가 말을 마치자 줌월트의 사격 통제 장교가 외쳤다.

"함장님, 타깃이 하나 다가오고 있습니다. 감시 드론인 것 같습니다. 저희가 레이더를 교란하고 있지만, 4분 후에 가시 거리로 들어올 겁니다. 슈라이크에게 그 드론을 격추시키라고 지시하겠습니다."

시먼스가 말을 하려고 입을 열었다가, 다시 다물고 생각에 잠겼다.

"그 명령은 중단해. 우리를 보게 둬."

시먼스가 말했다.

"함장님?"

앤더슨의 눈주름에 걱정이 가득했다.

"저들은 이미 우리의 위치를 알고 있어. 저들에게 지금 우리 모습을 보여주고 싶어."

#정허호,
왕 제독의 개인 전용실

왕 제독의 전용실 문이 흔들렸지만, 다행히 또 다른 폭발 때문이 아니라 부관의 노크 때문이었다. 왕의 부관이 태블릿 컴퓨터를 하나 들고 안으로 들어섰다.

"제독님, 사색 중에 방해해서 죄송하지만, 정찰 정보가 새로 들어왔습니다. 제독님의 지시에 따라 괌에서 출발한 소어 이글 중 한 대가 마침내 그 지역에 들어섰습니다. 지금 정보를 전송하고 있습니다."

소어 드래곤은 미국 글로벌호크 무인정찰기를 본떠 만들었다. 오리지널 미국 드론은 커다란 정찰기인데, 날개폭이 737 제트 여객기보다 더 넓으며 유인 정찰기인 U-2를 대체하기 위해 제작되었다. 중국인 설계자들은 여기에 몇 가지 장식을 더해서 날개를 뒤로 젖혀 꼬리에 부착할 수 있도록 했다. 비행기와 연을 합친 것 같은 모습이었으며, 중국 버전은 양항비가 더 좋고 조종 시스템이 더 간단하다. 그 대신 통근용 비행기처럼 엔진을 꼬리 위에 탑재해야 했기 때문에 순항 속도가 느리다. 왕은 전함들이 연기를 뿜고 침몰하는 영상들을 살펴보며 기다리길 잘했다고 생각했다. 멀쩡한 배라고는 느리고 이빨도 없는 운송선들뿐이었다.

"이걸 보여줘."

왕은 기동부대에서 가장 큰 전함의 이미지를 띄워보았다. 그건 바로 미국의 줌월트급 전함이었다. 미국인들은 정보 보고서에 담긴 대로 기이한 실험을 다시 시작한 것이다. 그가 상임 간부회에서 말한 것처럼 위원회에게 마지막 승리가 필요하다는 주장이 입증되었다. 그런 배를 이용한다는 것은 혁신과 절박함에서 나오는 행동이었다. 오늘 미국이 보여준 작전 역시 마찬가지였다.

이 거대한 배를 확대해보니, 포격을 당한 작은 헬리콥터 항공모함 한 척과 줄로 연결이 되어 있었다. 줌월트는 외모는 매끈하고 무시무시했지만, 적어도 세 대의 미사일을 맞고 연기를 뿜으며 죽어가고 있었다. 그을린 철제 파편들이 갑판 위에 흩어져서 주포 포탑을 막고 있었다.

왕은 외부 통로를 통해 함교로 걸어갔다. 더 먼 길로 돌아가며 신선한 공기를 들이마시고 짭짤한 바다 내음과 이 순간을 음미하고 싶었다. 그는 바지 주머니를 뒤져 각성제 하나를 꺼내 포장을 벗긴 다음 포장지는 공중으로 던졌다. 전투가 시작될 때는 먹고 싶은 것을 참았다. 무엇보다도 침착하게 보여야 했기 때문이다. 이제는 넘치는 열정이 필요한 때가 왔다.

"중요한 건 전쟁을 오래 끄는 게 아니라 빠르게 승리하는 것이다."

그는 부관에게 손자의 말을 읊어주었다.

"기동부대에게 모든 배는 전속력으로 전진하라고 전해. 이제 전쟁을 마무리할 때가 됐다."

#줌월트호,
선내

마이크는 컴컴한 복도를 들여다보며 산소마스크를 끼고 숨을 깊이 들이마셨다. 이게 없다면 유독 가스가 너무 심해서 이곳에 머물기 힘든 지경이었다. 환기구 입구의 덮개가 단단히 녹아 붙어서 다시 열려면 적어도 몇 분 동안 쇠 지렛대로 힘을 써야 할 것이다.

"함교, 여기는 피해 통제팀이다. 함교, 여기는 피해 통제팀이다."

그의 목소리가 방독면 안에서 울렸다.

"무사해서 다행입니다, 중사님."

익숙한 목소리가 말했다.

"무슨 일이세요?"

"목소리 들으니까 반갑구나, 아들, 아니 함장님. 좋은 소식이 아니야. 부상자가 많아서 셀 수 없을 정도고 우현 선루가 녹고 있어. 복합 재료가 미사일의 타격과 열기를 견디지 못하는 거야. 레이저 포탑 쪽은 아직도 엉망진창이고, 파편 때문에 레일건이 움직일 수 없어. 하지만 진짜 큰 문제는 그게 아니야. 타격으로 보조 전원 네트워크가 완전히 끊겼어. 여기저기 문제가 생긴 데가 많아."

마이크가 이어서 말했다.

"수직 발사대는 다시 쓸 수 없을 것 같아. 셀 해치 대부분이 녹슨 캔 오프너로 따놓은 것 같은 꼴이야. 하지만 충격 지점들 외에도 심각한 부분이 있어. 선체 내에서 연료가 샌다는 보고가 있고, 우현 쪽, 헬리콥터 갑판 바로 아래쪽의 선루와 선체의 연결 부위 상태가 좋지 않은 것 같다."

"좋은 소식은 뭡니까?"

"배가 떠 있고 우리가 아직 숨을 쉰다는 거지, 너와 내가."

"이 배로 전투를 해야 합니다. 레이저건과 레일건을 다시 작동하려면 얼마나 걸릴까요?"

"레이저건이 작동하기 전에 마틴이 대학을 졸업할 거다. 레일건을 막고 있는 파편을 치우는 데 적어도 90분은 걸릴 테고, 치운다고 해도 장담은 못해. 그리고 내 말 들었는지 모르겠는데…… 선내에 물이 들어오고 있어. 레일건을 쏘는 동시에 배를 뜨게 만들 순 없어. 펌프를 작동할 전력이 필요해."

"일단 레일건이 다시 작동하게 복구해주세요."

"그러죠, 함장님."

마이크는 이렇게 말하고 잠시 멈췄다가 덧붙였다.

"아니면 제독이라고 불러야 하나? 승진했다고 들었다."

"그런 건 아니에요."

"뭐, 어쨌든 축하한다. 자랑스럽구나."

"일단 레일건을 준비시키세요, 중사님. 아래쪽 일은 중사님만 믿겠습니다."

마이크는 승무원들에게 말을 하려 돌아섰다. 대부분은 아직 정신이 나간 표정으로 느릿느릿 움직이고 있었다.

"함장님 말 들었을 거다. 각성제가 있다면 먹고 나서 일 시작하자."

마이크가 말했다.

"브룩스, 팀원들을 데리고 이 파편들을 치우는 데 집중해! 리 박사님은 저와 함께 이 전선 문제를 해결합시다. 함장님이 다시 전투를 하길 원하시니 실망시키면 안 된다."

승무원들이 흩어지며 각성제가 남은 게 있는지 주머니를 뒤졌다. 마지막으로 제대로 된 식사를 하거나 잠을 잔 적이 언제인지 생각할 여유도 없었다.

버넬리스는 땀으로 떡 진 머리를 하고 레일건 포탑 쪽으로 내려가다가 걸음을 멈추고 돌아섰다. 화난 얼굴이었다.

"난 그 시신이…… 당신인 줄 알았어요."

"설마요."

"데이비드슨이었어요. 돌아가셨어요."

"그 냄새나는 뚱보랑 나를 헷갈려요?"

마이크는 장난스럽게 대꾸했다. 그의 오랜 친구는 이렇게 대답하길 바랐을 것이다.

버넬리스는 심장 바로 아래쪽의 조끼 주머니에 손을 넣어 사각형 포일 포장지에 담긴 알약 두 개를 꺼냈다.

"이 조끼는 약국 같아요."

버넬리스는 각성제 하나를 마이크에게 건넸으나 마이크는 고개를 저었다.

"내 심장이 버티지 못할 겁니다. 대신 해안에 도착하면 독한 술이나 한잔 하죠. 우리가 그 정도 자격은 있잖아요."

"그럼 데이트 하는 거예요."

버넬리스가 미소를 지었다.

#줌월트호,
지휘 센터

가라앉는 배 안에서 차분하게 있는 게 가능한 일인지 모르겠지만, 줌월트의 승무원들은 그 어려운 일을 해냈다. 지휘 센터 안에는 선체 파손 따위는 신경 쓸 바 아니라는 듯 학구적인 열기가 감돌았다. 물론 줌월트의 함장은 거기에 신경 썼다.

코르테즈는 선체 내에서 가장 큰 파손 부위를 확인하고 있었다. 시먼스가 아직도 사용하기 싫어하는 함장 의자 근처에 있는 모니터로 코르테즈의 안경에 보이는 장면이 떴다. 선미와 선루가 선체와 결합한 바로 아래 부위에 길이 30센티미터에 너비 5센티미터의 구멍이 나 있었다. 문제는 나무껍질이 벗겨지듯, 스스로 벌어진 구멍이라는 점이었다. 곧 그런 파손이 선체에 더 생길 게 분명했다.

"함장님, 전서구 드론이 날아오고 있습니다. 오젤에서 보낸 겁니다."

통신 장교가 말했다.

"읽어봐."

시먼스는 배 속이 울렁거렸다. 해수면 밑에 안전하게 숨어 있던 폴란드 잠수함이 메시지를 보내왔다면 나쁜 소식이 분명했다.

"적의 항공모함 세 척을 탐지했다. 좌표 74X, 56G. 상하이와 쿠즈네초프급 항공모함 두 척인데 한 척은 러시아 배이고 다른 한 척은 랴오닝으로 보인다. 다섯 척의 호위함과 함께 있다. 통신 드론을 보낸 후 교전하겠다."

통신 장교가 더듬거리며 다음 문장을 읽었다.

"자 볼노츠 나샤 이 바샤. 우리와 당신의 자유를 위해서."

"그게 다야?"

"그렇습니다, 함장님. 마지막 문장은 폴란드의 역사와 관련이 있는 건데, 폴란드 레지스탕스 전사들이 한 말이랍니다."

시먼스는 침묵했다. 부끄럽지만 폴란드의 선원들을 생각하는 게 아니라, 다음 행동방침을 결정해야 한다는 생각이 우선이었다.

"그 좌표로 초계기를 보내."

전술 장교가 목을 가다듬은 뒤 갈라진 목소리로 말했다.

"함장님, 초계기에는 공대공미사일밖에 없습니다. 남은 적군의 전투기와 싸울 수는 있겠지만 그게 전부입니다. 폭탄이나 대함미사일을 탑재할 수 없습니다."

"우리 초계기를 내보내면 방공 능력이 사라진다는 점은 빼먹었군."

"그렇습니다, 함장님."

"좋아. 필요할 때는 주저하지 말고 말해. 다만 너무 자주 그러지는 마."

시먼스가 다시 말했다.

"자네가 걱정하는 건 이해하지만, 초계기는 우리가 사용해야 할 자원이야. 이번에야말로 드론의 원래 설계자가 의도한 바를 살릴 수 있지. 치명적이지만 쓰고 버릴 수 있다는 거야. 그 드론들을 내보내. 암호명 디바인 윈드. 실행해."

#태평양,
줌월트 북서쪽으로 90킬로미터

남은 슈라이크는 6만 5,000피트까지 급속히 올라갔다가 오젤이 제공한 좌표를 향해 날아갔다. 이들은 쐐기 모양으로 딱 붙어 날아갔는데, 정확히 43센티미터의 간격을 유지하도록 프로그램이 되어 있었다. 슈라이크 소프트웨어 설계자가 이 거리를 선택한 것은 인간 조종사들이 위험을 감수하는 가장 가까운 거리가 46센티미터이며, 곡예 비행팀인 블루 앤젤의 조종사들이 다이아몬드 대형 360도 회전을 할 때 서로 유지한 간격이 46센티미터라는 점에서 착안한 것이었다. 이 간격이라도 유지하면 안 그래도 작은 레이저 반사 면적을 더 줄이는 효과를 발휘할 수 있다.

몇 분 지나지 않아 대열은 러시아와 중국 수상함 대열이 만드는 하얀 포말 위로 크게 포물선을 그리며 나아갔다. 그리고 줌월트의 함교로 영상을 전송했다.

"함장님, 드론이 영상을 전송했습니다. 적군의 수상함 기동부대를 포착했습니다. 퍼핀 미사일이 작은 배 세 척을 침몰시킨 듯하지만, 정허호를 포함한 대형선 네 척은 전속력으로 우리 방향을 향해 달려오고 있습니다. 현재 90킬로미터 거리에 있습니다."

전술 장교가 말했다.

“현재 저희는 그들의 미사일 사정거리 안에 있습니다. 그들이 다시 미사일을 발사하지 않는 이유를 모르겠습니다.”

“우리처럼 미사일이 다 떨어졌을 수 있어.”

시먼스가 답했다.

“대면전을 계획하는 것 같아. 총으로 우리를 끝장내려는 거지.”

“드론의 방향을 그들 쪽으로 돌릴까요?”

“아니, 남은 항공모함을 전멸시키는 것이 우리의 안위보다 더 중요해. 계획대로 진행해.”

드론들은 수상함을 지나 계속 날아갔다. 미국 함대는 긴장했고, 수상함들은 안도했다.

#정허호 함교

드론들이 날아가자 정허호의 함교에서 울려 퍼지던 고함 소리는 잦아들었다. 육안으로는 보이지 않았지만, 레이더가 20킬로미터 상공에서 처음으로 잡아냈다. 쏴버리려고 했으나 레이더 조준을 할 수가 없었다. 미국의 정찰기처럼 저공비행을 하지 않는 걸 보니 어쩌면 소문으로만 들었던 고고도 드론인 모양이었다. 정허호는 드론의 정보를 항공모함의 초계기에게 전송하고, 전투기 두 대에게 요격하라고 지시했다.

드론이 미국 측에 중국 기동부대의 위치를 전송했겠지만 아무래도 상관없었다. 그의 병력은 남은 미국 기동부대를 끝장내러 가는 중이었다. 미국 본토에서 후속 공격을 하더라도 이미 때는 늦을 것이다. 미국의 기동부대는 고립되어 있으며, 모든 적군의 사령관이 바라는 것처럼 취약한 상태였다. 손자가 병법서에 적었지만 실제로 성취하지는 못한 완전한 승리를 이루게 될 것이다.

왕은 잠시 생각했다. 자신이 지휘한 영상과 기록을 다시 살펴보며 자신만의 병법서를 쓰게 될지도 모르겠다고.

#줌월트호,
전방 레일건 포탑

마치 자동차 여행을 가는 것 같았다. 뒷좌석에 탄 아이들이 끝없이 같은 질문을 반복하는 가족 여행 말이다.

"피해 통제팀, 얼마나 더 걸립니까?"

시먼스 함장은 무전에 대고 물었다. 아들이 최선을 다하고 있다는 사실을 알면서도, 마이크는 그 질문이 잔소리처럼 느껴졌다.

마이크는 갑판 아래서 레일건 장전 기구와 전력 케이블 연결 부위를 수리하는 승무원들 위로 비처럼 쏟아지는 용접 스파크를 바라보았다.

“20분.”

“10분 드리죠. 그 순양전함에 사거리가 25킬로미터인 130밀리미터 주포가 탑재되어 있습니다. 저한테 복싱을 가르쳐주셨으니, 우리가 얻어맞기 전에 상대를 치려면 레일건이 필요하다는 걸 잘 아실 겁니다.”

“버넬리스 말이 레일건을 쓰려면 배 바닥에 괸 물이나 기름 혼합물을 처리하는 빌지 펌프랑 보조 펌프의 전원을 꺼야 한대. 그건 불가능해, 지금은 안 돼. 이 배는 타격을 받도록 설계된 배가 아니야. 덩치가 크고 상부가 무거운 배에 바닷물이 들어찼다가는 넘어가고 말 거다.”

“무슨 말인지 압니다. 하던 일에 집중하세요. 제 일은 제가 알아서 할 테니까요.”

마이크는 속으로 생각했다.

‘저 망할 놈이 말투까지 나를 닮아가는군.’

#줌월트호,
지휘 센터

멀리 벽에 걸린 모니터에는 레일건 포탑에 쌓인 파편이 전부 제거된 모습이 보였고, 그 다음 갑판에 난 구멍에서 이는 불꽃이 보였다. 구멍 안에서 브룩스가 뛰어나왔다. 안 그래도 작업복 바지 다리 부분이 그슬려 있었는데, 이제는 어깨 높이까지 새카맸다. 몸에서는 연기가 났다. 그는 아세틸렌 절단 토치를 갑판에 던지며 욕설을 퍼부었다. 처음에는 말을 안 듣는 연장에, 그 다음에는 배에 난 구멍에, 그 다음에는 아마도 적군의 함대인 듯한 멀리 있는 무언가를 향해 욕설을 퍼부었다. 젊은 선원 한 명이 연장을 집어 들고 구멍으로 다가갔다. 그 행동에서 아버지의 영향력이 보였다.

"함장님, 통신이 연결됐습니다. 가깝습니다."

레이더를 담당하는 릭터가 말했다.

"65킬로미터 거리에 적의 기동부대가 있습니다. 배는 네 척이고, 하나는 주력함입니다. 정허호가 분명합니다."

레일건 포탑이 다시 회전을 하려 했으나 앞뒤로 덜컥거리며 제자리만 맴돌았다. 워크스테이션 앞에 앉아 밖을 흘끗거리던 승무원들이 눈에 띄게 초조해하며 속닥거렸다.

시먼스는 다시 헤드셋을 끼고 좀 더 자세히 보려 몸을 앞으로 숙였다.

"피해 통제팀, 앞으로 얼마나 더 걸립니까?"

"제이미, 난 크리스마스이브 날에 맞춰 네 자전거를 조립하고 있는 게 아니야! 좀 내버려 둬. 어떻게든 고칠 테니까."

마이크가 대꾸했다.

그 대화 내용이 방 안 스피커를 통해 울려 퍼지자 승무원 몇 명이 숨죽여 웃었다. 시먼스는 화가 났다. 인상을 찌푸리고 고개를 저으며 헤드셋을 집어던졌다.

"레이더가 그들을 포착했습니다. 현재 63킬로미터 거리에 있습니다."

릭터가 말했다.

"우리가 생각한 것과 같은 전략을 구상하고 있는 것 같습니다. 현재 전속력으로 우리를 향해 다가오고 있습니다."

#태평양,
줌월트 북서쪽으로 222킬로미터

기동부대의 공중 전투 초계 임무를 맡은 중국 J-31 전투기 두 대가 다가오는 타깃을 따라가려 고도를 높였다가 사격 통제 장치를 중단하고 후부 연소기를 켰다.

조종사들은 화가 났다. 이들의 임무는 적군의 함대를 폭격하는 게 아니었다. 물론 그러면 죽을 위험은 없겠지만, 동료 조종사들이 돌아오지 못할 길을 떠났는데 아무것도 하지 못하는 게 화가 났다. 그리고 이제 2만 피트 아래에서는 그들이 출발한 항공모함이자 지난 2년간 고향이었던 랴오닝호의 선미에서 연기가 마구 피어오르고 있었다. 잠수함 하나가 용케 가까이 다가와 어뢰 하나를 발사하자 호위 구축함이 침몰되었다. 그들은 또 한 번 방관자가 되어 랴오닝호가 우현에 심각한 손상을 입는 것을 무력하게 바라볼 수밖에 없었다. 순찰이 끝나면 랴오닝호에 착륙할 수 있는 건지, 아니면 다른 항공모함에 착륙해야 하는 건지도 확실치 않았다. 하지만 그건 나중에 던져야 할 질문이었다. 지금은, 적어도 지금은 미국의 드론에게 분노를 풀 수 있으니까.

선두 조종사가 무전으로 7만 7,000피트 위에서 다가오는 정찰 드론의 레이더 반사 면적이 이상하다고 보고했다. 그 드론은 인식 소프트웨어의 그 어느 프로필과도 일치하지 않았고, 수상함 함대의 보고도 마찬가지였다. 그는 드론을 향해 장거리 PL-12 공대공 미사일을 발사한 다음, 확실히 하기 위해 한 발을 더 발사했다.

잠시 후 멀리서 폭발음이 울리고 뒤이어 한 번 더 울렸다.

하지만 레이더 흔적은 여전히 스크린에 남아 있었다. 호위기가 가시거리에 접근하기 위해 고도를 더 높이며, 마지막으로 PL-10 단거리 열 추적 미사일 한 대를 발사했다.

전투기들이 최고 고도인 6만 피트에 도달한 순간, 하늘에서 떨어지는 화살촉 모양의 물체가 보였다. 삼각형 모양의 드론이 전투기를 향해 급강하하는 것이었다. 6만 2,000피트에서 세 미사일이 타깃에 도달한 순간, 탄두가 폭발하며 쏟아져 나온 금속 파편들은 고작 100피트밖에 퍼지지 않았다. 탄두가 확실하게 목표물을 맞혔는지, 주황색 불꽃이 확 일더니 전투기 쪽으로 떨어지면서 연기가 피어올랐다.

그러나 탄두가 전투기들을 지나 떨어지면서 손상을 입은 드론이 연기를 뿜으며 껍데기를 벗었다. 삼각형 드론의 나머지는 계속 아래의 기동부대를 향해 전속력으로 급강하했다. 두 조종사들이 서둘러 전투기를 몰고 그 드론을 쫓아 급강하했다. 갑작스러운 하강으로 인해 무중력 상태가 되고, 경고등이 삑삑 울리기 시작했다. 드론은 급강하하는 와중에도 사이드와인더 미사일 여섯 발을 발사했고, 그 미사일들은 방향을 바꾸어 전투기 쪽으로 날아올라왔다. 조종사들이 피하려 했지만 때는 이미 늦어버렸다.

아래쪽 기동부대의 방공시스템이 레이더로 드론을 조준하

려 했다. 전투기의 조종사들에게는 드론의 실루엣이 보였지만, 날개가 레이더 흡수 물질로 코팅되어 있어서 40센티미터의 가느다란 날개 윤곽선밖에 보이지 않았다. 드론이 3만 피트에 도달하자 마침내 사격 통제 장치에 잡혔으나 조준하는 순간 타깃은 사라졌다. 슈라이크 드론들은 서로에게서 멀리 떨어졌다. 모두 같은 착지점을 선택하지 않도록 표적 탐지 알고리즘을 긴밀히 공유하고 있기 때문이었다. 아래쪽 배에서는 자신들을 향해 떨어지는 7개의 가느다란 선이 보이기 시작했다. 2만 3,000피트에 도달하는 순간, 선 하나가 대공 미사일에 맞아 폭발했다.

드론 무리가 2만 피트에 도달하자 기동부대의 기관포가 가동되었고, 여기서 발사된 예광탄들이 수 킬로미터 떨어진 가느다란 40센티미터의 쐐기 모양 드론 6개를 향해 날아갔다. 드론들은 음속을 훨씬 넘는 수준으로 가속하며 음속 폭음을 일으켰다.

고도 6,000피트에서 또 다른 드론이 미사일에 맞았고, 이제 남은 다섯 대의 드론이 타깃들을 향해 마지막 스퍼트를 냈다. 최고 속도로 수직 낙하한 드론 하나가 멀쩡한 항공모험 두 대의 비행갑판에 부딪혔다. 드론의 무게와 하강 속도가 결합한 덕에 배에는 깊은 구멍이 생겼다. 그리고 그 구멍 안에서 무시무시한 폭발이 터져 나왔다. 잇달아 연쇄 폭발이 이어지면서 항공모함은 거대한 불덩이가 되었다.

랴오닝호를 침몰시킨 건 운이 좋은 편이었다. 남은 슈라이크 드론이 그 배의 비행갑판에 비스듬하게 맞았다. 드론은 기울어진 비행갑판을 곧장 뚫고 들어가 격납고 갑판을 관통해서 아래쪽 바다로 들어갔다. 하지만 그 드론은 타깃을 완전히 침몰시키지 못해 실망하지 않았다. 다른 드론들이 타깃을 완전히 침몰시켜 자부심을 느끼지 않았듯이.

#줌월트호,
지휘 센터

"함장님, 포트 로열이 호위 임무를 중단하고 나가서 적군과 싸우게 해달라고 요청하고 있습니다."

"안 돼. 저 순양전함의 주포 사거리는 포트 로열의 주포보다 3킬로미터가 더 길어. 멀찍이 떨어져서 포트 로열을 공격할 수 있다. 특히나 포트 로열이 감속한 상태에서는. 무전 들었지? 순교하기 전에 그분에게 조금만 시간을 더 주자고."

시먼스는 자신감 있는 목소리로 말했지만, 아버지를 믿어도 되는 건지 확신이 서지 않았다.

"현재 거리는 45킬로미터입니다."

릭터가 적의 수상함 기동부대 네 척을 바로 추적했다. 이제 두 배의 거리가 너무 가까워 레이더 교란이 효과가 없기 때문이었다. 이 배들이 20킬로미터 거리까지 다가오면 가시거리 안에 들어올 테고 릭터의 레이더 추적도 더는 필요 없어질 것이다.

"저들이 강습상륙함을 쫓고 있나?"

시먼스는 기동부대 안의 수송선들에게 육지의 군인들을 지원할 수 있도록, 수상함들 간의 전투에서 가능한 한 멀리 떨어진 곳으로 자리를 옮기라고 명령을 내렸다.

"아닙니다, 함장님. 여전히 저희 쪽을 향해 빠르게 다가오고 있습니다."

코르테즈가 대답했다.

"이 전쟁을 끝내려 하는 것 같습니다."

"그건 우리도 마찬가지야."

함장 시먼스가 대꾸했다.

#줌월트호,
전방 레일건 포탑

버넬리스는 다시 바지에 손바닥을 닦은 다음 플라스틱 납땜용 총의 미끄러운 손잡이를 잡았다. 이것이 접합하는 마지막 전선이라 다행이었다. 레일건 포탑 안의 연기와 냄새, 그 갑갑함을 더는 견딜 수 없었다. 물론 두려움도 있었지만, 그건 한쪽으로 제쳐둔 지 오래였다. 지금은 그저 울렁거리는 배 속 어딘가에 숨어 있었다.

“거의 다 됐어요.”

버넬리스는 자신에게서 30센티미터도 채 떨어져 있지 않은 마이크에게 말했다. 그의 연장 벨트에 달린 무전기가 꽥꽥거리더니 함장의 목소리가 흘러나왔다.

“피해 통제팀. 시간이 다 됐습니다. 정리하고 나가세요.”

버넬리스는 납땜용 총의 방아쇠를 다시 잡아당기며 고압선의 절연 커플링 표면 위를 매끄럽게 접합해나갔다. 부품의 플라스틱이 녹으며 서로 붙었다.

마이크가 잇속으로 욕을 내뱉는 소리가 들렸다. 그는 목을 가다듬고 마이크로폰 버튼을 꽉 눌렀다.

“줌월트 액추얼, 1분만 더 달라. 그거면 된다. 버넬리스가 정말 마지막 전선을 접합하고 있다.

"시간을 좀 더 주지 않으면 냉간 용접이 될 테고, 그 상태에서는 힘을 조금만 더 가하면 접합 부위가 터질지도 몰라요."

버넬리스가 말했다.

"피해 통제팀, 반복한다. 갑판에서 나가라!"

함장이 말했다.

"거의 다 됐다는 게 무슨 소린지 잘 알잖아. 딱 1분만 더 줘. 알았나?"

그 순간 배 전체에 경보음이 울렸다.

"전원 들으라, 여기는 함장이다. 갑판을 비워라. 레일건 발사를 준비한다. 메인 시스템 중단."

버넬리스는 마이크를 올려다보다 납땜용 총의 달궈진 총구에서 피어오르는 한 줄기의 연기를 바라보았다. 마이크는 버넬리스의 허리를 휘어잡고 포탑에서 끌고 나가 두 개의 해치를 지난 다음에야 마침내 그녀를 바닥에 내려주었다.

"당신 아들은 정말 고집불통이네요. 그건 도대체 누굴 닮은 거래요?"

버넬리스는 바지 주머니 안에 들어 있던 걸로 안경에 흐르는 땀을 닦으며 말했다.

"통 모르겠어요."

마이크는 숨을 고르며 고개를 저었다.

붉은 비상등 조명 때문에 복도 전체가 비현실적인 느낌이 들었다. 둘은 격벽에 나란히 기대어 기다렸다. 전력 시스템이 전환하면서 복도가 컴컴해졌다. 칠흑 같은 어둠 속에서 거친 손이 버넬리스의 손을 잡았다. 버넬리스는 그 손을 꽉 움켜쥐었다.

위쪽 레일건 포탑에서 깨지는 소리가 났다. 하지만 그건 타깃을 향해 날아가는 포탄의 승리에 찬 포효가 아니었다. 전기 문제로 인한 파열음이었다. 비상등이 꺼졌다 다시 들어오면서 전구처럼 깜빡거렸다.

그 순간 버넬리스의 손이 마이크의 손아귀에서 빠져나갔다. 버넬리스는 포탑을 향해 복도를 뛰어 내려가기 시작했다.

#줌월트호,
지휘 센터

"함장님, 배 전체에 정전이 발생했습니다. 엔진에 전원이 들어오지 않는답니다. 레일건 불발로 인해 서지 현상이 발생한 것 같습니다."

코르테즈가 보고했다.

시먼스는 시스템 영상을 뚫어져라 바라보았다. 동굴 같은

이 방 안에 있는 모두가 그의 반응을 기다리고 있었다. 시먼스는 무표정하게 입을 꾹 다물었지만, 속으로는 아버지의 말을 듣지 않은 자신을 원망했다. 조금만 더 인내심을 가지고 아버지의 말을 들었더라면, 지금쯤이면 이미 적의 함대와 교전을 시작했을 것이다.

"엔진은 나중에 걱정해. 레일건은 언제쯤 다시 작동할 수 있지?"

시먼스가 물었다.

"모르겠습니다, 함장님. 중사님과 리 박사님은 이미 포탑 안으로 돌아가 문제점을 고치고 계십니다."

코르테즈가 대답했다.

"적의 거리는?"

"33킬로미터입니다."

릭터가 대답했다. 아테나가 스크린 위에 적이 발사하는 교란 전파와 레이저 수색을 기반으로 추정한 적군 기동부대의 위치를 지도 위에 띄웠다. 두 번째 스크린에는 줌월트의 무기 체계 상태가 표시되었다. 레일건 위의 빨간 원은 작동하지 않는다는 의미였다.

"포트 로열을 연결해."

시먼스가 말했다.

무기 체계 정보 화면이 사라지고 앤더슨 함장이 스크린에 나타났다.

"앤더슨 함장, 나쁜 소식이야. 우리 주포가 아직 작동이 안 되고 엔진 전원이 들어오지 않아. 우리는 계획대로 전투에 참여할 수 없을 것 같지만, 그래도 우리가 맡은 역할은 할 거야. 우린 더 큰 타깃이니, 저들은 우리 배를 포격하는 데 집중할 거야. 자네는 포트 로열과 아메리카를 우리 뒤편에 배치해. 그리고 저들이 공격을 시작하면 바로 움직여. 저들이 줌월트를 공격하느라 연기가 자욱하고 혼란스러울 거야. 그 틈을 타서 움직여."

"알겠습니다."

앤더슨이 대답했다.

"저들이 대가를 치르도록 저희도 최선을 다하겠습니다."

"고마워. 함께해서 영광이었네. 줌월트 아웃."

시먼스는 코르테즈를 바라보았다.

"피해 통제팀은 대기하고 있나?"

코르테즈는 고개를 끄덕이고, 제복 가슴 주머니에서 각성제 하나를 꺼내 건넸다.

"마지막 남은 겁니다."

시먼스는 이로 포장을 뜯어 각성제 껌을 씹으며 눈은 모니터에 고정했다. 메인 스크린들을 흘끗거리며 어리둥절한 표정을 짓는 어린 선원들을 애써 무시했다. 전술 지도와 무기 체계 상황이 다시 떴고 전부 빨간색으로 번쩍이고 있었다.

"2분 후면 적이 반경 안에 들어옵니다."

릭터의 목소리는 차분하고 프로다웠다.

그런 다음 레일건 위에 있던 빨간색 원이 녹색으로 반짝거렸다.

"레일건이 돌아왔습니다! 표적 장치를 업데이트하고 있습니다."

전술 장교가 말했다. 방 안에서 환호가 일었고 승무원들은 모니터 앞으로 몸을 숙였다.

마이크의 목소리가 2층 높이 방 안에 울려 퍼졌다.

"함교, 문제점을 수리해서 레일건을 발사할 준비가 됐다. 여기 포탑 안에서 할 수 있는 최선의 해결책이다. 어설프지만 효과는 있을 거다."

시먼스는 아버지의 말에 의문을 제기했다.

"여기 포탑 안이라고 하셨어요?"

"그렇게 말했지."

아버지의 목소리는 그가 여태껏 들었던 그 어떤 목소리보다 더 상냥했다.

"아버지, 거기서 뭐 하시는 거예요? 당장 나오세요! 지금 발사해야 합니다. 안 그럼 공격당할 거라고요."

"제이미, 커플링이 붙어 있으려면 약간의 도움이 필요할 거야. 충격을 받으면 마운팅이 헐거워지고 우리가 급하게 붙여놓은 곳에 균열이 생길 거다. 다시 붙여놓긴 했지만 문제는…… 구멍 위에 용접을 한 번 더 해봐야 30분도 버티지 못할 거야. 버넬리스와 난 전선을 커플링 안에 끼워 넣어서 열기로 인해 플라스틱 부속품이 완전히 접합되도록 만들 작정이다."

"무슨 열이요? 레일건 발사 열 말씀하시는 거예요? 그건 안 돼요. 아버지가 거기 있는데 발사할 순 없어요."

"해야 해, 제이미. 넌 할 수 있고 그렇게 할 거다. 버넬리스와 나도 결과를 예상하고 있다. 너도 네가 해야 할 일을 알고 있잖니."

"적군과의 교전까지 30초 남았습니다."

전술 장교는 뒤에서 일어나는 대화에는 아무런 관심을 두지 않고, 자신의 임무에만 집중하고 있었다.

"아테나의 표적 장치가 돌아왔습니다. 명령만 내려주시면 레일건을 발사할 수 있습니다."

"제이미, 아이들을 잘 보살펴라. 아이들 곁에 있어줘. 나보다는 나은 아버지가 되어라." 마이크의 이 말을 마지막으로 무전이 끊겼다.

1초 정도 침묵이 흐른 뒤, 코르테즈가 목을 가다듬었다.

"함장님, 결단을 내리셔야 합니다."

그는 걱정이 가득한 눈으로 함장을 바라보았다.

"필요하다면 제가 대신 가겠습니다, 함장님."

시먼스는 눈을 깜빡여서 눈물방울을 흘려보냈다.

"발사 준비…… 레일건을 발사해."

#정허호

기함이 30노트에 가까운 속도로 달리다보니 선수에 튀는 물살에 그의 제복 재킷이 다 젖었다. 나머지 기동부대는 그 배의 뒤를 따르고 있었다.

왕은 상황실에서 차분히 기다려야 한다는 걸 알았지만, 피가 끓어올랐다. 각성제 때문만이 아니었다. 바로 이 순간 때문이었다. 갑판이야말로 선원이 있어야 할 곳이었다. 특히 이렇게 끝이 나는 전투에서는 반드시 그래야 했다. 또 부하들에게도 이런 장면을 보여주고 싶었다. 그의 함대는 치욕을 당하긴 했지만, 이제 복수를 하고 더더욱 달콤한 승리를 맛보게 될 것이다.

그의 곁에서는 130밀리미터 주포 하나가 회전을 시작하며, 적군의 가장 큰 전함을 향해 총열을 움직였다. 아직 거리가 멀어 육안으로 전함이 보이지는 않았지만, 작은 연기 줄기들이 피어오르는 것으로 보아 바로 앞에 있는 게 분명했다.

왕은 포탑이 움직이며 내는 신음이 함교로 돌아가라는 신호라고 생각했다. 급한 마음에 재빨리 돌아서다 미끄러운 갑판 위에 벌러덩 누워버렸다. 하필이면 이 시점에 미끄러져 넘어지다니.

부관은 공원에서 비둘기에게 먹이를 주다 넘어진 노파를 대하듯 조심스럽게 그를 부축해 일으켰다. 왕은 그에게 고개를 끄덕여 감사를 표한 다음, 함교로 향하는 계단을 한 번에 두 단씩 성큼성큼 올라갔다. 부하들이 생각하는 것 같은 늙은이가 아니라는 걸 보여줄 셈이었다. 발을 딛을 때마다 왼쪽 무릎이 시큰거렸고, 부관은 서둘러 그의 뒤를 쫓아왔다.

함교로 올라가자 방 한가운데 전술지도가 떠 있었다. 제독이 들어서자 선원 모두가 입을 다물었다. 왕은 그들이 자신이 넘어지는 것을 보았는지 궁금했다. 아무래도 상관없었다. 그 실수는 승리의 환호 속에서 잊혀질 테니까.

홀로그램에는 미국의 기동부대가 떠 있었는데, 파란 아이콘들이 각 전함의 급과 명칭, 상태를 나타냈다. 하지만 그보다 더 중요한 것은 꾸준히 그 파란색을 향해 다가가고 있는 빨간 점선들이었다. 그 선들은 기동부대 내 다양한 무기들의 표적을 나타내는 것이었다. 정허호의 130밀리미터 주포가 미국 함대와 가장 가까운 빨간 선이었다. 이 빨간 선이 주요 타깃인 파란 아이콘을 지나가기만 하면 전쟁은 끝이다.

왕은 평소처럼 방 안을 거닐며 사색에 잠기는 대신, 스크린 앞에 서서 시큰거리는 무릎을 달래려 애썼다. 그 빨간 선이 빨리 더 가까이 다가가 모든 것이 끝나기를 바랐다.

지금이다!

"반경 안에 들어왔습니다. 명령만 내려주시면 발사하겠습니다."

부관이 말했다. 부관은 태블릿 스크린을 앞에 대령해서 왕이 모든 배에게 발사 명령을 내리는 아이콘을 누를 수 있도록 준비했다.

왕은 검지를 뻗었다가 스크린에서 15센티미터쯤 떨어진 공중에서 멈췄다. 마치 화물 열차가 함교 옆을 달려가는 듯한 소리였다. 선루의 강철이 진동하는 것 같더니, 부츠 바닥을 타고 밀려왔다. 정허호의 좌현에서 거대한 물살이 일었다. 전함보다 더 키가 큰 물살이었다. 몇 초 후 우현에서 또 다른 물살이 일어 수십 미터 공중으로 하얀 포말과 파란 물살이 솟아올랐다.

등으로 땀줄기가 흘러내리자, 왕은 스스로를 꾸짖었다.

"약한 척하라, 그러면 상대가 오만해질 테니."

왕은 손가락을 내렸지만 스크린을 건드리지는 못했다. 레일건 탄환이 왕 제독이 서 있는 곳에서 대략 10미터 아래쪽 정허호의 선루를 뚫고 들어왔다.

그 충격으로 발생한 어마어마한 운동 에너지가 금속 선루를 말 그대로 산산조각 냈다. 잇따른 연쇄 폭발로 수십 미터 높이까지 불길이 치솟았고 선체는 두 동강이로 쩍 갈라졌다.

#줌월트호,
지휘 센터

"다시 발사."

시먼스가 명령했다. 그는 발뒤꿈치에 체중을 완전히 싣고 서서 한 발 한 발이 제대로 맞기를 간절히 바랐다. 레일건에서 발사한 포탄이 꾸준히 터졌다. 메트로놈처럼 정확하게 60초마다 발사가 되었다.

보조 전력이 전부 무기 체계에 투입되는 바람에 줌월트는 계속 바다 위를 표류했지만, 아테나가 자동으로 사격 통제 장치를 조종했다.

멀리에서 작고 환한 섬광들이 터지더니 검은 연기가 솟아오르기 시작했다. 레일건이 적군의 기동부대에 타격을 입혔다는 걸 알려주는 유일한 시각적 징표였다.

코르테즈가 시먼스에게 다가가 낮은 목소리로 말했다.

"함장님, 배 안에 물이 차오르고 있습니다. 펌프를 다시 작동하지 않으면 배를 잃게 될 겁니다."

시먼스는 잠시 그를 바라보다 대꾸했다.

"계속 발사해. 여기서 멈추면 다시 레일건이 작동할지 알 수 없어. 배를 믿어야 해."

아버지가 하던 말이었다.

에필로그

오늘 이 자리에 없는 사람들

몸이 아프거나 멀리 떠난 사람들

살아서 전쟁의 끝과 승리를 보지 못한 사람들

그 사람들을 기억합시다.

-윌리엄 워커의 추도사 「자리에 없는 친구들을 기리며」

#워싱턴 DC,
매케인 상원 의원 사무실, SR-216

열다섯 명의 상원 의원이 19세기 영국 문서로 보이는, 사각형으로 접힌 양피지를 바라보았다.

"신사 숙녀 여러분, 아시다시피 이것은 실제 약탈 허가서입니다. 여러분의 대통령께서 서명을 하셨죠. 제 금고에도 사본이 하나 보관되어 있고, 남은 사본 하나는 여러분의 스미소니언 박물관에 기증을 했습니다." 캐번디시가 장난스럽게 그

문서를 톡 하고 건들자 뷰 스크린 앞에서 문서가 한 바퀴 돌았다.

"법적 구속력이 있는 서류예요. 여러분이 제게 요구하는 것은 제 법률 자문팀의 말에 따르면 아무런 법적, 지구적 근거가 없답니다."

"에릭 경이 이번에 기여한 바를 문제 삼는 것은 아닙니다."

위원회장인 캘리포니아의 공화당 상원 의원 밥 코트니가 말했다. 그는 실망한 속내를 드러내지 않으려 애썼다. 의회 청문회의 증인이라면 위축되어야 마땅했다. 400킬로미터 상공에서 보낸 비디오 스크린에서 의기양양할 게 아니었다. 그리고 청문회에 참석하려면 적절한 옷을 입어야 한다. 옷에 '조로'라고 자수를 놓은 하늘색 점프수트를 입을 게 아니라.

"하지만 과거뿐만 아니라 현재 우리 입장이 얼마나 심각한지도 아셔야 합니다."

"제가 아는 건 제가 사업 계약을 모두 이행했는데 사업 파트너들이 계약을 변경하려 한다는 겁니다."

캐번디시가 대꾸했다.

"매우 실망스럽지만, 정치인들이란 원래 그런 법이지요."

코트니 의원이 손에 든 볼펜을 휘두르며 몸을 앞으로 숙였다. 이 동작을 신호로 언론사 카메라들이 그에게 초점을 맞추었다. 상원 의원이 증인을 공격하려는 찰나였기 때문이다.

"우리 위원회가 고려하고 있는 법안이 의미하는 바를 명쾌하게 설명해드리죠. 현재 당신이 점유하고 있는 우주정거장을 정당한 소유주들에게 돌려주는 데 동의하라는 겁니다."

코트니 상원 의원이 목소리를 높였다.

"캐번디시 씨, 그러지 않으면 미국 내 당신의 재산을 몰수하고 체포 영장을 발부할 겁니다."

"의원님께서는 여러 가지 착각을 하고 계신 것 같습니다. 비즈니스의 기본 법칙부터 제 직위까지 말입니다."

캐번디시는 공중으로 떠오르더니 카메라 앞에 섰다.

"간단하게 설명해드리죠. 무의미한 협박은 원하는 대로 마음껏 하세요. 나는 당분간 이곳에 머물면서 그 아래에 내려갈 생각은 없으니까요."

#캘리포니아주,
샌디에이고

그녀는 숲 가장자리의 그늘에 머물렀다. 그늘 안은 몸을 숨기기에 좋았고 익숙했으며, 안락했다. 또한 서늘해서 체온을 가리려고 구멍을 낸 울 담요를 판초처럼 걸치고 있는데도 땀이 많이 나지 않았다.

그녀가 있는 곳에서는 들판에 노는 아이들이 보였다. 아이들만이 그토록 용감하고 그토록 맹목적으로 탁 트인 들판을 뛰어다닐 수 있다. 아이들이 줄을 서자 어른 한 명이 가방에서 축구공을 꺼내주었다.

갑자기 그녀는 뒷목이 간지러웠다. 무언가 잘못되었다는 걸 알려주는 육감이었다. 눈으로 보기 전에 소리가 들렸다. 새롭게 나온 전자기기였다. 가볍고 저렴하며 거의 자동으로 움직여서 인간의 흔적을 파악하고 추적한다. 그날 아침 한 줌 가득 진정제를 먹었는데도, 전기 충격과도 같은 아드레날린이 솟구쳤다. 땀구멍이 열리면서 땀이 쏟아졌다.

처음에는 자신을 쫓아온 줄 알았는데, 그 드론은 탁 트인 들판에서 뛰어노는 아이들을 추격했다. 그녀는 자신과 가장 가까운 곳에 있는 아이, 여섯 살쯤 되어 보이는 어린 소년을 주시했다. 아이는 처음에는 드론의 존재를 눈치채지 못했다. 드론은 10미터 높이에서 아이를 따라다녔다. 운동장 구석에서 맴돌다가 천천히 다가가더니 아이의 머리 위까지 갔다. 그제야 아이가 드론을 발견했다.

그녀는 아플 정도로 이를 꽉 물었다. 저리로 달려가고 싶었지만 그럴 수가 없었다. 본능이 움직이지 말라고 말렸다.

이제 그 어린 소년은 달리고 있었고, 다른 아이들이 모두 비명을 지르며 그 아이를 따라가고 있었다. 아이들은 있는 힘껏 달렸지만 드론은 쉽게 아이들을 따라잡았다.

그녀는 숲에서 머물 수 없다는 걸 알았다. 저 밖으로 나가 저 아이들을 도와야 했다. 하지만 그럴 수 없었다. 몸이 움직이질 않았다.

드론이 뛰어가는 아이들을 앞서가더니 이삼 미터 앞에 멈춰 섰다. 드론이 자세를 잡자 아이들은 계속해서 달리며 목청껏 비명을 질러댔다.

그녀는 누웠다. 이삼 초가 채 되지 않아 울 담요 밑이 옷이 땀으로 흠뻑 젖었다. 거친 울 담요까지 땀에 젖어 살갗을 찔러댔다. 당장 자리에서 일어나라고, 옛날 훈련 교관이 고함치는 소리가 머릿속에서 울렸다. 하지만 움직일 수가 없었다.

그녀는 눈을 감았다. 더는 지켜볼 수가 없었다. 머리가 욱신거렸다. 아이들이 비명을 지르는 소리와 드론의 회전날개

소리가 한데 섞여 윙윙거렸다. 그러더니 백색 소음이 모든 걸 집어삼키며 귓가를 울리다가 피가 거꾸로 솟는 것 같았다. 움직일 수가 없었다.

그러다 무언가가 느껴졌다. 눈을 뜨니 작은 남자 아이가 보였다. 그녀의 아들 리암이었다. 리암은 앞에 서서 그녀의 손을 꽉 잡았고, 눈에는 눈물이 그렁그렁 차 있었다.

"엄마, 우리랑 같이 놀면 안 돼요? 오늘은 노력해본다고 했잖아요."

#러시아 인민 공화국,
모스크바

마르코프는 두꺼운 재킷 어깨 쪽에서 눈을 털어냈다. 모피와 울을 하나씩 벗으면서 버터와 양파 냄새를 맡았다. 끝없이 요리를 하는 위층 창문에서 새 나온 냄새였다. 누구를 위한 요리인지는 알 수 없었다. 그 여자가 먹는 것은 분명 아니었다. 자그마한 노부인이었으니까.

냄새 때문에 작은 아파트 안에 갇힌 기분이었다. 거실에는 묵직한 소나무 의자와 발판, 그리고 위태로워 보이는 나무 캐비닛 하나가 전부였다. 책을 읽고 서성거릴 수 있는 공간이 전부인 그곳은 그에게는 휴양지이자 도피처였다.

그들은 하와이에서 세운 그의 공로를 인정해서 훈장을 하나 수여한 다음, 그 사건은 잊으라고 했다. 마르코프는 훈장을 벼룩시장에서 130년 된 미하일 레르몬토프의 시집과 바꿨다. 그 시집에는 '시인의 죽음'이라는 시가 실려 있는데 푸시킨의 죽음에 대한 내용이었다. 그런 다음 그는 상사들에게 이만 제대하고 경찰관이 되고 싶다고 했다. 처음에는 농담이라고들 생각했다. "월급이 형편없어. 요새는 뇌물도 안 준다고. 고물차를 끌고 다녀야 할 테고, 어린 애들까지 자네한테 돌멩이를 던질 거야."

하지만 테러 부대인 알파 그룹에서 할 일 없는 늙은 수탉처럼 점잔 빼고 돌아다니는 것보다는 그편이 나았다. 세 달 후 그는 시 경찰국의 말단 형사 배지와 신분증을 받아들고 추운 모스크바의 저녁 길에 나섰다. 그것은 이웃들이 요리하는 냄새가 가득한 작은 아파트에서 사는 삶을 의미했고, 삶을 가치 있게 만드는 미스터리가 지속적으로 공급되는 삶을 의미하기도 했다.

누군가 주먹으로 세 번 문을 두드리자 얇은 나무 문이 부르르 떨렸다. 1초도 채 지나지 않아 다시 한 번 두드리는 손길에 문이 눈에 띄게 안쪽으로 휘었다.

처음 든 생각은 왼쪽 옆구리의 가죽 권총집에서 시그 사우어 권총을 꺼내자는 것이었다. 그러다 위층에서 요리를 하는 노파와 복도를 뛰어다니는 어린아이들이 떠올랐다. 지구상에서의 마지막 행동이 빗나간 총알로 무구한 사람을 죽이는 것은 아니길 바랐다.

마르코프는 무릎을 꿇고 문 바로 옆에 숨어 발목에 찬 칼집에서 13센티미터 정도 되는 칼을 꺼냈다. 습관은 쉽게 사라지지 않는 법이다. 쭈그리고 앉아 있다 보니 부츠에 묻었던 눈에 발이 젖었다. 주먹으로 다시 문을 두드렸다. 그 사람이 두 번을 더 두드리기 전에 마르코프는 문을 벌컥 열고 뻗은 손을 잡았다. 남자의 팔을 비틀어 방 한가운데 던져 눕혔다. 복도를 재빨리 살펴보았다. 아무도 없었다. 마르코프는 문을 조용히 닫고 잠갔다.

바닥에 누운 남자는 헬멧을 쓰고 옷을 잔뜩 껴입고 있었다. 남자는 누운 채로 두 손을 들어올렸다. 관절 부위에 탄소 섬유가 덧대어져 있는 두툼한 장갑이 항복한다는 뜻으로 천장을 향했다. 그 장갑은 군대 보급품이 아니라 오토바이용이었다. 군청색 재킷과 바지는 거미줄 문양이 야광으로 뒤덮여 있었고 팔꿈치와 무릎에는 보호 패드가 대져 있었다. 마르코프가 매일 길거리에서 마주치는 제복이었다.

"택배인데요."

택배 기사가 훌쩍거리며 말했다.

"그런 식으로 노크하다간 죽을 수도 있어."

마르코프가 대꾸하며 왼손에 든 칼을 젖혀 칼날을 팔뚝 안쪽으로 숨겼다. 남자에게 오른손을 뻗었다. 자세히 보니 스무 살도 채 안 되어 보이는 눈이 커다란 소년이었다.

"난 모스크바가 싫어요."

택배 기사가 이렇게 말하며 가슴에 건 가방 안에서 택배 회사의 로고인 머리 두 개 달린 검은 독수리 그림이 찍힌 두툼한 은색 나일론 봉투 하나를 꺼냈다. 택배 기사는 그 소포를 마르코프에게 던졌고, 마르코프는 문을 열어 택배 기사를 내보내주었다.

마르코프는 소포를 흠집이 난 단단한 마룻바닥에 올려놓고 그 앞에 무릎을 꿇었다. 칼끝으로 소포를 찔렀다. 몸을 숙여 귀를 기울였다. 그런 다음 가만히 앉아 기다렸다. 몇 십 번

심호흡한 후에 소포를 들어 올려 빳빳한 봉투를 살짝 구부려 보았다.

이제 칼은 소포 옆에 놓아두고 조심스럽게 휴대전화를 들어 15초 동안 들고 있었다. 휴대전화의 신호가 흔들리지 않았다. 그렇다면 안에 신호를 방해할 만한 활발한 전기회로망이 없다는 뜻이었다. 그래도 화학, 생물, 혹은 방사선 물질일 수도 있다. 그래, 느린 죽음을 선사하는 것이 러시아인의 방식이지. 적어도 그런 식의 죽음을 맞이한다면 소포를 보낸 자를 밝힐 수는 있을 것이다.

그는 칼로 봉투를 갈랐다. 항상 흰 장갑을 끼고 있었다면 관자놀이에 권총을 들이대기 전에 손톱은 깨끗할 거라고 그는 생각했다.

그 안에는 또 다른 포장지가 들어 있었다. 좀 더 작은 마분지 포장지에는 페덱스 로고가 찍혀 있었다. 아부다비를 거쳐 온 것이었다.

그는 칼끝으로 마분지 포장지를 조심스럽게 그으며 스위치가 달칵거리는 소리가 들리지 않는지 귀를 기울였다.

또 다른 포장지가 나왔다. 이번 포장지는 2센티미터쯤 더 작고 아주 미세하게 더 얇았다. 이번 페덱스 봉투에는 요즘 그 회사의 방침에 따라 한 면에는 미국 국기가 새겨져 있었고, 다른 면에는 바코드가 찍힌 희미한 LED 화면이 있었다. 그 화면을 활성화하자 소포가 호놀룰루에서 아부다비로 발송된 사실이 떴다.

봉투의 봉인을 해지하는 버튼 크기만 한 캡슐을 깨자, 그 안에서 내용물이 쏟아졌다. 납작한 갈색 종이에 싼 물건이 바닥으로 떨어졌다. 떨어지면서 익숙한 소리가 났다. 그런 소리가 나는 물건은 단 하나뿐이었다. 그는 미소를 지으며 종이를 뜯었다. 푸시킨 시집이었다. 시집 안쪽의 차로 얼룩진 첫 장 옆에는 가로 7센티미터 세로 12센티미터의 하얀 카드가 끼워져 있었다. 단 한 마디만 적혀 있었다.

'고마워요.'

그녀가 자신이 사는 곳을 알아냈다는 사실에 웃어야 할지 몸서리쳐야 할지 알 수 없었다. 그래서 그냥 책을 펼쳐 다시 읽기 시작했다.

'나는 더없이 황량하고 외로운 곳에 살며 나의 마지막을 기다린다네.'

#하와이, 호놀룰루,
와이키키 해변

"이젠 조심해야 해요. 저 파도 보여요? 어떻게 부서지는지 보이죠? 보드에서 너무 앞으로 나갔잖아요. 뒤로 더 와서 손으로 저어요!"

마리오 지오르디니는 파도에 신경 쓸 겨를이 없었다. 그의 두 눈은 강사에게 꽂혀 있었다. 다음 파도가 이는 걸 보려고 그녀가 등을 휜 순간, 마리오의 머릿속은 온통 검은색 래시가드 위로 드러난 가슴의 곡선으로 가득했다.

밀라노에서 온 이 이탈리아인 은행가는 다음 달이면 서른이 되고, 어머니는 빨리 결혼해서 정착하라고 성화를 부릴 게 뻔했다. 아직 결혼하지 않아 얼마나 다행인지 몰랐다.

"마리오, 내 말 잘 들어요. 이 파도가 오면 그 밑으로 다이빙을 해야 할 거예요. 알겠죠? 이번에는 끝까지 해봐요."

마리오는 중국과 미국 간의 마지막 포로 교환이 이루어지고, 미국이 하와이를 탈환한 후 항복한 중국군과 교환해서 괌으로 다시 들어간 다음 날 이곳에 도착했다. 중국과 미국은 약해진 상대를 서로 공격할 수 있음을 보여주었지만, 그 과정에서 양측 모두 함대 대부분을 잃었기에 그 이상으로 전쟁이 커지길 원치 않았다. 따라서 '전쟁 이전의 상태'로 돌아가기로 협의했다. 마리오는 그 말이 웃기다고 생각했다. 전쟁 전으로 되돌릴 수 있다니, 참 안일한 생각 아닌가. 똑똑하게 이 일에서 빠진 사람들에게는 그게 기회가 되었다. 하와이섬 호텔 중 반은 전투로 손해를 입었지만, 그 입지 가치는 영원한 법이다. 그 아름다움도 물론 그렇다. 마리오는 모아나 서프라이더 호텔에 방문했다 발견한 여자를 바라보며 생각했다.

문제는 이 여자에게 투자한 것을 어떻게 돌려받는가였다. 저녁 식사를 하자고 한 다음, 미국인들이 멍청하게도 샴페인이라고 부르는 캘리포니아산 스파클링 와인 대신 이탈리아산 프로세코를 시켜도 괜찮을 것 같았다. 여기서는 그 수법이 수도 없이 먹혔다. 미국 아가씨들은 하룻밤이더라도 공짜 식사를 하고 호화로운 생활을 엿볼 기회를 손에 넣고 싶어 안달하니까. 아니면 이 아가씨의 와인에는 약을 조금 타야 하려나.

“지금이요!”

여자가 외쳤다. 마리오는 파도가 다가오자 보드 앞으로 몸을 숙였다. 파도 밑으로 보드를 밀어 넣고 더 깊이 잠수할 생각이었으나 얼어붙었다. 그저 다가오는 파란 벽을 멍하니 올려다볼 뿐이었다.

파도가 그를 집어삼키고 공중으로 밀어 올렸다가 바닷속으로 떨어뜨렸다. 소금기 가득한 바닷물이 코와 귀로 파고들었다. 겨우 수면 위로 머리를 내밀고 다급하게 숨을 쉬었지만, 보드가 밀려오는 파도에 떠밀려 계속 해변으로 갔다. 보드와 연결된 줄이 그를 잡아당겼다. 그는 몸부림치며 두 팔로 허우적댔다.

정신을 차려보니 마리오는 해변에 누워 담배 두 갑은 피운 것처럼 기침을 해대고 있었다. 여자가 그의 옆에 서 있었는데 석양을 받아 실루엣이 드러났다. 너무나도 아름다운 모습에 마음이 완전히 풀렸다.

"조금만 더 하면 요령을 익히겠어요."

여자가 말했다.

"하지만 내 말을 잘 따라야 해요. 오늘 밤에 다시 나가볼래요? 보름달이 뜰 거예요. 장관이죠. 이탈리아에서는 그런 거

못 봤을걸요."

마리오는 고개를 끄덕이며, 벌써 어떤 와인을 들고 갈까 생각했다.

"딱 좋은 곳을 알아요."

여자가 말했다.

"조용하고 우리 둘만 있을 수 있는 곳이죠. 파도도 서핑 배우기에 가장 좋은 곳이에요. 하지만 다음에는 줄에 걸리지 않도록 조심해요. 그러다 죽을 수도 있으니까."

#캘리포니아주,
발레이오, 발레이오 요트 클럽

"지금 뱃머리 돌려요, 아빠!"

마틴은 오른손으로 요트의 키를 잡고 왼손으로는 줄을 잡고 있었다. 집을 떠나기 전만 해도 아기 같던 마틴이 어느새 훌쩍 컸다. 작은 요트가 메어섬 부두로 좀 더 가까이 다가가자 산들바람이 불었다.

"아직 줄 놓지 마. 돛이 팽팽해지면…… 좋아, 지금이야. 지금!"

제이미 시먼스가 말하며 가능한 한 몸을 낮게 구부려 알루미늄 활대를 피했다.

요트가 우현 쪽으로 방향을 바꾸자 조심스럽게 자신의 체중을 좌현 쪽으로 옮겼다. 요트가 기울기 시작하자 린지와 클레어가 신이 나 비명을 질렀다. 제이미는 이제 여덟 살 난 아들이 선체가 방향을 바꾸는 순간에 양손으로 줄과 키 손잡이를 잡고 애쓰는 모습을 지켜보았다.

"다음엔 내 차례야, 아빠!"

클레어가 뱃머리에서 외쳤다. 쌍둥이라고 해도 클레어는 아직 아기 같았다.

이 해협은 1년 전과 많이 달라졌다. 유령함대 대부분은 이곳을 떠났다. 몇몇 배는 아직 남아 미국의 해군 재건이라는 수십 년이 걸릴 작업을 기다리고 있고, 몇몇 배는 돌아오지 못할 곳으로 떠났다. 전장에서 살아 돌아온 배의 녹과 핏자국은 새 페인트로 덮였고, 용접공들이 매일같이 흉터들을 없애기 위해 작업하고 있다.

시먼스는 손을 뻗어 키 손잡이를 살살 밀었다. 할 일이 너무 많았지만, 지휘관 취임식 전에 하루만큼은 가족과 함께 보내고 싶었다. 이 시간을 만끽하고 싶었다.

요트는 점점 부두를 향해 다가갔고, 200미터 앞으로 여전히 바닷속으로 들어갈 것처럼 보이는 매끈한 커터 칼날같이 생긴 선수가 보였다.

"속도 조절해. 줌월트를 들이받으면 안 되니까."

시먼스가 말하자 마틴은 키 손잡이를 홱 잡아당겨서 요트를 바람 방향으로 돌렸다. 바람이 전혀 없어 돛이 축 쳐졌다. 마틴은 돛을 팽팽하게 만들어 요트를 앞으로 나아가게 해줄 따뜻한 바람을 찾는 데 몰두했다.

"젠장!"

너무 많이 떠내려와서 키로 방향을 돌릴 수도 없다는 사실을 깨닫자 마틴이 투덜거렸다. 요트가 가볍게 부두에 부딪혔다. 시먼스가 손으로 밀어 다시 배를 띄웠다.

"마틴, 누구한테서 그런 말 배웠어?"

린지가 물었다.

"할아버지요."

마틴이 웅얼거렸다.

"뭐, 적절한 말인데."

시먼스가 거들었다.

그는 밀짚모자 아래로 발갛게 익은 아들의 얼굴을 바라보았다. 그리고 아이스박스를 끌어당겨 열었다. 콜라 캔을 하나 꺼내 한 모금 마신 뒤 아들에게 건넸다.

"잘했어. 할아버지가 자랑스러워하실 거다 [illegible]. 네가 새로 배운 그 단어도 말이야. 할아버지가 바람을 보내줄 때까지 여기서 기다려보자."

요트는 천천히 줌월트 곁을 지나갔다. 줌월트에 있던 선원 한 명이 함장인 시먼스를 알아보고 경례를 했다. 클레어가 먼저 마주 경례를 하더니, 그 다음에는 마틴, 마지막으로 함장까지 미소를 지으며 경례를 했다.

돛이 팽팽해지자, 마틴이 밧줄을 그러쥐었고 요트는 바람을 받으며 바다 위를 달렸다.

(끝)

미중전쟁 가상 시나리오
유령함대 II

펴낸날 초판 1쇄 2018년 3월 6일
초판 4쇄 2018년 4월 13일

지은이 피터 W. 싱어 · 오거스트 콜
옮긴이 원은주
펴낸이 심만수
펴낸곳 (주)살림출판사
출판등록 1989년 11월 1일 제9-210호

주소 경기도 파주시 광인사길 30
전화 031-955-1350 팩스 031-624-1356
홈페이지 http://www.sallimbooks.com
이메일 book@sallimbooks.com

ISBN 978-89-522-3899-3 04840
978-89-522-3900-6 04840(세트)

※ 값은 뒤표지에 있습니다.
※ 잘못 만들어진 책은 구입하신 서점에서 바꾸어 드립니다.

이 도서의 국립중앙도서관 출판시도서목록(CIP)은 서지정보유통지원시스템 홈페이지(http://seoji.nl.go.kr)와 국가자료공동목록시스템(http://www.nl.go.kr/kolisnet)에서 이용하실 수 있습니다.(CIP제어번호: CIP2018003045)

기획 노만수 책임편집 · 교정교열 서지영 황민아

1010101
0101010
1101100
1010100
0010111
0110101
1010100

1010101
0101010
1101100
1010100
0010111
0110101
1010100